mtb

Zum Buch:

Jonny Blaze kam nach Fool's Gold, weil er sich nach Normalität sehnte. Und dann erstaunt es ihn doch: Es scheint niemanden zu interessieren, dass er ein Hollywoodstar ist. Stattdessen spannen die Leute ihn in alle möglichen Wohltätigkeitsevents ein. Dabei hat er mit der geplanten Hochzeit seiner Schwester genug zu tun. Außerdem beschäftigt er sich damit auch am liebsten. Denn mit der süßen Hochzeitsplanerin Madeline kann Jonny sich noch einiges mehr vorstellen …

Zur Autorin:

New-York-Times-Bestsellerautorin Susan Mallery wird von den Kritikern als mitreißende Autorin gefeiert und unterhält mit ihren witzigen, emotionalen Romanen über Frauen und ihre Beziehungen Millionen von Leserinnen auf der ganzen Welt. Sie lebt mit ihrem Mann und ihrem unerschrockenen Zwergpudel in Seattle, wo das Wetter zwar nicht gut, der Kaffee dafür aber umso besser ist.

Lieferbare Titel:

Fool's-Gold-Serie
Vertrauen ist gut, küssen ist besser
Ein Cowboy küsst selten allein
Wer früher küsst, ist länger verliebt

Mein Herz sucht Liebe

Susan Mallery

Zuckerkuss und Mistelzweig

Roman

Aus dem Amerikanischen von
Ivonne Senn

MIRA® TASCHENBUCH
Band 26089

1. Auflage: Oktober 2017

Deutsche Erstveröffentlichung

Titel der amerikanischen Originalausgabe:
Marry Me at Christmas

erschienen bei: HQN Books, Toronto

Published by arrangement with
Harlequin Enterprises II B.V./S. à r. l.

Umschlaggestaltung: büropecher, Köln
Umschlagabbildung: Illustration von Matthias Kinner
Redaktion: Isa-Corinna Scholz
Satz: GGP Media GmbH, Pößneck
Printed in Germany
Dieses Buch wurde auf FSC®-zertifiziertem Papier gedruckt.
ISBN 978-3-95649-763-6

www.mira-taschenbuch.de

Ich bin eine der glücklichsten Autorinnen der Welt. Ehrlich, ich habe die besten Leserinnen überhaupt. Dieses Buch ist der entzückenden, kreativen und lustigen Kim V. R. gewidmet. Ich freue mich so, dass deine Mädchenwochen-Freundinnen, deine Bestrahlungsfreundinnen und Inez dich zu einer Romance-Anhängerin gemacht haben. Und ich bin sehr dankbar dafür, dich kennengelernt zu haben.

Und …

… für meine Leserin Paula B., die mich bat, dieses Buch „meinem Sohn Tom B. zu widmen, weil er meinen Traum wahr gemacht hat".

1. Kapitel

„Wissen die, dass sie wie Kürbisse aussehen?“

Madeline Krug war dankbar, dass Rosalind die Frage sehr leise stellte. Eine der wichtigsten Regeln für das erfolgreiche Führen einer Brautmodenboutique lautete, die Braut bei der Anprobe nicht zu beleidigen. Und auch wenn sie das ihrer Assistentin gegenüber normalerweise nicht erwähnt hätte, war die Frage in diesem Fall legitim.

Es waren nicht allein die ausufernd ausgestellten Kleider der Brautjungfern, die irgendwie seltsam, nun ja, kürbisförmig aussahen. Auch nicht die Farben, die von Orangerot über Koralle bis zu einem Kürbiston reichten. Denn wenn man das beides mit einer blassgrünen Krone aus Blättern und winzigen Blumen auf jedem der sechs Köpfe kombinierte, war der Gesamteindruck tatsächlich ein wenig … kürbisartig.

„Die Braut hat mir gesagt, dass das so genau ihren Wünschen entspricht“, murmelte Madeline. „Dass sie schon als kleines Mädchen von ihrer Hochzeit geträumt und sich dabei diese Kleider vorgestellt hat. Sie war ganz aufgeregt, weil wir sie besorgen konnten.“

Madeline lächelte ihre Assistentin an. „Jede Braut hat ein perfektes Kleid vor Augen und eine Vision, wie ihre Hochzeitsgesellschaft aussehen soll. Unsere Aufgabe besteht darin, herauszufinden, was dieser Traum beinhaltet, und ihn wahr zu machen.“

Rosalind wirkte skeptisch, nickte aber, als mache sie sich mental Notizen.

Die Brünette war Mitte vierzig und arbeitete seit ungefähr einem Monat im Paper Moon. Nachdem ihre Kinder nun alle auf der Middle- und Highschool waren, hatte sie wieder in die Arbeitswelt zurückkehren wollen. Madeline brauchte jemanden, auf den sie sich verlassen konnte, und Rosalind hatte gute Referenzen. Bislang bildeten sie ein gutes Team, auch wenn Rosalind einige Eigenarten von Bräuten und bestimmte Hochzeiten immer noch irritierend fand.

Madeline richtete ihre Aufmerksamkeit wieder auf die Hochzeitsgesellschaft. Sie überprüfte den Sitz eines jeden Kleides, versicherte sich, dass der Braut schwindelig vor Glück war, dann versprach sie, die Kleider ein letztes Mal aufzubügeln, bevor sie am Mittwoch vor Thanksgiving abgeholt würden. Denn die, äh, Kürbishochzeit sollte am Samstag nach dem Feiertag stattfinden.

Um drei Uhr am Nachmittag war die Hochzeitsgesellschaft verschwunden, und Madeline zog sich in ihr Büro zurück, um noch etwas Papierkram zu erledigen. Nachdem sie sich um die Rechnungen gekümmert, ein paar Bestellungen bestätigt und sich notiert hatte, wann die neue Sommerkollektion ihrer Lieblingsdesignerin erhältlich war, lehnte sie sich auf ihrem Stuhl zurück und genoss einen seltenen Moment der Zufriedenheit.

Sie liebte ihre Arbeit. Zwar rettete sie damit nicht die Welt und fand auch keine neuen Quellen für erneuerbare Energien, aber auf ihre bescheidene Art half sie Menschen dabei, glücklich zu werden. Alle Bräute waren grundverschieden, aber meistens mochte sie jede. Sie liebte den Gesichtsausdruck, wenn sie das richtige Kleid fanden. Glückstränen zu sehen war der schönste Lohn für ihre Arbeit.

Sicher, es gab auch Dramen, aber damit konnte sie umgehen. Das machte die Sache interessant. Und wenn alles vorbei war und die Braut ihr ein Foto von sich an ihrem großen Tag schickte … Nichts könnte ihr den Job mehr versüßen.

Ich habe einfach riesiges Glück, dachte sie. Wenn schon nicht in der Liebe, dann aber ganz gewiss in jedem anderen Lebensbereich. Denn …

„Hallo, Madeline."

Zwei schlichte Worte, freundlich ausgesprochen. Das hätte nett sein sollen. Oder sogar schön. Stattdessen starrte Madeline die gut gekleidete Frau an, die an der Bürotür stand, und wusste, dass ihr Leben sich verändern würde. Sie konnte nicht sagen, warum oder wie, aber so sicher, wie die Sonne im Osten aufging, galt: Wenn Bürgermeisterin Marsha Tilson auftauchte und leicht erwartungsvoll dreinblickte, passierte etwas.

„Ma'am", sagte Madeline und stand sofort auf. Denn so war sie erzogen worden. Man erhob sich, wenn eine ältere Person den Raum betrat.

Marsha Tilson war schon länger Bürgermeisterin von Fool's Gold, als Madeline auf der Welt war. Sie war sogar die am längsten regierende Bürgermeisterin von Kalifornien, wurde von allen geliebt, war warmherzig, fürsorglich und schien unerklärlicherweise immer alles zu wissen, was vor sich ging. Madeline hatte sie schon immer gemocht, auch wenn sie sie ein wenig Furcht einflößend fand.

„Hast du eine Minute?" Noch während die Bürgermeisterin die Frage stellte, betrat sie das Büro und setzte sich.

„Natürlich."

Madeline war ein wenig erleichtert, als Dellina Ridge, die Eventplanerin von Fool's Gold, der Bürgermeisterin ins Büro folgte und ihr aufmunternd zulächelte. Dellina war eine gute Freundin. Wenn etwas Schlimmes passiert wäre, hätte Dellina sie nicht nur vorgewarnt, sondern ihr auch moralische Unterstützung und Brownies angeboten.

„Wie du weißt", fing Bürgermeisterin Marsha an, als alle saßen, „sind die Feiertage hier in der Stadt immer eine sehr geschäftige Zeit."

Madeline nickte. In Fool's Gold wurde jede Gelegenheit genutzt, um zu feiern. Von Mitte November bis zum ersten Tag des neuen Jahres war immer irgendetwas los. Zum Glück war es die eher ruhige Zeit im Paper Moon, sodass sie alles genießen konnte, was um sie herum passierte.

Der Rhythmus in einer Brautmodenboutique war ganz anders als in anderen Läden. Ab dem zweiten Januar, wenn es in den meisten Geschäften ruhiger wurde, würde sie mit neuen zukünftigen Bräuten herumjonglieren. Viele Heiratsanträge wurden an Weihnachten oder Silvester gemacht. Doch das war nicht der Grund, warum die Bürgermeisterin hier war.

Bürgermeisterin Marsha warf Dellina einen Blick zu, die auf ihrem Stuhl nach vorn rutschte und erneut lächelte.

„Es geht um mich", gab Dellina leicht reumütig zu. „Ich habe zu viel zu tun. Die Hendrix-Familie plant eine große Party an Silvester, es gibt Dutzende Feiertagsevents und drei Hochzeiten, und ich stecke bis zu den Augenbrauen in Einladungen und To-do-Listen. Ich kann kein weiteres Projekt übernehmen."

Madeline war sich immer noch nicht sicher, worauf die beiden Frauen hinauswollten. „Wenn du Unterstützung brauchst, ich helfe dir gern“, sagte sie langsam. Aber warum war Dellina nicht direkt zu ihr gekommen? Sie kannten einander schon ihr ganzes Leben lang. Warum hatte sie die Bürgermeisterin hinzugezogen?

Dellina verlagerte das Gewicht. „Na ja, es ist mehr als mein üblicher panischer Anruf, damit du mir beim Packen von Goodiebags hilfst. Es geht um eine Hochzeit.“

„Ich verstehe nicht …“, gab Madeline offen zu.

„Am Samstag nach Weihnachten gibt es eine Hochzeit“, erklärte die Bürgermeisterin fröhlich. „Du weißt, wie sehr ich Hochzeiten liebe. Die hier wird sehr klein. Im Moment stehen vierzig Leute auf der Gästeliste. Ich schätze, da kommen noch ein paar hinzu, aber es sollten nicht mehr als fünfzig oder fünfundfünfzig Gäste werden. Die Location ist kein Problem – es findet alles im Haus des Bruders der Braut statt. Auch das Catering steht schon.“

„Darum kümmert sich Ana Raquel“, warf Dellina ein. „Sie hatte eine Absage und kann die Hochzeit noch mit reinnehmen. Also geht es nur um die grundsätzlichen Dinge – Kleid, Einladungen, Dekoration. Ich weiß, es ist viel verlangt …“ Sie schüttelte den Kopf. „Es tut mir leid. Wir haben dich noch gar nicht gefragt, oder?“

Bürgermeisterin Marsha tätschelte Dellinas Hand. „Das übernehme ich, meine Liebe. Madeline, deine Stadt braucht dich, um eine Hochzeit zu planen. Bist du dazu bereit?“

„Ich weiß es nicht“, erwiderte Madeline ehrlich. „So was habe ich noch nie gemacht. Ich arbeite mit Bräuten, und wir besprechen Details, aber eine Hochzeit von Anfang bis Ende auszurichten, selbst wenn es nur eine kleine Feier ist, wird eine Herausforderung.“

Was einer Absage so nahe kommt, wie es nur geht, dachte sie, während die Bürgermeisterin sie weiter mit diesem Blick ansah, für den sie so berühmt war und der besagte: *Du tust, was ich möchte, weil ich die Macht habe und du mir noch nie etwas abschlagen konntest.*

„Ich habe eine Liste mit allem, was wichtig ist, und ich helfe dir gern", sagte Dellina. „Es tut mir leid, dich in diese Situation zu bringen."

„Entschuldige dich nicht", warf Bürgermeisterin Marsha entschlossen ein. „Es ist meine Schuld. Als ich heute früh mit Dellina gesprochen habe und sie sagte, dass sie keine Zeit hätte, haben wir gemeinsam überlegt, wen wir fragen könnten. Du bist uns beiden eingefallen."

Madeline verstand die unterschwellige Botschaft. Dellina saß genauso in der Klemme wie sie. Wenn Bürgermeisterin Marsha etwas wollte, war sie nicht aufzuhalten. Was bedeutete: Nein zu sagen war keine Option.

Eine Hochzeit innerhalb von sieben Wochen zu planen, noch dazu über die Feiertage, wenn sie keine anderen Erfahrungen hatte als die, selbst Brautjungfer zu sein und Brautkleider zu verkaufen? Waren die beiden verrückt?

„Sicher", sagte sie leichthin. „Ich bin dabei." Sie runzelte die Stirn, als ihr auffiel, dass sie niemanden kannte, der sich in letzter Zeit verlobt hatte oder gar eine Weihnachtshochzeit plante. „Oh, wer heiratet denn überhaupt?"

„Ginger Blaze."

Der Name sagte ihr nichts. „Sie ist nicht von ihr. Aber vielleicht ihr Verlobter …?"

Madelines Herz blieb stehen. Tatsächlich stehen. Na ja, zumindest setzte es einen Schlag aus. Dann folgte ein Ploppen in ihren Ohren. Gefolgt von Panik. Kalter, schleimiger, ihr den Atem raubender Panik.

„Blaze“, flüsterte sie. Was nicht schlecht war angesichts der Tatsache, dass ihr Herz nicht schlug und ihre Lungen offenbar nicht arbeiteten. „Blaze wie in *Jonny* Blaze?“

Bürgermeisterin Marsha nickte. „Ginger ist seine jüngere Schwester. Ich glaube, sie wohnt in San Francisco, wo sie gerade im Doktorandenprogramm ist. Etwas mit Biologie oder Genetik. Mr. Blaze hat sich da nicht so eindeutig geäußert. Wie auch immer, er hat mich gebeten, jemanden zu finden, der die Hochzeit mit ihm plant. Da habe ich Dellina angesprochen. Den Rest kennst du ja, meine Liebe.“

Jonny Blaze? Der große, attraktive Actionstar, der erst vor Kurzem auf eine Ranch außerhalb der Stadt gezogen war? Der Mann, der einen Körper wie ein Gott hatte und dessen Lächeln intelligente, wortgewandte Frauen in stotternde Nervenbündel verwandelte?

Nein. Das konnte sie nicht. Sie schwärmte wie verrückt für ihn. Jedes Mal, wenn sie ihn in der Stadt sah, starrte sie ihn an wie eine Idiotin. Sie faselte unsinniges Zeug, und dabei war er ihr noch nicht einmal näher als zehn Meter gekommen. Sie konnte sich nicht vorstellen, in seiner Nähe zu sein, geschweige denn, mit ihm zu arbeiten.

Das kann ich nicht. So. Sie hatte es gesagt. Oder wenigstens gedacht. Was praktisch das Gleiche war. Sie konnte es nicht.

„Nach allem, was ich weiß, ist Mr. Blaze ein sehr netter Mann“, sagte die Bürgermeisterin gerade. „Er möchte sich gern hier einleben. Ein Teil der Gemeinschaft sein. Wie du weißt, ist es uns sehr wichtig, dass sich unsere Bürger wohlfühlen. Mr. Blaze braucht einen Rückzugsort vor all den Dingen, die mit seinem Beruf zusammenhängen, und den können wir ihm bieten. Das ruhige, alltägliche Leben, nach dem er sich sehnt."

„Zu der Hochzeit sind nur enge Freunde und die Familie eingeladen", ergänzte Dellina. „Es wird eine kleine, intime Feier. Ich schwöre, wenn ich eine Sekunde übrig hätte, würde ich es übernehmen."

„Du tust bereits viel zu viel", sagte Madeline und war erfreut darüber, dass sie wieder sprechen konnte. „Ich kenne dich. Du rennst gleichzeitig in fünfundvierzig verschiedene Richtungen."

Wenn es doch nur jemand anderes wäre, dachte sie hektisch. Aber das war es nicht, und abzulehnen war nie eine Option gewesen.

Sie atmete tief ein und sagte sich, dass sie stark war. Erwachsen. Zumindest könnte sie es schaffen, in seiner Gegenwart nicht hysterisch zu kreischen.

„Ich freue mich, helfen zu können", sagte sie.

„Ausgezeichnet." Bürgermeisterin Marsha nickte. „Du triffst dich in einer Stunde mit ihm."

Natürlich tue ich das, dachte Madeline und war noch nicht einmal überrascht. Denn so lief das mit Bürgermeisterin Marsha. Ein wohl geplanter Überfall, gefolgt von mangelnder Zeit, um wieder zu Sinnen zu kommen.

Eine Stunde. Nicht ansatzweise ausreichend Zeit, um fünf Pfund abzunehmen, sich komplett neu zu erfinden und glamourös und weltgewandt zu werden. Warum nur hatte sie nie Französisch gelernt? Oder Aikido? Irgendetwas, das sie für Jonny Blaze interessant machen würde? Kurz fragte sie sich, ob Aikido der asiatische Kampfsport oder eine Hunderasse war. Dann seufzte sie. Nun war es zu spät, sich darüber den Kopf zu zerbrechen. Ihr blieb wohl nichts anderes übrig, als sie selbst zu sein.

„Ich werde ihm sagen, dass ich keine Erfahrung im Planen von Hochzeiten habe“, warf sie ein. „Was das angeht, muss ich ehrlich sein.“

Die Bürgermeisterin lächelte. „Ich hätte nicht weniger von dir erwartet, meine Liebe.“

Jonny Blaze hatte die ganze Welt bereist. Er war den Kontrast zwischen der Abgeschiedenheit eines Filmsets und der Stadt, in der sie während des Drehs lebten, gewohnt. Er hatte in Zelten, Wolkenkratzern und – für sechs Übelkeit erregende Wochen – auf einem Fischerboot gelebt. Aber nichts davon hatte ihn auf den skurrilen, seltsam glücklichen Ort namens Fool's Gold vorbereitet.

Hier war jeder ... nett. Man grüßte einander, kannte die Namen der Kinder und zelebrierte, soweit er das sagen konnte, jeden bekannten Feiertag und obendrein einige, von denen er noch nie gehört hatte. Er hatte sich nach einem Ort umgesehen, an dem er sich verstecken konnte, und sich stattdessen in einer ungewöhnlichen Stadt wiedergefunden, die er nicht ignorieren, aber auch nicht mit offenen Armen annehmen konnte. Jetzt befand er sich in einer unerwarteten Zwickmühle.

Um kurz vor zwei Uhr betrat er das Brew-haha, in dem er verabredet war. Die Barista begrüßte ihn mit Namen und fragte, ob er das Übliche wollte. Wäre er irgendwo anders gewesen, hätte er gewusst, dass sie sich nur wegen seines

Status als Filmstar daran erinnerte, was er üblicherweise bestellte. Nur: In Fool's Gold behandelte die Barista jeden genau gleich. Diese Erfahrung war so erfrischend, dass ein Besuch in dem Coffeeshop zu seinen Lieblingsbeschäftigungen gehörte, wann immer er in der Stadt war.

Er bezahlte seine Bestellung und wartete dann. Denn das hier war nicht Los Angeles, wo ein promigeiler Angestellter sich beeilte, ihm seinen Kaffee zu bringen. Er musste genauso warten, bis er dran war, wie jeder andere auch.

Jonny war normal aufgewachsen, sodass er überhaupt nicht auf die Veränderungen in seinem Leben vorbereitet gewesen war, die sein Status als Actionheld mit sich brachte. Jetzt, über zehn Jahre später, war er es gewohnt, durch die Hintertür in Restaurants zu schlüpfen und zu wissen, dass hinter jeder Ecke die Paparazzi lauerten. Er hatte versucht, in einem gesicherten Gebäude zu wohnen, dann hatte er sich die obligatorische Villa hinter hohen Mauern in den Hollywood Hills gekauft. Als das die unwillkommenen Gäste auch nicht fernhielt, hatte er sich nach etwas Besserem umgeschaut.

Ungefähr fünfundzwanzig Meilen außerhalb von Fool's Gold, Kalifornien, hatte er es gefunden – auf einer Rinderfarm mit einem weitläufigen alten Haus und einer Scheune, die er zu einer Werkstatt und einem Fitnessraum umgebaut hatte. Er war nah genug an der Stadt, um sich seinen Koffeinkick im Brew-haha zu holen, aber weit genug weg, um seine Ruhe zu haben.

Die Rinder hatte er an einen anderen Rancher verkauft und ihm dazu die Weiderechte verpachtet. Jetzt nahm Jonny grinsend seinen Kaffee entgegen. Ja, er hatte Weiderechte. Was konnte typischer für Amerika sein als das?

Er richtete seine Aufmerksamkeit auf das halbe Dutzend Tische in dem kleinen Café. Hier sollte er sich mit einer Madeline Krug treffen. Die Bürgermeisterin hatte sie ihm als Unterstützung bei der Planung für die Hochzeit seiner Schwester empfohlen.

Er sah niemanden, auf den ihre Beschreibung passte, also setzte er sich an einen der beiden freien Tische. Sie würde ihn schon finden, wenn sie einträfe, nahm er an.

Das Café hatte große Fenster, und an den Wänden hingen Regale. Es gab ein paar Dinge, die zum Verkauf standen, dazu war alles herbstlich dekoriert. Er sah Kürbisse und eine Reihe Keramiktruthähne. Auf einer der Fensterbänke stand eine kleine Nachbildung der *Bluenose*, eines berühmten Renn- und Fischschoners aus Nova Scotia.

Während er an seinem Latte macchiato nippte, versuchte er sich zu erinnern, wie genau die Bürgermeisterin von seiner Schwester erfahren hatte. Er konnte sich nicht entsinnen, Ginger oder ihre Verlobung erwähnt zu haben, aber das musste er wohl, denn das war nicht öffentlich bekannt. Vielleicht hatte sein Freund Shep etwas gesagt. Mit Sicherheit wusste er nur, dass die Bürgermeisterin und er sich in der einen Minute über die anstehende Thanksgiving-Parade unterhalten hatten und sie ihn in der nächsten Minute nach Gingers Hochzeit fragte. Er hatte zugegeben, dass er keine Ahnung davon hatte, wie man eine Feier plante, und die Bürgermeisterin hatte angeboten, jemanden zu finden, der ihm helfen konnte. Keine zwei Stunden später hatte sie dieses Meeting anberaumt.

Die Tür zum Brew-haha ging auf, und eine Frau trat ein. Sie war Ende zwanzig, hatte schulterlanges blondes Haar und blaue Augen. Sie wirkte ein wenig gehetzt und nervös. Nein, nicht nervös, dachte er, als er sie musterte. Eher unsicher, aber auch entschlossen.

Ihr Blick landete auf ihm. Sofort straffte sie die Schultern und reckte das Kinn. Madeline, dachte er und erkannte sie von der Beschreibung der Bürgermeisterin wieder. Ihm fiel auf, dass sie eher Resignation als Begeisterung ausstrahlte. Er schätzte, dass die meisten Menschen gemocht werden wollten – genau wie er, aber nur aus den richtigen Gründen. Jeder, der in der Sekunde des Kennenlernens von ihm beeindruckt war, ließ ihn sofort nach dem nächsten Ausgang Ausschau halten. Denn er wollte um seiner selbst willen gemocht werden und nicht, weil er der Actionstar Jonny Blaze war. Skepsis war wesentlich ehrlicher als Überschwänglichkeit, und in seiner Welt war Aufrichtigkeit ein rares Gut.

Madeline durchquerte das kleine Café und blieb an seinem Tisch stehen. Ihr Blick war direkt, als sie ihm ein leichtes Lächeln schenkte. „Mr. Blaze. Ich bin Madeline Krug. Bürgermeisterin Marsha sagte mir, dass Sie mich erwarten."

„Jonny", sagte er lässig und stand auf, um ihr einen Stuhl heranzuziehen. „Schön, Sie kennenzulernen."

„Ebenfalls."

Sie setzte sich und öffnete eine große schwarze Tasche. Daraus holte sie einen Block und einen Stift hervor. Nachdem sie beides auf den Tisch gelegt hatte, atmete sie tief durch und konzentrierte ihre ganze Aufmerksamkeit auf ihn.

„Ich habe gehört, Ihre Schwester will heiraten."

„Ja, so hat sie es mir gesagt." Er lächelte.

Madeline versteifte sich und atmete erneut tief durch. „Am 26. Dezember? Dem Samstag nach Heiligabend?"

Er nickte.

„Okay. Die Sache ist die: Ich arbeite im Paper Moon. Das ist eine Brautmodenboutique. Ich bin dort die Managerin und arbeite jeden Tag mit Bräuten. Ich kümmere mich um die Einzelheiten ihrer Kleider, Schleier und oft auch Schuhe. Außerdem kleide ich die Hochzeitsgesellschaft ein. Manchmal muss ich als Schiedsrichterin zwischen verschiedenen Familienmitgliedern fungieren. Die Grandmas heißen die Wahl der Braut nicht immer gut."

Er hatte genügend Reality-TV-Sendungen gesehen, um zu wissen, dass das stimmte. Aber er hatte das Gefühl, dass Madeline noch nicht zu dem eigentlichen Punkt ihrer Unterhaltung gekommen war. Sie hatte etwas zu sagen, und er würde geduldig sein, bis sie es getan hatte.

Nervös schaute sie auf ihren leeren Block und dann wieder ihn an. „Ich bin keine professionelle Hochzeitsplanerin. Nicht einmal eine laienhafte. Ich habe viele Hochzeiten miterlebt, und meine Freundin Dellina, die eine echte Eventplanerin ist, hat mir angeboten, mich zu unterstützen. Aber es ist nicht mein Beruf. Das vorausgeschickt, bin ich nur zu gern bereit, Ihnen zu helfen, wenn Sie das möchten. Oder Sie können jemanden aus Los Angeles oder woher auch immer engagieren. Das liegt ganz bei Ihnen."

Jonny konnte sich nicht erinnern, wann ihm das letzte Mal jemand gesagt hatte, dass er einen Job nicht beherrschte. Normalerweise versprachen die Leute immer das Blaue vom Himmel und lieferten dann zu wenig. Das war der Lauf des Lebens. Sie wollten sein Geld oder das Prestige, sagen zu können, sie hätten für ihn gearbeitet. Ersteres ergab Sinn. Menschen mussten irgendwie ihren Lebensunterhalt verdienen. Aber Letzteres verblüffte ihn immer wieder. Der Ruhm mochte sein Leben bestimmen, aber er war nicht real. Er wurde ihm aufgedrückt. Trotz seines großen Namens war er nur ein Mann, der seinen Job machte. Einen sehr seltsamen Job, aber trotzdem. Er rettete nicht die Welt. Er sprang aus Flugzeugen und gab falschen Bösewichten eins auf die Nase. Das war nicht gerade der Stoff, aus dem Legenden gemacht wurden.

Doch nichts davon ist Madelines Problem, dachte er und sah sie an.

Sie war ganz hübsch und nur leicht geschminkt. Er schätzte, dass ihre Züge nicht von den geschickten Händen eines plastischen Chirurgen verändert worden waren. Sie trug ein einfaches schwarzes Kleid, dessen schlichter Stil nicht wirklich zu ihr passte. Ohne Zweifel wählte sie ihre Kleidung so aus, dass sie nicht auffiel, anstatt hervorzustechen. In ihrem Beruf war die Braut der Star.

„Nur damit ich das richtig verstehe", sagte er und nahm seinen Latte zur Hand. „Sie haben noch nie eine Hochzeit geplant. Sie sind offen dafür, dass ich jemand anderen engagiere, aber wenn ich Ihre Hilfe brauche, sind Sie da."

„Ja."

„Okay. Ginger und ich habe keine Familie, aber ihr Verlobter schon. Von seiner Seite aus werden zehn bis zwölf Verwandte teilnehmen. Der Rest der Gäste besteht aus Gingers und Olivers Freunden. Beim letzten Gespräch mit meiner Schwester waren wir bei vierundvierzig Gästen."

Madeline nahm den Stift in die Hand und legte ihn gleich wieder ab. „Ist das hier bloß eine Unterhaltung oder schon ein Briefing?"

Er dachte an seine Schwester. Sie war süß und lustig und

bei Weitem der klügste Mensch, den er kannte. Sie wollte eine kleine, stille Feier. Schlicht. Normal. Sie würde alles Protzige oder Große hassen. Eine Hochzeitsplanerin aus L. A. würde etwas Extravagantes wollen. Etwas, womit sie sich einen Namen machen konnte. Jonny wollte, dass Ginger glücklich war. Mehr nicht.

Madeline Krug, Brautladenmanagerin aus Fool's Gold, Kalifornien, würde verstehen, was Ginger wollte. Und sie hatte kein Portfolio, das sie auf Gingers Kosten ausbauen wollte.

„Ein Briefing", sagte er entschlossen. „Ich möchte, dass Sie mir bei der Hochzeit meiner Schwester helfen."

Madeline widerstand dem Drang, die offensichtliche Frage zu stellen: Warum wollte irgendjemand, dass sie eine Hochzeit plante? Auch wenn die Antwort für jemanden, der nicht darunter litt, Jonny Blaze so unglaublich nah zu sein, durchaus klar sein könnte.

Sie freute sich, dass sie atmen konnte. Und ihr Herz schien auch normal zu schlagen. Vielleicht lag es daran, dass die Situation so surreal war. Hier war sie und saß in der Stadt, in der sie aufgewachsen war, Jonny Blaze gegenüber.

Aus der Nähe war er genauso attraktiv wie auf der Leinwand. Seine Augen hatten ein wunderschönes tiefes Grün, und sein Haar war glänzend und dunkel. Sie fragte sich, ob das seine natürliche Haarfarbe war, denn in den verschiedenen Rollen waren sie schon braun, blond und rot gewesen.

Er war breitschultrig und muskulös. Schlank, aber nicht dünn. Wenn er sprach, klang er unglaublich normal. Sie konnte das, was passierte, einfach nicht mit ihrem Leben in Einklang bringen, aber sie würde versuchen mitzumachen. Die Alternative wäre, schreiend auf die Straße hinauszulaufen, und das sah bei niemandem attraktiv aus.

„Was denken Sie gerade?“, wollte er unerwartet wissen.

Madeline blinzelte. Auf keinen Fall konnte sie diese Frage ehrlich beantworten.

„Dass Sie ein ganz normaler Mensch sind.“

Er ließ ein Lächeln aufblitzen. „Danke, dass Sie das bemerken. Die meisten Leute tun das nicht.“

„Wie seltsam es sein muss, ein Leben zu führen, in dem die Menschen glauben, sie kennen einen, obwohl sie es nicht tun“, sagte sie, ohne nachzudenken. „Das muss sowohl gut als auch schlimm sein.“

„Das ist es.“ Er nippte an seinem Latte. „Wir sollten über das Honorar sprechen.“

Madeline riss die Augen auf. „Was? Honorar? Nein. Sie müssen mich dafür nicht bezahlen. Das ist kein Job. Bürgermeisterin Marsha hat mich gebeten, auszuhelfen, und das tue ich gern.“

Er stellte seinen Latte macchiato ab und beugte sich vor. Plötzlich war er ihr so nah, dass sie all die Schattierungen von Grün und Gold in seinen Augen sehen konnte. Es war faszinierend. Genau wie er.

„Sie können das nicht umsonst machen“, beharrte er.

„Warum nicht?“

Sie versuchte, ihre Atmung zu kontrollieren, um nicht zu hyperventilieren. Der Mann war unglaublich attraktiv: der Schwung seines Kiefers, die Form seines Mundes. Sie könnte den ganzen Tag hier sitzen und ihn anstarren.

„Weil Sie einen Job erledigen.“

„Ich helfe einem Mitbürger aus. Das ist ein Unterschied." Langsam atmete sie ein. „Ich tue das nicht, weil Sie Jonny Blaze sind, sondern weil Sie hier wohnen." Sie zuckte mit den Schultern. „Zu dieser Jahreszeit ist es in der Boutique ziemlich ruhig, und ich freue mich darauf, eine Hochzeit von Anfang bis Ende zu begleiten. Normalerweise habe ich es nur mit der Brautausstattung zu tun."

Er wirkte nicht überzeugt, doch das war egal. Auf keinen Fall würde er sie dafür bezahlen. Das wäre einfach zu bizarr.

„Ich sage Ihnen was", erklärte sie grinsend. „Sie überlegen sich, was Sie als angemessenes Honorar betrachten würden, und dann können Sie diese Summe an HERO spenden – unser örtliches Such- und Rettungsteam."

Er musterte sie, als wäre ihr so jemand wie sie noch nie untergekommen. „Sie sind ein wenig seltsam."

„Genau wie diese Stadt?"

„Ja." Er nickte langsam. „Okay, Madeline, ich nehme Ihr Angebot, mir zu helfen, an, und werde eine großzügige Spende an eine von Ihnen gewünschte Wohltätigkeitsorganisation überweisen."

„Abgemacht. Jetzt sollte ich vermutlich mit Ihrer Schwester reden, um zu erfahren, was Sie von alldem hier hält."

„Gute Idee."

Er gab ihr Gingers E-Mail-Adresse und Handynummer.

„Machen Sie vorab einen Termin für das Telefonat aus. Wenn sie nicht im Labor ist, lernt sie oder arbeitet an ihrer Dissertation."

„Okay. Ich schreibe ihr, sobald ich zurück im Büro bin. Nachdem sie und ich uns unterhalten haben, werde ich eine klarere Vorstellung davon haben, was sie sich wünscht. Dann stelle ich ein paar Ideen zusammen, die wir gemeinsam durchgehen können."

„Sehr gut. Ich bin Ihnen wirklich dankbar, dass Sie mir helfen. Ich möchte, dass Ginger ihre Traumhochzeit bekommt."

„Dann werden wir dafür sorgen."

Sie standen beide auf. Madeline streckte die Hand aus, um sich von ihm zu verabschieden, und merkte erst eine halbe Sekunde zu spät, dass das vermutlich ein Fehler war. Er nahm ihre Hand und schüttelte sie. Das taten Menschen Tausende Male am Tag. Vielleicht sogar Millionen Male.

Aber sie hatte es noch nie mit Jonny Blaze getan und war somit nicht auf die heißen Funken vorbereitet, die durch ihren Körper stoben. Oder darauf, wie ihre Brust sich zusammenzog und ihre Oberschenkel kribbelten.

Ein Blitzschlag, dachte sie erstaunt. Der Blitzschlag, von dem ihre Mutter immer gesprochen hatte. Der Blitzschlag, der für die Frauen ihrer Familie bedeutete, dass sie den Richtigen gefunden hatten.

Nein, sagte sie sich und zog die Hand zurück. Kein Blitzschlag. Nur die Macht eines Stars. Das war ein großer Unterschied, und sie täte gut daran, das nicht zu vergessen.

2. Kapitel

Jonny stellte seinen SUV in der Nähe des Sees ab und ging den Rest des Weges in die Stadt zu Fuß, um Madeline zu treffen. Wenn er in Fool's Gold war, gefiel es ihm, draußen zu sein und zwischen den vielen anderen Menschen herumzulaufen. Die Luft war kühl, der erste Schnee der Saison war bereits gefallen. Die Leute trugen dicke Jacken und Schals, aber die Extralagen und die Kälte hielten sie nicht davon ab, einander freundlich zu grüßen.

Ihm war zugelächelt und öfter ein schöner Tag gewünscht worden, als er zählen konnte. Was nett war. So normal. Zumindest hier. In L. A. fuhren alle mit dem Auto, selbst wenn sie nur drei Straßen weitermussten, und in New York lebte jeder in seiner eigenen Blase. Hier musste er sich keine Sorgen um Paparazzi machen. Nach seinem Umzug waren sie für ungefähr zwei Tage eingefallen, aber nachdem sie erkannt hatten, dass es nichts zu berichten gab, hatten sie ihn in Ruhe gelassen. Genau wie es ihm am liebsten war.

Am Morgen hatte er mit Ginger telefoniert. Ihre Unterhaltung mit Madeline war sehr gut gelaufen, und sie freute sich auf ihre anstehende Hochzeit. Er hatte überlegt, ob seine Schwester Madeline wohl nach ihren Referenzen fragen würde, aber sie hatte nur davon geschwärmt, dass Madeline genau verstand, was sie wollte. Er für seinen Teil benötigte eine lokale Verbindung, weil er mit Händlern aus der Gegend zusammenarbeiten wollte. Jemanden aus Los Angeles einfliegen zu lassen wäre vielleicht leichter gewesen, aber die Zusammenarbeit mit Madeline garantierte ihm mehr Kontrolle.

Gingers Hochzeit war ihm wichtig. Seitdem ihr Dad vor beinahe zehn Jahren gestorben war, hatte es nur sie beide gegeben. Sie passten aufeinander auf. Seine Schwester heiraten zu sehen würde großartig werden. Er mochte ihren Verlobten. Oliver war ein feiner Kerl und genauso klug und fokussiert wie Ginger. Sie passten gut zusammen.

Jonny überquerte die Straße und steuerte auf das Paper Moon zu, wo er sich mit Madeline treffen wollte. Als er um die Ecke bog, kam eine große, attraktive Rothaarige auf ihn zu.

„Sie sind Jonny Blaze", sagte sie und blieb vor ihm stehen. „Ich habe nach Ihnen gesucht."

Das war wohl unvermeidlich, dachte er und überlegte, ob er einen Stift dabeihatte. Auch wenn es in Fool's Gold länger gedauert hatte als an anderen Orten, gehörte erkannt und angesprochen zu werden zum Leben eines Prominenten dazu. Meistens machte es ihm nichts aus, um ein Autogramm oder Foto gebeten zu werden, selbst wenn er gerade keinen Film drehte oder nicht auf PR-Tour war, so wie im Moment. Denn seinen Fans war es egal, ob er arbeitete oder einfach ein paar freie Wochen genoss.

Er schaute auf die linke Hand der Frau und sah einen Ehering. Hoffentlich bedeutete das, dass sie ihn nicht anmachen würde. Schließlich hatte er da so seine Erfahrungen …

Die Sache mit dem Ruhm war kompliziert. Er musste zugeben, dass es Zeiten gab, in denen es ihm gefiel, nicht warten zu müssen oder immer einen Tisch in einem beliebten Restaurant zu bekommen. Aber die Kehrseite konnte dunkel sein, und meistens zog er es vor, zurückgezogen zu leben.

„Ich bin Felicia Boylan“, fuhr die Frau fort. „Ich organisiere die Festivals hier in der Stadt.“

„Schön, Sie kennenzulernen.“

„Ja, ich freue mich auch, Sie kennenzulernen.“ Sie schenkte ihm ein kurzes Lächeln. „Am Morgen von Thanksgiving haben wir eine Parade in der Stadt. Werden Sie über die Feiertage hier sein?“

„Das werde ich.“ Ginger würde die Zeit bei Olivers Familie verbringen, also wäre er allein.

Eine Sekunde lang fürchtete er, diese Felicia würde ihn zum Dinner einladen. Nicht, dass er ein wenig Gesellschaft nicht genießen würde, aber er war nicht daran interessiert, Zeit mit Leuten zu verbringen, die er nicht kannte. Plötzlich jedoch begriff er, was sie mit ihrem Kommentar bezüglich der Parade und ihres Jobs gemeint hatte.

Sie wollte, dass er den Zeremonienmeister spielte. Er fragte sich, wer wohl abgeschossen worden war, nachdem Felicia von seinem Umzug in die Gegend gehört hatte. Und auch wenn er das Angebot zu schätzen wusste, war er nicht gerade ein Fan von Paraden. Ich werde sehr freundlich ablehnen, sagte er sich. Keine bösen Gefühle und so.

„Ausgezeichnet. Ich habe gehört, dass Sie einen Oldtimer besitzen. Ein 1956er Cadillac Cabriolet. Einen El Dorado, wenn ich recht informiert bin.“

Ihr Blick war so eindringlich, als wollte sie sichergehen, dass sie alle Fakten richtig wiedergegeben hatte.

„Das stimmt“, sagte er langsam.

„Und er ist rot?“

Er nickte.

Das Lächeln kehrte zurück. „Perfekt. Ich hatte gehofft, wir könnten ihn uns für die Parade ausleihen. Das Fahrzeug, das Bürgermeisterin Marsha normalerweise nutzt, läuft nicht, und wie es aussieht, kommen die Ersatzteile nicht mehr rechtzeitig an. Ich hatte gehofft, auf Ihren Wagen ausweichen zu können. Wir sind versichert, und ich würde persönlich auf Ihr Auto aufpassen. Können wir es uns für die Parade ausleihen?"

Das Cabrio befand sich in nahezu fabrikneuem Zustand und hatte eine Innenausstattung aus weißem Leder. Aber was Jonny noch nicht so richtig verstand, war, dass Felicia das Auto und nicht ihn in der Parade haben wollte.

„Sie wollen sich mein Auto ausleihen", wiederholte er.

„Ja. Für die Parade." Verwirrt zog sie die Augenbrauen zusammen. „Sie wissen, was eine Parade ist, oder? Falls nicht, erkläre ich es Ihnen gern."

„Ich habe eine grobe Vorstellung davon, wie so was abläuft." Das Auto. Hm. Darauf wäre er nie gekommen. „Okay. Sie können sich meinen Wagen ausleihen."

„Ich danke Ihnen. Wegen der Einzelheiten melde ich mich noch."

Damit eilte sie davon. Jonny starrte ihr hinterher, dann schüttelte er den Kopf. Er war derjenige, der behandelt werden wollte wie jeder andere. Also sollte er dankbar sein, dass nur sein Auto an dem Umzug teilnehmen würde.

Er ging weiter und sah vor sich das Paper Moon. In den großen Schaufenstern waren Brautkleider sowie Schleier und Schuhe ausgestellt. Als er den Laden betrat, hielt er inne und schaute sich um.

Vor ein paar Jahren war er mit einer Bühnenbildnerin vom Film zusammen gewesen. Von ihr hatte er gelernt, dass scheinbar unwichtige Details Atmosphäre schaffen oder sie ruinieren konnten. Dass eine falsch aufgestellte Lampe unschöne Schatten werfen und Möbel bestimmte Stimmungen hervorrufen konnten.

Jetzt nahm er die hohe Decke in sich auf, die exklusive Einrichtung, die eleganten Schränke und Regale. Alles dirigierte den Blick auf eine Art Podest, das vor einem aus drei Meter hohen Spiegeln bestehenden Halbkreis stand. Er schätzte, dass die Kundinnen sich vor diese Spiegel stellten und sofort zum Zentrum der Aufmerksamkeit wurden. Übung für den großen Tag, dachte er.

Zu seiner Linken entdeckte er Ständer mit Hochzeitskleidern. Ein offener Durchgang führte zu anderen Räumen, in denen ebenfalls Kleider hingen, aber vermutlich eher für die Brautjungfern, nahm er an.

„Jonny."

Er drehte sich um und sah Madeline auf sich zukommen. Sie trug wieder Schwarz – dieses Mal einen Pullover und schmal geschnittene Hosen. Ihre Haare waren wellig, ihr Make-up schlicht. Sie wirkte elegant und kompetent. Beruhigend, dachte er. Das würde den Bräuten gefallen.

„Danke, dass Sie hergekommen sind", sagte sie und blieb vor ihm stehen. Humor blitzte in ihren blauen Augen auf. „Und, bringen Sie die ganzen Mädchensachen zum Schwitzen?"

Er lachte leise. „Nicht einmal ansatzweise. Sie vergessen, dass ich in meinem Job immer geschminkt werde."

„Stimmt. Dann werde ich kein schlechtes Gewissen haben,

weil ich Sie gebeten habe, sich in meinem Büro mit mir zu treffen."

„Das müssen Sie auch nicht. Ich komme gern in die Stadt, und das hier war eine willkommene Entschuldigung dafür." Er sah sich die Kleider an. „Die sind wie Kostüme. Eine Frau zieht sie an und wird für einen Tag jemand anderes."

„So habe ich das noch nie betrachtet, aber Sie haben recht. Es ist ein Kostüm für ein Übergangsritual." Sie neigte den Kopf und lächelte ihn an. „Allerdings, wenn ich meinen Job gut mache, wird die Braut nicht jemand anderes, sondern eine bessere Version von sich selbst."

„Wie schön."

Sie ist klug, dachte er. Es war leicht, sich mit ihr zu unterhalten. Was in ihrem Beruf vermutlich beides von Vorteil war. Sie musste mit vielen verschiedenen Persönlichkeiten auskommen, sich ihnen zuwenden, herausfinden, was sie wollten, und es dann realisieren.

Es war lange her, dass das sein Problem gewesen war. Die meisten Leute taten, was er wollte. Und oft ahnten sie im Voraus, was er brauchte. Nach einer Weile vergaß man leicht, wie es war, normal zu sein. Was der Grund dafür war, warum er keine persönliche Assistentin hatte. Wenn er drehte, wurde immer jemand für diese Position eingestellt, aber den Rest der Zeit kümmerte er sich selbst um Sachen wie Einkaufen und Wäschewaschen.

„Mein Büro ist da hinten." Sie zeigte auf einen schmalen Flur und ging dann voran.

Er folgte ihr, wobei sein Blick unwillkürlich zum Schwung ihrer Hüften glitt. Fasziniert betrachtete er die Form ihres Hinterns und ihre langen Beine. Da er sich nicht erinnern konnte, wann er das letzte Mal auch nur ansatzweise in Versuchung geraten war, genoss er das Gefühl seiner wachsenden Erregung.

Schön zu spüren, dass dieser Teil von ihm noch nicht tot war. Daran konnte er sich festhalten, wenn die Nächte mal wieder lang wurden.

Ihr Büro war klein und funktionell. Kein Fenster, nur ein paar Aktenschränke, ein angeschlagener Tisch, ihr Schreibtischstuhl und zwei weitere Stühle für Besucher. Eine Plastikpalme stand an der Wand, daneben hingen Fotos von einem älteren Paar und einem Mann um die vierzig. Außerdem gab es noch ein Bild von einer jungen Frau, die er auf zwanzig schätzte. Vermutlich die jüngere Schwester. Und der Mann?

So viel zu meiner kurzen Fantasie, dachte er und zeigte auf die Fotos.

„Ihr Ehemann?"

Sie drehte sich um und schüttelte den Kopf. „Ich bin nicht verheiratet. Das sind mein Bruder und seine Tochter Jasmine. Und das sind meine Eltern."

Alles gute Neuigkeiten, fand er. „Sie haben eine nette Familie."

„Danke."

Er setzte sich auf einen der Besucherstühle. „Wie lange gehört Ihnen der Laden schon?"

„Wie bitte? Oh, er gehört mir nicht. Ich bin nur Partnerin. Die Inhaberin ist Isabel Hendrix. Sie hat das Geschäft vor ein paar Jahren ihren Eltern abgekauft. Es ist schon seit über fünfzig Jahren im Besitz ihrer Familie. Das Paper Moon ist quasi eine Tradition in Fool's Gold." Ihre Stimme klang sehnsüchtig. „Beinahe jedes kleine Mädchen wächst mit dem Traum auf, eines Tages hier sein Brautkleid zu kaufen."

Sie lächelte. „Zum Glück erfüllen sich die meisten diesen Traum. Die andere Hälfte der Boutique ist für Damenmode reserviert. Dort bieten wir viele regionale Designer an, die noch ein Geheimtipp sind. Isabel hat mir angeboten, einen kleinen Anteil des Geschäfts zu übernehmen und über mehrere Jahre abzuzahlen. Aber auch wenn ich das Angebot sehr zu schätzen weiß, investiere ich lieber jeden Monat einen Teil meines Gehalts, um nach und nach Geschäftsanteile zu kaufen."

Sie rümpfte die Nase. „Was wesentlich mehr Information ist, als Sie wissen wollten. Tut mir leid."

„Sie müssen sich nicht entschuldigen. Ich finde das interessant. Sie sind ehrgeizig."

„Auf meine bescheidene Art, ja. Ich will mir meinen Anteil verdienen."

Das gefiel ihm. Zu viele Menschen wollten, dass ihnen alles geschenkt wurde. Er wusste, dass pures Glück und Schicksal alles verändern konnten. Immerhin war er der lebende Beweis dafür.

„Deshalb freue ich mich auch so, Ihnen bei Gingers Hochzeit helfen zu können", fügte sie hinzu. „Das bietet mir die Möglichkeit, etwas Neues zu lernen."

Madeline wusste nicht, ob sie einigermaßen intelligent klang oder einfach nur vor sich hin plapperte. Ihr fiel es immer noch schwer, Jonny Blaze so nah zu sein. Aus der Ferne konnte sie klar denken. Aber wenn er auf der anderen Seite ihres Schreibtischs saß, musste sie sich zusammenreißen, damit die Fantasie nicht mit ihr durchging.

Und das lag nicht nur daran, dass er gut aussah. In Fool's Gold gab es überdurchschnittlich viele attraktive Männer. Jonny Blaze war einfach anders. Sie wusste nicht, ob der Grund dafür war, dass er ein Filmstar war oder dass sie einfach eine persönliche Schwäche für ihn hatte. Ihre Freundin Felicia hatte ihr einmal die soziologischen Aspekte der Hierarchie eines Dorfes erklärt. Irgendetwas darüber, dass der größte Kopf zählte.

Nein, das stimmte nicht. Die wichtigste Person zählte. Aber da war auch etwas mit einem großen Kopf gewesen. Wie auch immer, sie würde noch einmal Rücksprache mit Felicia halten müssen, um das zu klären. Ganz sicher würde ihr diese Theorie helfen, sich in Jonny Blazes Gegenwart normaler zu benehmen.

Nun zwang sie sich, sich auf den Grund seines Besuchs zu konzentrieren – und der war nicht, für einen Nachmittag die Augenweide für sie zu spielen. Es gab eine Hochzeit zu organisieren, und dafür war allein sie verantwortlich.

„Ich habe mit Ginger gesprochen", sagte sie.

„Ja, das hat sie erwähnt. Sie mochte Sie."

Dieser unerwartete Kommentar machte sie nervös. „Ich fand sie auch nett. Sie ist so aufgeregt wegen der Hochzeit." Außerdem hatte Ginger gerade mit ihrem Studium und den Feiertagen und allem anderen viel um die Ohren. Sich einfach nur anzuhören, was in Gingers Leben gerade los war, hatte Madeline schon erschöpft. „Ich habe mir während des Telefonats Notizen gemacht. Sie hat bestätigt, was Sie bei unserem letzten Treffen sagten. Sie möchte eine kleine, intime, bescheidene Hochzeit. Die Gästeliste besteht aus vierundvierzig Leuten, und Ginger schwört, dass es auch nicht mehr werden."

„Wie viele Gäste sie auch immer einladen möchte, ich bin damit einverstanden", erklärte Jonny. „Es geht um Ginger und Oliver. Sie ist meine Schwester, und was sie glücklich macht, macht auch mich glücklich."

Das war zwar keine ungewöhnliche Bemerkung für einen Bruder, aber trotzdem nett zu hören.

„Die Hochzeit wird auf Ihrer Ranch stattfinden?", fragte Madeline mit einem Blick auf ihre Notizen. „Dort gibt es eine Scheune?"

Jonny lächelte träge. „Das ist netter, als es klingt. Die Scheune ist zu einem großen, offenen Raum umgebaut worden – genug Platz für Tische, Stühle und Dekoration."

„Wofür nutzen Sie die Scheune sonst?"

„Ich habe mich noch nicht entschieden. Ich wusste nur, dass ich keinen Ort brauche, an dem ich Nutzvieh halten muss."

„Kein Interesse, Pferde und Rinder zu züchten?"

„Diese Woche nicht." Er lächelte verschmitzt. „Sie wollen vermutlich mal vorbeikommen, um es sich anzusehen?"

Sein Haus ansehen? Oder besser, seine Scheune? Immerhin befand die sich auf demselben Grundstück. Madeline hoffte, dass sie normal wirkte, als sie nickte und sich eine Notiz machte. „Das ist eine gute Idee. Dann können wir die Dekoration durchsprechen. Ich habe bereits Stühle und Tische reserviert, weil ich Angst hatte, dass sie für andere Events gebraucht werden könnten. Ich war mir auch nicht sicher, ob Sie ausreichend Geschirr und Gläser haben, also habe ich auch die besorgt."

„Ah, gut mitgedacht." Erneut lächelte er. „Mir war gar nicht bewusst, dass es so viel zu organisieren gibt. Ich bin froh, dass wir das gemeinsam machen."

Bei seinen Worten überlief sie ein Kribbeln. Charisma, dachte sie. Nichts als sein umwerfendes Charisma.

Nachdem das Treffen mit Jonny vorbei war, nahm Madeline ihre Handtasche und ging in den anderen Bereich des Ladens hinüber. Hochzeitskleider würden immer ein Teil von Paper Moon sein, doch auch der Bereich mit der Designermode lief gut. Madeline fand Isabel, die gerade eine Lieferung Handtaschen sortierte.

Ihre Geschäftspartnerin, eine große, kurvige Blondine, lächelte. „Ist es schon Zeit für den Lunch? Gott sei Dank. Heute ist einer dieser Vormittage … Nur die Hälfte von dem, was ich bestellt habe, wurde geliefert, und dann gab es beinahe noch eine körperliche Auseinandersetzung zwischen zwei Touristinnen, die beide dieselbe Jacke haben wollten. Ich hatte schon befürchtet, Verstärkung rufen zu müssen."

„Du weißt ja, wo du mich findest", erwiderte Madeline. „Rosalind ist auch an den meisten Tagen hier. Zu dritt sollten wir es schaffen, jede aufsässige Shopperin zu bändigen."

Isabel lachte. „Ich danke dir. Jetzt geht es mir schon gleich viel besser."

Die Worte waren richtig, aber etwas an der Art, wie Isabel sie sagte, stimmte nicht. „Geht es dir gut?"

„Was? Natürlich geht es mir gut. Warum fragst du?"

„Ich bin mir nicht sicher." Da ist irgendetwas, dachte Madeline und musterte ihre Freundin. Sie wusste nur nicht, was.

„Fühlst du dich auch gut?", fragte sie.

Isabel hatte vor Kurzem verkündet, dass die schwanger sei. Soweit Madeline wusste, verlief bisher alles nach Plan.

Fürsorglich legte sich Isabel die Hand auf den Bauch. „Alles läuft so, wie es soll“, erklärte sie. „Ich bin gesund. Kein Grund zur Sorge.“ Sie machte sich auf den Weg ins Hinterzimmer. „Gib mir eine Sekunde, dann gehen wir zusammen zu Jo’s.“

Zwei Minuten später befanden sie sich auf dem Weg zu Jo’s Bar, wo sie sich mit Freundinnen zum Lunch treffen wollten. Die Luft war kalt und klar. Der erste Schnee war schon wieder geschmolzen, nur hier und da lagen ein paar kleine Häufchen, die vom Schneeschieben auf den Bürgersteigen übrig geblieben waren. Aber neuer Schnee war bereits angekündigt. Und auch wenn es immer aufregend war, wenn die ersten Flocken vom Himmel fielen, wusste Madeline, dass sie es nach zwei Monaten kaum würde erwarten können, endlich den Frühling zu sehen. Trotzdem wäre es wundervoll, weiße Weihnachten zu haben.

Sie betraten Jo’s Bar, die hauptsächlich für Frauen war und mit schmeichelnden Farben ausgestattet war. Auf der Karte standen viele gesunde Gerichte. Die Fernseher waren wie immer entweder auf einen Shoppingkanal oder auf HGTV eingestellt.

Madeline sah, dass Shelby und Destiny bereits einen Tisch mit Beschlag belegt hatten. Winkend ging sie auf ihre Freundinnen zu.

„Hey, du.“ Shelby stand auf und umarmte Madeline. Dann begrüßte sie Isabel und schob Madeline ein Stück beiseite, damit diese eine sehr schwangere Destiny begrüßen konnte.

„Du wirst mit jedem Tag runder“, sagte Madeline lächelnd. „Und strahlender. Isabel, das hier ist deine Zukunft.“

„Schön wär's." Isabel seufzte. „Ich werde im sechsten Monat niemals so gut aussehen."

„Seid nicht so nett zu mir", tadelte Destiny sie lächelnd. „Meine Hormone spielen im Moment verrückt, und ich könnte jederzeit anfangen zu weinen."

„Das wollen wir natürlich nicht", zog Shelby, eine zierliche Blondine, sie auf.Die beiden Frauen lächelten einander an. Shelby und Madeline standen einander sehr nahe, aber Shelby und Destiny waren Schwägerinnen. Destiny hatte im Sommer Shelbys Bruder geheiratet, den ehemaligen Olympioniken und Skirennfahrer Kipling Gilmore. Bis zu der Überraschungshochzeit hatte niemand gewusst, dass die beiden miteinander ausgingen. Sie waren definitiv gut darin, ein Geheimnis zu bewahren.

Etwas, das ich selbst auch endlich mal erlebe, dachte sie glücklich. Mit Jonny Blaze zusammenzuarbeiten war zwar nicht ganz so aufregend wie eine geheime Romanze, aber trotzdem. Sie wusste, dass sie es Isabel sagen musste – immerhin würde sie ab und zu nicht im Laden sein können. Aber dafür war später noch Zeit. Im Moment behielt sie die Information für sich. Hauptsächlich weil sie und Jonny noch gar nicht darüber gesprochen hatten, ob es öffentlich gemacht werden durfte oder nicht. Bis sie seine Bestätigung eingeholt hatte, dass es in Ordnung war, ihre Vereinbarung gegenüber ihrer Geschäftspartnerin zu erwähnen, würde sie kein Wort sagen.

In diesem Moment ging die Tür auf, und Patience, Taryn und Consuelo traten ein. Oder besser gesagt, Taryn und Consuelo traten ein, während Patience eher hineinwatschelte. Ihr zweites Kind war in der ersten Januarwoche fällig. Zusammen kamen die drei Frauen auf ihren Tisch zu.

Madeline liebte ihre gemeinsamen Mittagspausen mit den Freundinnen. Anzahl und Zusammensetzung änderten sich ständig, aber die Freundschaft war allen gemein. Die heutige Gruppe war so bunt gemischt wie immer. Patience gehört das Brew-haha, das örtliche Café. Phoebe war erst kürzlich aus Los Angeles hierhergezogen und nun die Frau eines Ranchers. Taryn leitete eine PR-Agentur, und Consuelo war Trainerin an der Bodyguardschule.

Isabel schaute Taryn an und schüttelte den Kopf. „Ich sehe, du bist wieder so schlank wie vor der Geburt. Hast du nicht erst letzten Dienstag ein Baby bekommen?"

„Das war im Juli." Taryn verzog das Gesicht. „Und seit Bryces Geburt vor vier Monaten schwitze ich jeden Tag im Fitnessstudio. Ich muss Gewichte stemmen. Das ist fürchterlich. Also darfst du nicht böse auf mich sein. Ich habe mir den Weg zurück in meine Kleidung hart erarbeitet."

Isabel streckte ihr die Zunge heraus, und die anderen Frauen lachten.

„Es fühlt sich gut an, wieder meinen alten Körper zurückzuhaben", sagte Taryn.

Destiny legte sich eine Hand auf den wachsenden Bauch. „Ich freue mich schon darauf."

„Ich bin ganz bei dir", sagte Patience.

Madeline war sicher, dass die meisten Frauen mit ihnen einer Meinung wären, aber sie musste doch zugeben, ein wenig enttäuscht zu sein. Sie hatte immer gedacht, dass ein Baby zu bekommen eine Veränderung wäre. Dass man nicht einfach in sein altes Leben zurückschlüpfen sollte. Auch wenn sie nicht glaubte, dass man das mit zusätzlichen fünf oder zehn Pfund auf den Hüften feiern musste. Sie wusste nur, dass, wenn sie jemals das Glück hätte, sich zu verlieben, zu heiraten und Kinder zu bekommen, sie sich wünschen würde, diese Erfahrung würde sie verändern.

Jo trat an ihren Tisch und nahm die Bestellung auf. Die Unterhaltung plätscherte leicht dahin. Phoebe erzählte, dass sie von Maya und Del gehört hatte, die gerade in China waren. Das führte zu dem allgemeinen Eingeständnis, dass keiner von ihnen wusste, wie die Chinesen Weihnachten feierten – oder ob überhaupt.

Während die anderen sich unterhielten, bemerkte Madeline, dass Isabel auf ihrem Stuhl herumzappelte. Sie beugte sich zu ihr hinüber.

„Ich weiß, ich habe schon mal gefragt, aber geht es dir wirklich gut?"

Isabel überraschte sie, indem sie sie umarmte. „Du bist ein guter Mensch, das weißt du, oder?"

Madeline musterte sie. „Weinst du etwa?"

„Was Destiny hat, ist ansteckend." Isabel räusperte sich und seufzte dann. „Ich habe etwas zu verkünden."

Stille senkte sich über den Tisch. Isabel schaute sie alle an. „Ich bin schwanger."

Consuelo runzelte die Stirn. „Hast du dir den Kopf gestoßen und eine Gehirnerschütterung? Wir wissen doch alle, dass du schwanger bist. Selbst wenn du es mir nicht erzählt hättest, wüsste ich es. Ford sagt es mir jeden Tag. Und wenn ich dich nicht so sehr mögen würde, würde ich ihn umbringen, weil er nervt."

Bei jeder anderen wäre diese Aussage alarmierend gewesen, aber Consuelo dachte und sprach nun einmal so.

Isabel schien sich zu wappnen. „Nein, ich habe mir nicht

den Kopf gestoßen. Es ist nur … ich hatte gerade meinen Ultraschall und …“ Sie hob die Hände. „Es ist alles gut. *Zu* gut. Denn … ich bekomme Drillinge.“

Es folgte ein Augenblick des Schweigens, dann ertönten Jubelrufe, und Gratulationen wurden ausgesprochen.

Madeline ließ die Neuigkeit sacken. Sie wusste, dass Isabels Mann Ford Drillingsschwestern hatte, also war es nicht wirklich überraschend, dass sie Mehrlinge erwartete. Trotzdem, Madeline hatte gedacht, sie wären Freundinnen. Dass sie sich durch ihre gemeinsame Arbeit nahestanden. Doch trotz ihrer Nachfragen hatte Isabel ihr die Neuigkeiten nicht erzählt.

Madeline ermahnte sich, dass es Isabels Entscheidung war, wann und mit wem sie die Information teilte, und dass sie es nicht persönlich nehmen sollte. Es war nur …

„Sei nicht böse“, flüsterte Isabel. „Ich konnte es dir nicht sagen.“

„Okay“, sagte Madeline langsam, war aber immer noch nicht sicher, warum nicht.

„Es ist … ich hatte Angst. Ich werde dich so sehr brauchen, und es ist nicht fair, aber ohne dich kann ich das Geschäft nicht am Laufen halten.“

Madeline umarmte sie. „Du bist eine Idiotin.“

„Ich weiß.“

„Natürlich helfe ich dir.“

„Schwörst du?“

„Versuch nur, mich aufzuhalten. Ich hab dich lieb.“

„Ich dich auch. Du bist die beste Geschäftspartnerin aller Zeiten.“

Madeline lachte. „Du sagst das so, als wäre das etwas Neues.“

Während der Rest des Landes von Halloween direkt zu Weihnachten überzugehen schien, wurde in Fool's Gold die Tradition, Dank zu sagen, gefeiert. Jonny sah Flaschenkürbisse, Strohkörbe und Truthähne in allen Formen – von Papier bis Keramik. Es gab Erntegirlanden und Wimpel in Herbstfarben und unzählige Pilger. Kitschig, aber nett.

Er war nicht sicher, wie der Übergang zu Weihnachten vonstattengehen würde, aber es müsste förmlich über Nacht passieren. Für den folgenden Samstag war das traditionelle Entzünden des großen Weihnachtsbaums auf dem Marktplatz angekündigt – und das war nur zwei Tage nach Thanksgiving.

Er überquerte die Straße und betrat das Paper Moon. Madeline stand zusammen mit einer Braut auf dem Podest. Die junge Frau war vielleicht zwanzig, hatte braune Haare und eine Brille. Ihre ernste Miene erinnerte ihn ein wenig an Ginger.

Das Kleid hatte einen üppigen Rock, wie eine Disney-Prinzessin ihn tragen würde. Das passt zu ihrer Jugendlichkeit, dachte er und unterdrückte ein Grinsen. Als Nächstes würde er noch anfangen, über Make-up und Schuhe zu fachsimpeln. Das wäre definitiv etwas, das seine männlichen Freunde in Panik versetzen würde. Sein Kumpel Shep würde ihm sicher was erzählen, wenn er sich auf eine Diskussion über solche Mädchensachen einließe. Doch im Moment war Jonny in Sicherheit. Shep war derzeit mit dem Such- und Rettungsprogramm an den Yosemite-Park ausgeliehen worden und würde erst nach den Feiertagen zurückkehren.

Eine große, blonde Frau kam auf ihn zu. Sie musterte ihn eine Sekunde, als versuchte sie, ihn einzuordnen. Er registrierte den exakten Moment, in dem sie ihn erkannte. Und er musste ihr zugutehalten, dass sie nicht einmal blinzelte.

„Guten Tag“, begrüßte sie ihn. „Ich bin Isabel Hendrix. Kann ich Ihnen helfen?“

Jetzt war es an ihm, erstaunt zu sein. Wenn die Frau wusste, wer er war, warum fragte sie ihn dann, warum er hier war? Er schaute von ihr zu Madeline, die gerade die junge Braut umarmte. Die Frau trat von dem Podest und ging in die Umkleidekabine. Madeline folgte ihr die Stufen hinunter und kam dann zu ihnen.

„Hi“, sagte sie. „Waren wir verabredet?“

Eine höfliche Art, ihm zu sagen, dass er ihren Arbeitstag störte. Sie stand für sich ein. Das gefiel ihm.

„Ich habe ein paar Ideen, die ich mit Ihnen besprechen wollte. Natürlich nur, wenn Sie einen Moment Zeit haben.“

„Sicher. Ich brauche noch ungefähr zehn Minuten. Wenn Sie so lange warten mögen?“

„In Ihrem Büro?“

Isabel schaute zwischen ihnen beiden hin und her. „Ihr wisst offensichtlich, was ihr tut. Dann gehe ich mal auf meine Seite des Ladens zurück.“

Die versprochenen zehn Minuten später gesellte Madeline sich zu ihm. „Wie kann ich Ihnen helfen?“, fragte sie und setzte sich hinter ihren Schreibtisch.

„Sie haben es ihr nicht gesagt.“

„Wie bitte?“

„Ihrer Geschäftspartnerin. Sie haben ihr nicht erzählt, dass Sie mit mir zusammenarbeiten.“

Sie verlagerte das Gewicht, dann winkte sie ab. „Ich wusste nicht, ob ich das durfte, also habe ich mich für Diskretion entschieden. Das ist Ihre Privatangelegenheit. Ich spreche mit niemandem über meine Bräute. Zumindest nicht im Detail. Ich frage vielleicht mal nach einer Meinung zu einem Kleid oder hole mir Vorschläge ein, aber was in diesem Laden passiert, ist sehr persönlich. Eine Hochzeit zu planen, fällt für mich in die gleiche Kategorie."

Er schätzte Menschen, die die Privatsphäre anderer respektierten. „Sie können Ihrer Geschäftspartnerin und jedem, den Sie wollen, gern erzählen, dass Sie mir helfen."

„Gut. Denn ich muss irgendeine Erklärung haben, warum Sie hier ab und zu auftauchen."

„Hätte ich mich verkleiden sollen?"

„Vielleicht könnten Sie nächstes Mal einen Fedora tragen."

Er lachte leise. „Ich bin mir nicht sicher, ob ich überhaupt einen Hut besitze."

Madeline war wie üblich in Schwarz gekleidet und hatte die Haare schlicht zurückgebunden. Allerdings trug sie heute roten Lippenstift, was irgendwie sexy war. Vor allem in Kombination mit dem sittsamen Schnitt ihrer Bluse. Sie wirkte wie eine unartige Bibliothekarin, und er hatte schon immer eine Schwäche für Bibliothekarinnen gehabt.

„Sie wollten über die Hochzeit sprechen?", fragte sie.

„Eisskulpturen."

„Wie bitte?"

„Ich habe gedacht, es wäre schön, Eisskulpturen entlang der Auffahrt zum Haus und auf dem Weg zur Scheune aufzustellen. Ein paar Vasen aus Eis mit frischen Blumen, vielleicht ein paar Schneeflocken, passend zur Jahreszeit. Einfach um es ein wenig festlicher aussehen zu lassen."

Madeline dachte darüber nach. „Das wäre mir nie eingefallen, aber wieso nicht? Ich kann die Idee mit Ginger besprechen. Das wäre wirklich ein netter Touch. Und würde ein schönes Bild bieten, wenn die Gäste nach draußen schauen. Möchten Sie die Skulpturen beleuchten?"

„Natürlich."

„Das könnte wirklich hübsch werden." Sie holte eine Mappe heraus und machte sich ein paar Notizen. „Ich stelle einige Informationen zusammen, die ich Ginger heute Abend mailen werde. Ich nehme die Idee gleich mit auf. Und da Sie gerade hier sind … Wenn Sie Zeit haben, hätte ich gern, dass Sie sich ein paar Dinge anschauen."

„Natürlich."

Es war beinahe Mittag. Er überlegte, sie zu fragen, ob sie mit ihm essen gehen wollte. Denn er genoss Madelines Gesellschaft. Außerdem machten ihn die roten Lippen und die hochgeschlossene Bluse irgendwie scharf.

Aber was dann? Sich mit ihm einzulassen war ein Albtraum. Irgendjemand ließ die Information immer an eine Klatschzeitschrift durchsickern, und dann ging alles den Bach runter. In einer Stadt wie Fool's Gold gab es keine Geheimnisse. Irgendjemand würde jemanden kennen, der wiederum jemanden kannte, der sein Leben damit verdiente, Fotos zu machen.

Diesen Weg war Jonny schon mehrmals gegangen, und es hatte nie gut geendet. Er wusste, dass er Glück hatte. Er verdiente sehr viel Geld mit einem Beruf, der ihm Spaß machte. Das wiederum ermöglichte ihm, seine Schwester zu unterstützen. Aber der Ruhm hatte seinen Preis, und manchmal wollte er den nicht zahlen.

Madeline reichte ihm mehrere Blätter. „Das sind Ideen

fürs Catering. Ich habe mit Ana Raquel gesprochen und ihre Vorschläge für die beliebtesten Gerichte markiert. Eine der Herausforderungen ist die Jahreszeit – uns stehen nicht alle saisonalen Zutaten zur Verfügung."

„Wir könnten das, was fehlt, frisch einfliegen lassen."

Madelines blaue Augen funkelten vor Vergnügen. „Da bin ich mir sicher", erwiderte sie sanft. „Ana Raquel macht sich mehr Gedanken, dass die Gäste nach den Feiertagen mit Truthahn und Braten keine Lust mehr auf ein weihnachtliches Menü haben. Ihre schwebt vor, etwas Leichteres anzubieten. Vielleicht sogar etwas Tropisches. Das bildet einen schönen Kontrast zum Wetter. Gegrillter Fisch und Fingerfood."

Darüber hatte er noch nicht nachgedacht. Er wusste, dass Olivers Familie an Heiligabend den traditionellen Truthahn servierte und am ersten Feiertag einen Braten. Genau wie Ana Raquel vermutet hatte.

„Sie mögen beide mexikanisches Essen", sagte er langsam, während er die Vorschläge überflog. „Kann man das mit dem tropischen Touch kombinieren?" Er zeigte auf die Kokosnuss-Popcorn-Shrimps mit Mango-Limetten-Salsa. „Wie das hier zum Beispiel. Das würde ihnen gefallen. Ginger möchte es leicht und locker. Dieses Essen würde dem genau entsprechen."

„Sie sind ein guter Bruder", sagte Madeline unerwartet.

„Ich will, dass Ginger glücklich ist."

„Aber Sie wissen auch viel über sie. Das ist schön. Ich habe einen älteren Bruder. Ich bete ihn an und weiß, er wäre sofort hier, wenn ich ihn bräuchte, aber er hat keine Ahnung, ob ich mexikanisches Essen mag oder nicht."

„Sie vergessen, dass ich mich ein paar Jahre lang um Ginger gekümmert habe. Ich habe gekocht und alles. Daher weiß ich genau, was sie mag."

Sie musterte ihn. „Ich versuche gerade, Sie mir mit einer Schürze vorzustellen."

Er lachte leise. „So was habe ich nie getragen."

„Ich werde mit Ana Raquel sprechen und ein Menü von ihr zusammenstellen lassen, das die tropische und mexikanische Küche vereint. Sie kocht eine Suppe aus schwarzen Bohnen mit einer Limettensahne, für die man sterben könnte."

„Dann brauchen wir die unbedingt."

Madeline machte sich Notizen. „Morgen ist Thanksgiving, also sagen wir, nächste Woche Dienstag? Werden Sie dann hier sein?"

Er nickte. „Heute Nachmittag fahre ich nach San Francisco, um mit Ginger zu Abend zu essen, dann komme ich zurück."

„Dann ist das Timing ja perfekt." Sie holte eine weitere Mappe heraus und reichte ihm verschiedene Hochzeitseinladungen. „Das sind die Muster, die ich in der Kürze der Zeit zusammenstellen konnte. Wenn sie Ihnen nicht gefallen, besorge ich gern mehr."

Er breitete die Einladungen vor sich auf dem Tisch aus. Sie waren alle auf dickem Papier gedruckt. Auf einigen befand sich ein Bild von einem Paar – die sortierte er sofort aus. Sie waren zwar nett, aber die Zeit reichte nicht, um noch Fotos zu machen.

„Welche davon gefällt Ihnen am besten?"

Madeline half ihm zwar mit der Hochzeit seiner Schwester, dennoch war es merkwürdig, nach ihrer Meinung bei etwas so Wichtigem wie den Einladungskarten gefragt zu werden. Wenn es sich um einen Schleier handelte, wäre sie sich sicherer gewesen. Trotzdem stand sie auf und beugte sich über den Tisch. Sie hatte die Muster bereits angeschaut, als sie eingetroffen waren, und ein paar Favoriten.

„Die sind nett", sagte sie und zeigte darauf. „Diese hier besteht aus mehreren Karten, die in einen Umschlag gesteckt werden. Auf einer kann die Einladung stehen, auf der anderen Informationen darüber, wo die Gäste übernachten könnten, und auf der dritten eine Karte zu Ihrem Haus."

Sie tippte auf ein anderes Muster. „Ich gebe zu, ich stehe auf Laserschnitte. Ich finde den Spitzeneffekt auf dem Papier spektakulär, aber hey, ich verdiene meinen Lebensunterhalt damit, Brautkleider zu verkaufen. Wenn ich nicht auf Spitze stehen würde, hätte ich den falschen Beruf."

Er lachte. „Guter Punkt."

Interessiert betrachtete er ihre Auswahl und zog dann eine Karte hervor, die aussah wie eine Papyrusrolle. „Mir gefällt diese hier. Ich nehme alle drei mit und zeige sie Ginger heute Abend. Dann kann ich sie gleich morgen früh bestellen."

„Würden Sie mir dann eine Bestätigung schicken?", bat sie und setzte sich wieder, um noch etwas aufzuschreiben. „So kann ich den Punkt von der To-do-Liste auf die Ausstehend-Liste schieben."

„Es gibt eine Ausstehend-Liste?"

„Ja. Und eine Erledigt-Liste. Auch wenn auf der bisher noch nichts steht."

„Sobald das Menü feststeht, können Sie das daraufschreiben.“

Sie seufzte. „Sie haben ja keine Ahnung, wie sehr ich mich darauf freue.“ Sie machte eine weitere Notiz, dann schloss sie die Mappe. „Das ist alles, was ich im Moment habe. Wenn Sie zu viel zu tun haben, kann ich die Einladungen auch bestellen. Sie müssten mir nur sagen, für welche Ginger sich entschieden hat.“

Er war ein berühmter Mann. Also hatte er bestimmt viel zu tun und viele wichtige Termine.

„Ich mache das schon.“ Er lehnte sich zurück. „Bekommen Sie über die Feiertage nicht Besuch von Ihrer Familie?“

Madeline lächelte. „Stimmt. Meine Eltern sind bereits eingeflogen. Während wir uns hier unterhalten, steht meine Mutter in meiner Küche und backt.“

„Ist das gut oder schlecht?“

„Das ist wundervoll. Sie macht Kekse, Brownies und Kuchen. Ich werde fünf Pfund zunehmen und keines davon bedauern.“

„Nett“, sagte er. „Wie groß ist Ihre Familie?“

„Ich habe einen Bruder und eine Nichte. Robbies Frau ist vor mehreren Jahren an Krebs gestorben.“ Die ganze Familie war am Boden zerstört gewesen. Madeline erinnerte sich noch an die alles überwältigende Trauer. „Wir haben uns immer nahegestanden, was ihnen, wie ich hoffe, geholfen hat.“ Sie verdrängte die Erinnerungen.

„Meine Eltern sind schon etwas älter. Meine Mom hat Robbie nur zehn Monate nach ihrer Hochzeit bekommen, aber sie konnte nicht ein weiteres Mal schwanger werden. Sie hatten die Hoffnung schon aufgegeben, als ich kam.“ Sie dachte an all die Geschichten, die man ihr erzählt hatte. „Robbie war siebzehn, als Mom verkündete, dass sie wieder schwanger sei, und achtzehn, als ich auf die Welt kam. Er gibt zu, dass er ziemlich entsetzt war, als er herausfand, dass seine Eltern immer noch Sex hatten."

„Also waren Sie eine Überraschung."

„Ja, aber eine gute, das schwöre ich."

„Das könnte auch gar nicht anders sein."

Sie lachte. „Ich bin mir sicher, dass ich eine Herausforderung war, aber meine Eltern waren immer für mich da. Wir haben wunderschöne Traditionen, und ich stehe meiner Nichte sehr nahe. Jasmine ist nur acht Jahre jünger als ich. Wir chatten alle naselang. Sie wird sterben, wenn sie herausfindet, dass Sie in der Stadt sind."

„Sie haben es ihr nicht erzählt?" Er hob die Hand. „Sie brauchen darauf nicht zu antworten. Madeline, ich weiß es sehr zu schätzen, dass Sie meine Privatsphäre respektieren, aber Ihrer Familie können Sie es sagen. Natürlich nur, wenn Sie möchten. Ich erwarte nicht, das Hauptthema Ihrer Unterhaltungen zu sein."

Sie lachte. „Wir suchen immer nach neuen Traditionen. Vielleicht könnten Sie so eine werden."

„Danke, aber nein."

Insgeheim fragte sie sich, wie seine Traditionen aussahen. Sie schätzte, es hatte Jahre gegeben, in denen er über die Feiertage auf einem Filmset gewesen war, oder wie auch immer man das nannte. Zeiten, zu denen er nicht nach Hause hatte fahren können.

Er hatte gesagt, dass er am Abend Ginger sehen würde, aber was war mit morgen? Würde er an Thanksgiving allein sein? Und falls ja …

Sie verwarf den Gedanken, bevor er sich in ihrem Kopf festsetzen konnte. Auf welchem Planeten lebte sie, dass sie Jonny Blaze zu irgendeinem Anlass zu sich nach Hause einladen würde? Sie konnte sich nicht vorstellen, wie er neben ihrer Mutter oder ihrem Vater saß. Sie hätten nichts, worüber sie sich unterhalten könnten. Nein, das war zu seltsam, und er würde womöglich noch denken, dass sie an ihm interessiert war. Er hatte tausend Orte, wo er hinkonnte. Sie war verrückt, zu denken, dass er an Thanksgiving einsam wäre.

Er schaute auf die Uhr. „Wenn es sonst nichts mehr gibt, werde ich mich mal auf den Weg machen."

„Fahren Sie vorsichtig", sagte sie.

„Das werde ich." Er nahm die drei Einladungsmuster und stand auf. „Wir sprechen uns nach dem Feiertag?"

„Auf jeden Fall. Frohes Thanksgiving."

„Das wünsche ich Ihnen auch."

3. Kapitel

Madeline wartete, bis Jonny fort war, bevor sie Isabel aufsuchte. Ihre Geschäftspartnerin ging gerade das Inventar durch. Sie hatten überlegt, ein paar Teile ins Internet zu stellen, um zu sehen, ob es sich lohnte, einen Onlineshop aufzubauen. Einige Touristinnen hatten Interesse daran bekundet, Kleidung bei ihnen kaufen zu können, ohne nach Fool's Gold fliegen zu müssen.

„Okay, das war interessant", sagte sie im Näherkommen.

Isabel schaute auf und lächelte. „Wenn du versuchst, mir deutlich zu machen, dass es nicht meine beste Idee war, dir die Information mit den Drillingen vorzuenthalten, dann habe ich den Wink verstanden."

Madeline ging zu ihr und berührte ihren Arm. „Nein, das meine ich überhaupt nicht. Vor ein paar Tagen hat Bürgermeisterin Marsha mich hier besucht und mich gebeten, Jonny bei der Planung für die Hochzeit seiner Schwester zu helfen. Dellina hat zu viel zu tun, und da es sich nur um eine kleine Feier handelt, dachten sie wohl, das könnte selbst ich nicht vermasseln."

Isabel zuckte zusammen. „Bürgermeisterin Marsha hat dich persönlich gebeten?"

„Ganz genau."

„Dann hattest du keine Wahl." Ihre Freundin grinste. „Also arbeitest du sehr eng mit dem umwerfenden, attraktiven

Jonny Blaze zusammen? Weiß er, dass du für ihn schwärmst?"

„Nein, und das muss er auch nicht."

„Da bin ich mir nicht so sicher. Bringt es Spaß? Fällt es dir schwer, in seiner Nähe zu atmen?"

„Ein wenig", gab Madeline zu. „Aber es wird immer leichter. Ich schaffe inzwischen schon ganze drei Minuten, ohne zu hyperventilieren. Gib mir noch zwei Wochen, und es gelingt mir, eine ganze Stunde lang zu vergessen, wer er ist."

„Ist er nett?"

Madeline dachte an ihre kurzen Treffen und an seine offensichtliche Liebe zu seiner Schwester. „Das ist er, und er ist wesentlich normaler, als ich gedacht habe."

„Ernsthaft?"

Madeline grinste. „Okay, vielleicht ist das etwas untertrieben, aber er unterscheidet sich nicht wesentlich von anderen Männern. Er benimmt sich definitiv nicht wie ein Filmstar."

„Kribbelt es?"

„Jede Sekunde, aber das macht mir keine Sorgen. Sieh ihn dir nur an. Da gehört ein gewisses Prickeln dazu. Es liegt an seinem unglaublichen Charisma, nicht an ihm als Mann."

„Bist du dir sicher? Denn du bist toll, und er könnte von Glück sagen, dich zu kriegen. Allerdings habe ich keine Ahnung, ob er mit einem Mädchen aus der Kleinstadt glücklich wäre."

„Ich auch nicht." Madeline lächelte. „Obwohl, wenn er sich eine rote Schleife umbinden und unter dem Weihnachtsbaum auf mich warten würde, würde ich nicht Nein sagen."

„Ich bezweifle, dass irgendeine Frau da Nein sagen würde. ‚Lieber Weihnachtsmann, zu Weihnachten habe ich nur einen Wunsch: Jonny Blaze.‘"

Lachend zuckte Madeline die Schultern. „Du hast heimlich meine E-Mails gelesen." Sie schaute auf die Uhr an der Wand. Es war beinahe Mittag, was bedeutete, dass sie losmusste.

„Sind sie da?", fragte Isabel, die ihren Blick bemerkt hatte.

„Ich schätze, meine Mom hat bereits den Ofen angeschmissen", erwiderte Madeline glücklich.

„Grüß alle schön von mir. Wir sehen uns morgen. So gegen sieben?"

„Wie auch immer es euch am besten passt."

Madeline umarmte ihre Geschäftspartnerin und kehrte dann in den Hochzeitsbereich der Boutique zurück. Rosalind würde bis drei Uhr hier arbeiten, danach schlossen sie über den Feiertag. Madeline ging heute früher, um Zeit mit ihrer Familie zu verbringen.

Wie jedes Jahr an Thanksgiving kehrten ihre Eltern, ihr Bruder und ihre Nichte nach Fool's Gold zurück. Wie Zugvögel, dachte sie grinsend, während sie ihre Handtasche holte und rief, dass sie jetzt weg wäre.

Draußen atmete sie die kühle Luft ein. Es roch sogar ein wenig nach Feiertag. Die Straßen waren bevölkerter als üblich – von all den Menschen, die noch in letzter Sekunde Erledigungen tätigen mussten. Außerdem waren wegen der anstehenden Festivitäten viele Touristen in der Stadt.

Die Feiertagssaison startete mit der Thanksgiving-Parade am morgigen Nachmittag. Danach folgte zwei Tage später die offizielle Entzündung des Weihnachtsbaums, und so ging es bis Neujahr weiter. Madeline liebte diese Zeit. Sie saß in dem Komitee, das für die lebendige Krippenszene zuständig war – was genau das war, wonach es klang, inklusive lebendiger Tiere.

Die Arbeit in dem Komitee war eigentlich recht leicht. Es gab ein paar ungewöhnliche Entscheidungen – wie Priscilla, die Elefantendame, und das Pony Reno. Die einzige etwas erhitzte Diskussion war aufgekommen, als jemand vorgeschlagen hatte, das Jesuskind von einem Toy-Pudel spielen zu lassen. Aber was wäre das Leben ohne Kontroversen?

Heute musste sie sich jedoch keine Gedanken über das Komitee machen und konnte sich stattdessen ganz darauf konzentrieren, Zeit mit ihrer Familie zu verbringen.

Sie ging die zehn Straßenzüge zu ihrem kleinen Haus und lächelte, als sie den Mietwagen in der Auffahrt stehen sah. Ihre Eltern waren von ihrem Wohnort in Florida eingeflogen, während ihr Bruder und ihre Nichte aus Chicago kommen würden. Jasmine war inzwischen im Hauptstudium an der Northwestern University, und Robbie arbeitete als Kinderarzt in Saint Paul.

Sie lief die drei Stufen zu ihrer Veranda hinauf, riss die Haustür auf und trat ein.

„Ich bin da!“, rief sie.

Ihre Eltern kamen aus der Küche auf sie zu. „Mein Liebling.“ Ihre Mutter breitete die Arme aus. „Wie geht’s dir?“

„Sie sieht gut aus, Loretta. Wirklich gut“, bemerkte ihr Vater grinsend.

Madeline genoss die liebevolle Umarmung ihrer Mutter.

Ich habe so ein Glück, dachte sie. Glück, in eine so tolle Familie hineingeboren worden zu sein. Auch wenn sie immer gewusst hatte, dass ihre Eltern älter waren als die ihrer Freunde, hatte sie das nie gestört. Loretta und Joseph hatten sich um sie gekümmert, sie ermutigt, an sich zu glauben und ihren Träumen zu folgen. Das Einzige, was sie nicht vorhergesehen hatten, war, wie lange Madeline gebraucht hatte, um herauszufinden, was genau sie mit ihrem Leben anstellen wollte.

Einen erfolgreichen älteren Bruder zu haben, war dabei nicht gerade hilfreich gewesen. Als sie in die erste Klasse kam, steckte Robbie bereits mitten in seinem Medizinstudium. Aber er hatte sich immer die Zeit genommen, ihr Aufmerksamkeit zu schenken, und auch wenn sie nicht miteinander aufgewachsen waren, hatten sie einander immer nahegestanden.

Jetzt lächelte sie ihre Eltern an. „Wie war euer Flug?"

„Ausgezeichnet", sagte ihr Vater. „Deine Mutter hat sich die ganze Zeit über Sorgen gemacht."

„Habe ich gar nicht", widersprach Loretta lachend. „Ich fand nur, dass sie zu langsam fliegen. Ich konnte es nicht erwarten, hier anzukommen."

Ihre Eltern waren am Vorabend spät in Sacramento gelandet. Da ihr Dad auf die fünfundsiebzig zuging, hatten sie es vorgezogen, sich über Nacht auszuruhen und die Fahrt nach Fool's Gold erst am nächsten Morgen anzutreten.

„Habt ihr schon im Hotel eingecheckt?", fragte Madeline. „Falls nicht, könnt ihr euch gern noch umentscheiden und hierbleiben."

Ihre Mutter berührte ihre Wange. „Es ist süß von dir, das anzubieten, aber du brauchst deinen Platz und wir auch."

Denn Madelines Haus war zwar durchaus charmant, hatte aber nur zwei Schlafzimmer und ein Bad. Sie hatte sich dafür entschieden, weil der Wohnbereich und die Küche sehr großzügig geschnitten waren. Aber das Gästezimmer war kaum größer als eine Besenkammer.

„Ich würde auf dem Futon schlafen", sagte sie.

„Die Lodge ist perfekt für uns.“ Erneut zog ihr Vater sie in die Arme. „Da treffen wir ständig alte Freunde.“

Gemeinsam gingen sie in die Küche. Ihre Mutter hatte bereits ein Blech mit Erdnussbutterkeksen im Ofen und eine Kanne frischen Kaffee gekocht.

„Hast du alles überprüft?“, fragte Madeline. „Ich bin die Liste ein paar Mal durchgegangen und ziemlich sicher, dass alles da ist.“

Ihre Mutter lachte. „Das hast du großartig gemacht. Ja, ich habe nachgeschaut, und du hast an alles gedacht.“

In der Familie Krug gab es eine Thanksgiving-Tradition: Nach der Parade wurde gemeinsam zu Abend gegessen, danach kamen Freunde und Nachbarn vorbei und blieben oft bis spät in die Nacht. Es gab Kuchen, Kekse und Pasteten sowie angeregte Unterhaltungen und viel Gelächter. Es war eine ihrer liebsten Kindheitserinnerungen.

Als ihre Eltern nach Florida gezogen waren, war die Tradition notgedrungen aufgegeben worden. Madeline war über die Feiertage immer zu ihnen geflogen. Aber nachdem sie vor ein paar Jahren ihr Häuschen gekauft hatte, hatten ihre Eltern Thanksgiving lieber in Fool’s Gold verbringen wollen, und nun war Madeline diejenige, die jedes Jahr als Gastgeberin ihr Haus für alle öffnete.

„Ich habe dir etwas mitgebracht.“ Ihre Mutter ging zu ihrer Handtasche und holte eine rote Schachtel heraus. „Für Weihnachten.“

Madeline sah die Schachtel an und wusste genau, was sich darin befand. Auch das war eine Familientradition, und sie hatte diese Schachtel jedes Jahr ihres Lebens am Weihnachtsabend auf der festlich gedeckten Tafel vorgefunden.

Das Lächeln ihrer Mutter schwand. „Hätte ich die nicht mitbringen sollen? Bist du jetzt traurig? Oh Joseph, war es ein Fehler von uns, über Weihnachten auf Kreuzfahrt zu gehen?"

Madeline nahm die kleine Schachtel und öffnete sie. Dann hob sie vorsichtig die roten Salz- und Pfefferstreuer heraus und stellte sie auf die Arbeitsplatte. „Sie sind wunderschön. Danke, dass du sie mir mitgebracht hast. Ich werde sie benutzen, versprochen. Und was die Frage angeht, ob ihr einen Fehler gemacht habt: Das habt ihr nicht. Genießt die Zeit zu zweit!"

„Aber du wirst ganz allein sein." Ihre Mutter zog die Augenbrauen zusammen. „Wir machen uns Sorgen um dich."

Zum ersten Mal würden sie die Weihnachtsfeiertage nicht zusammen verbringen. Robbie und Jasmine wollten zu Robbies Schwiegereltern, und ihre Eltern hatten zusammen mit zwei befreundeten Pärchen eine Kreuzfahrt gebucht.

Als sie Madeline davon erzählten, hatte sie einen leichten Stich verspürt. Aber dann hatte sie sich daran erinnert, dass die beiden ihr ganzes Leben lang hart gearbeitet und es verdient hatten, ihren Ruhestand zu genießen.

„Ihr müsst euch keine Sorgen machen", erklärte sie. „Ich habe viele Freunde, das wisst ihr doch. Die größte Frage wird sein, welche Dinnereinladung ich annehmen soll." Ihre Eltern wirkten nicht sonderlich überzeugt.

Daher suchte sie schnell nach einem anderen Thema – etwas, das sie überzeugen würde. Dann strahlte sie. „Außerdem werde ich sowieso unglaublich viel zu tun haben. Ich plane eine Hochzeit."

„Wer heiratet denn? Und warum weiß ich nichts davon, dass eine deiner Freundinnen sich verlobt hat?"

Madeline lachte leise. „Mom, du wappnest dich besser. Ich helfe nicht einer Freundin. Weißt du, wer Jonny Blaze ist?"

„Der Schauspieler?", fragte ihre Mutter.

„Ich mag seine Filme", warf ihr Vater ein. „*Amish Revenge* ist einer meiner Lieblingsstreifen. Wir haben die DVD."

„Er heiratet?" Ihre Mutter schüttelte den Kopf. „Ich verstehe das alles nicht."

„Nein, nicht er heiratet, sondern seine Schwester."

Madeline erzählte von Bürgermeisterin Marshas Besuch und ihrer Bitte sowie den Treffen mit Jonny Blaze, die daraufhin stattgefunden hatten. „Ihr dürft es niemandem erzählen", sagte sie. „Das Ganze soll nicht an die Öffentlichkeit vordringen."

„Natürlich", sagte ihre Mutter. „Es ist süß von dir, dass du ihm hilfst." Dann verzog sie den Mund zu einem schelmischen Lächeln. „Ist er in echt genauso attraktiv?"

„Darauf kannst du wetten."

Ihr Vater räusperte sich. „Loretta, muss ich mir Sorgen um dich machen?"

Seine Frau lachte. „Wohl kaum. Jonny Blaze könnte mein Sohn sein."

„Das ist egal. Du bist eine schöne Frau, und er könnte von Glück sagen, wenn er dich abbekäme. Ich will nur wissen, wie hart ich kämpfen muss, um dich zu behalten."

Ihr lockeres Geplänkel wärmte Madeline das Herz. Ihre Eltern liebten sich immer noch, und sie waren einfach gute Menschen.

Wegen ihres Alters sorgte sie sich manchmal um sie. Denn sie war nicht bereit, einen von ihnen zu verlieren. Aber sie waren beide gesund, und Robbie hatte ihr versichert, dass sie gut und gern neunzig werden könnten. Und die Zeit, die ihnen bis dahin blieb, würde sie in vollen Zügen genießen.

Ein Wagen bog in die Auffahrt. Ihre Mutter klatschte in die Hände, und ihr Vater eilte zur Haustür.

„Pünktlich auf die Minute“, sagte Madeline, die genauso aufgeregt war wie ihre Eltern.

Die nächsten Minuten vergingen in einem Rausch aus Begrüßungen und Umarmungen, als Robbie und Jasmine im Haus willkommen geheißen wurden. Sie sprachen über die Flüge und bewunderten die scharlachroten Salz- und Pfefferstreuer.

Als sie damit fertig waren, fand Madeline sich mit ihrer Nichte in der Küche wieder. Jasmine zog sich einen Barhocker heran und fing an, Teigkleckse auf ein bereitstehendes Backblech zu geben.

„Ich weiß nicht, Maddie“, gab die Einundzwanzigjährige zu. „Dad sagt nichts, aber ich spüre den Druck.“

„Dein Dad will, dass du glücklich bist.“

„Er will, dass ich Kinderärztin werde.“

„Vermutlich ja, aber vor allem will er, dass du glücklich bist.“

Jasmine hatte schon immer Medizin studieren wollen. Doch inzwischen hatte sie sich auf Radiologie spezialisiert, was etwas ganz anderes war als ihr ursprünglicher Plan, in die Fußstapfen ihres Vaters zu treten. Dieser Sinneswandel war durch den Tod ihrer Mutter verursacht worden, die an Brustkrebs gestorben war.

Ihr Tod hatte sie alle verändert. Vor allem Jasmine. Sie hatte sich entschieden, ihre Trauer auf produktive Weise zu nutzen – was für Robbie keine allzu große Überraschung sein dürfte. Trotzdem traute sie sich nicht, es ihrem Vater zu erzählen.

„Er liebt dich“, sagte Madeline. „Glaub mir, er kommt damit klar.“

Jasmine, genauso groß, blond und blauäugig wie der Rest der Krug-Frauen, zog die Nase kraus. „Vielleicht könntest du mal mit ihm reden.“

„Vielleicht könntest du auch selbst mit ihm reden.“

„Wieso muss ich mich wie eine Erwachsene benehmen?“

„Das bildet den Charakter und ist somit eine gute Übung für später.“

Jasmine lachte. „Wenn du darauf bestehst …“

„Tue ich.“

Robbie betrat die Küche. Er war gut eins achtzig groß und hatte hellbraune Haare, die an den Schläfen schon grau wurden. Als er sie zusammen sah, lächelte er.

„Wie geht es meinen beiden Lieblingsmädchen?“

„Gut“, sagte Madeline. „Ich glaube, es gibt Schnee.“

„Das hoffe ich doch. Bei Schnee kann man hier immer so viel Spaß haben.“

Madeline grinste ihren Bruder an. „Ich hätte gedacht, bei dir zu Hause schneit es genug.“

Robbie stibitzte sich einen der abkühlenden Kekse und biss davon ab. „Hier ist es irgendwie anders.“

„Magisch“, warf seine Tochter ein.

„So weit würde ich nicht gehen, aber es ist nah dran.“ Er wandte sich Madeline zu. „Sind die Pläne für die Feiertage wirklich in Ordnung für dich? Du kannst Jasmine und mich gern begleiten.“

Madeline war dankbar für seine Sorge darum, wie ihr erstes Weihnachten ohne Familie sein würde. „Ich komme klar. Ich habe bereits mit Mom gesprochen. Mach dir keine Gedanken. Ich habe Freunde und genügend Dinge, um mich zu beschäftigen."

„Grandma Pat hat gesagt, dass es in Ordnung wäre, wenn du mitkommst", fügte Jasmine an. „Nur dass du das weißt."

Grandma Pat war Robbies Schwiegermutter und Jasmines Großmutter mütterlicherseits. „Sag ihr einen herzlichen Dank von mir, aber ich bleibe in Fool's Gold." Sie hatte ihre Arbeit und musste außerdem eine Hochzeit planen. Zudem bestand die winzig kleine Chance, dass sie sich zufällig mit einem sehr attraktiven Jonny Blaze unter einem Mistelzweig wiederfinden würde.

An Thanksgiving fuhr Jonny zur Mittagszeit in die Stadt, um sich die Parade anzuschauen. Er war neugierig auf die Festlichkeiten und natürlich auf die Reaktionen auf seinen Wagen. Er war nicht sicher, ob Bürgermeisterin Marsha der Typ für einen 1956er El Dorado war, aber wer war er schon, das zu beurteilen?

Die Anzahl der Menschen, die bereits die Straßen säumten, überraschte ihn. Er brauchte eine Weile, um einen Parkplatz zu finden, und musste dann beinahe eine Meile zur Paradestrecke laufen. Er kam an vielen Familien vorbei – Eltern mit Kindern in Kinderwagen und sogar mit Teenagern. Er hatte erwartet, dass die älteren Kinder mit ihren Freunden zusammen waren, aber soweit er das sehen konnte, waren sie ganz zufrieden damit, bei ihren Familien zu bleiben. Ein paar Leute lächelten und grüßten ihn, und er hatte das Gefühl, das lag an dem Tag und nicht an ihm, was ihm sehr gefiel.

Es war ziemlich frisch – vermutlich so um die null Grad. Kalt, aber nicht unerträglich. Der Himmel war klar, aber er hätte schwören können, den Geruch von Schnee in der Luft zu riechen. An der Ecke hatte das Brew-haha einen Stand mit heißem Kakao und Kaffee aufgebaut. Daneben stand ein Imbisswagen, in dem es alle möglichen Kekse in Thanksgiving-Formen gab: Truthähne und Kürbisse und Pilgerhüte. Er holte sich einen Kaffee und ein paar Kekse, dann schlenderte er zwischen den Menschen umher.

Überall unterhielten sich die Leute. Er hörte Schnipsel unterschiedlichster Diskussionen, von den Lieblingsteilen der Parade bis zu den Beilagen zum festlichen Dinner, die eine bestimmte Schwiegermutter von ihrer neuen Schwiegertochter erwartete. Als die ersten Musikklänge in der Ferne ertönten, ging er darauf zu. Die Massen wurden einen Moment still, dann fingen sie an zu jubeln.

Gemeinsam mit allen anderen drehte er sich um und konnte es kaum erwarten, den ersten Blick auf diese Kleinstadtparade zu erhaschen.

„Oh … mein … Gott. Sie sind Jonny Blaze. Ich fasse es nicht. Was tun Sie denn hier? Wohnen Sie in der Stadt? Sind Sie es wirklich? Kann ich ein Autogramm und ein Foto haben?"

Es dauerte ein paar Sekunden, bis die begeisterten Worte bei Jonny sackten. Langsam drehte er sich um und sah eine Frau um die dreißig, die ihn anstarrte. Sie hielt ein Kleinkind auf dem Arm, und an ihre freie Hand klammerte sich ein etwas älteres Mädchen. Er wusste, dass er sie noch nie gesehen hatte, und nahm an, dass sie eine Touristin war, die hier ihr langes Wochenende verbrachte.

Unverwandt starrte die Frau ihn an und nickte dann. „Sie

sind es wirklich. Ich glaube es nicht. Mike, beeil dich. Das ist Jonny Blaze. Du musst ein Foto von uns machen. Das ist unglaublich. Können wir uns küssen? Denn, wow, ich würde Sie wirklich gern küssen."

So etwas passierte alle naselang. Er wusste genau, was er tun musste, um Grenzen zu setzen. Das tat er schon seit Jahren. Nur hatte er in den letzten paar Wochen vergessen, wie es war, wenn die Öffentlichkeit in sein Leben eindrang. Also war er nicht vorbereitet, und in den Sekunden, die er benötigte, um herauszufinden, was er tun sollte – etwas, das über ein „Verdammt, nein, auf keinen Fall werden wir uns küssen" hinausging –, stellte die Frau sich schon für das Foto neben ihn.

„In einer Minute werden Sie sich schrecklich albern vorkommen", erklang eine Stimme hinter ihm. Dann drängte sich eine Frau, die bestimmt schon Mitte siebzig war, an ihm vorbei und stellte sich vor ihn. „Ich weiß, was Sie denken", fuhr sie fröhlich fort. „Dass er dieser Filmstar Jonny Sowieso ist, oder? Das passiert ständig." Die alte Lady schlug ihm auf den Oberarm. „Das ist mein unseliger Enkel. Er kann einfach keinen Job behalten, auch wenn sein Leben davon abhinge. Meine Tochter reißt sich die Haare aus, das sage ich Ihnen. Er ist wirklich nicht der Hellste, aber er hat gelernt, wie man Regenrinnen säubert. Haben Sie vielleicht einen Job für ihn? Er ist grundehrlich und außerdem billig."

Die Frau mit dem Baby trat einen riesigen Schritt zurück. „Sie sind nicht Jonny Blaze? Und Sie wollten mich küssen? Ha, so weit kommt es noch. Igitt." Sie verdrehte die Augen. „Warum sollte ich einen Fremden küssen wollen?"

Ganz genau mein Gedanke, dachte Jonny, als die Frau und ihre Familie davoneilten.

Erleichtert lächelnd wandte er sich an die alte Lady. „Ich danke Ihnen."

„Gern geschehen. Ich habe gesehen, wie sie zum Angriff übergegangen ist, und dachte, Sie könnten ein wenig Hilfe gebrauchen."

„Normalerweise bin ich in solchen Situationen besser."

Sie zuckte mit den Schultern. „Ist schon okay. Jeder hat mal einen freien Tag verdient. Ich bin übrigens Gladys."

„Jonny Blaze."

Sie grinste. „Als wenn ich das nicht wüsste. Schön, Sie offiziell kennenzulernen. Sie sind sehr attraktiv."

Er lachte. „Okay, jagen Sie mir jetzt bitte keine Angst ein."

Sie zwinkerte ihm zu. „Ich kenne Sachen, die würden Sie umhauen."

„Ja, vermutlich. Und dann würden Sie mich fallen lassen und mir das Herz brechen."

„Das ist sehr gut möglich." Sie musterte ihn interessiert. „Ich habe eine Großnichte, die Single ist. Okay, eigentlich ist sie in einer Beziehung mit einem totalen Idioten, aber hört sie auf mich?"

„Das tun sie nie."

Sie zeigte auf jemanden, den er nicht sehen konnte. „Ich lasse Ihnen jemandem zum Schutz da, da Sie ja anscheinend nicht in der Lage sind, auf sich aufzupassen."

Er drehte sich um und sah Madeline auf sie zukommen. Gladys erklärte ihr kurz, was passiert war.

Madeline wandte sich ihm zu. „Geht es Ihnen gut?"

Sie war aufrichtig besorgt, das sah er in ihren blauen Augen. Schon seltsam. Normalerweise passten die Menschen nicht auf ihn auf, sondern nahmen von ihm, was sie kriegen konnten. Man erwartete von ihm, dass er anderen half. Wenn er selbst Hilfe benötigte, engagierte er einen Bodyguard.

Madeline trug einen knallroten Mantel, der zu ihrem Lipgloss passte. Dazu hatte sie sich einen gleichfarbigen Schal um den Hals gewickelt und außerdem Handschuhe an. Nicht übertrieben sexy, aber er fand das Outfit trotzdem ansprechend. Und sehr typisch für Fool's Gold.

„Mir geht's gut", sagte er. „Nur eine übereifrige Touristin. Aber Gladys hat sie mundtot gemacht."

„Darin ist Gladys gut. Aber wappnen Sie sich, sie wird dafür einen Gefallen einfordern."

„Sie hat bereits angedeutet, dass wir miteinander schlafen könnten", erwiderte er und sagte sich, dass die alte Lady ganz sicher nur einen Witz gemacht hatte.

„Wenn es nur das wäre." Madeline schaute sich um. „Sie sind hier wie auf dem Präsentierteller. Kommen Sie." Sie zeigte die Straße hinunter. „Sie können sich zu meiner Familie gesellen. Mengenmäßig sind wir nur Zwerge, aber im Geiste sind wir Riesen."

Er wollte erwidern, dass er sich um sich selbst kümmern konnte, dass er nicht irgendein Trottel war, der beschützt werden musste. Nur gefiel es ihm, wenn sie auf ihn achtete. Es war seltsam, aber nett. Genau wie diese Stadt, dachte er, als er mit ihr ging.

Madeline blieb vor einem älteren Paar stehen. Jonny erinnerte sich daran, was sie über die späte Überraschung im Leben der beiden erzählt hatte.

„Mom, Dad, das ist Jonny Blaze. Jonny, meine Eltern, Joseph und Loretta Krug."

Wenn die älteren Krugs überrascht waren, so ließen sie es sich nicht anmerken. Beide begrüßten ihn und schüttelten ihm die Hand.

„Keine Verwandtschaft mit den Krugs aus Frankreich", sagte ihr Vater augenzwinkernd.

Jonny brauchte eine Sekunde, um die Verbindung herzustellen. „Die Champagnerdynastie", bemerkte er.

„Ganz genau."

„Mir würde es nichts ausmachen, mit einem Champagnerbaron verwandt zu sein", sagte ein großer, jüngerer Mann.

Jonny erkannte die Ähnlichkeit zwischen ihm und Joseph, der neben ihm stand, und streckte die Hand aus. „Sie müssen Madelines Bruder sein."

„Robbie. Schön, Sie kennenzulernen. Und das ist meine Tochter Jasmine."

„Hi", sagte die junge Frau lächelnd. „Wow, Sie sind wirklich Jonny Blaze."

„Das ist nur ein Gerücht", erklärte er.

Die Musik wurde lauter, und alle drehten sich zur Straße. Jonny sah das Banner, das von Mitgliedern der Footballmannschaft der Highschool getragen wurde. Hinter ihnen folgte das offene Cabriolet mit Bürgermeisterin Marsha, die oben auf der Lehne der Rücksitzbank saß.

„Sie ist wunderschön", zog Madeline ihn auf. „Tut es weh, sie so in der Öffentlichkeit zur Schau gestellt zu sehen?"

„Nein. Es ist besser, wenn alle sie bewundern können."

Robbie trat zu ihnen. „Wir sprechen hier von dem Wagen, richtig? Ich meine, ich liebe Bürgermeisterin Marsha, aber diese Worte im Zusammenhang mit ihr würden mir ein sehr mulmiges Gefühl verursachen."

Madeline hakte sich bei ihrem Bruder unter. „Keine Sorge. Jonny ist bereits versprochen. Gladys hat ihn sich reserviert."

Robbie schlug ihm auf den Rücken. „Sie sind ein mutigerer Mann als ich."

„Ha, danke."

Hinter dem Cabriolet mit der Bürgermeisterin kam die Marschkapelle. Jonny fragte sich, ob die gute Bürgermeistern wohl an Ohropax gedacht hatte, denn die Musik war verdammt laut. Dann erinnerte er sich daran, dass das hier nicht ihre erste Parade war. Sie war die am längsten regierende Bürgermeisterin von Kalifornien, und es gab vermutlich nur wenig, worauf sie nicht vorbereitet war.

Nach der Marschkapelle kamen die Umzugswagen. Einige waren genau so, wie er es erwartet hatte – wie der geschmückte Feuerwehrwagen. Andere überraschten ihn. So gab es einen gigantischen, weihnachtlich herausgeputzten Eisbären aus Plastik. Was natürlich kein Vergleich war zu dem lebenden Elefanten im Weihnachtsmannkostüm.

Loretta, Madelines Mutter, stellte sich neben ihn. „Bevor Sie fragen", murmelte sie. „Das Kostüm hält mit Klettverschlüssen. Einige Frauen aus der Stadt haben sich zusammengeschlossen, um es zu nähen. Der schwierige Teil ist, es Priscilla anzuziehen. Nicht, dass sie nicht kooperiert, das tut sie. Aber sie ist schon ein ziemlich großes Mädchen."

Er nickte und fragte sich, wie, um alles in der Welt, ein Elefant dazu kam, als Weihnachtsmann verkleidet an einer Parade teilzunehmen. Andererseits, er wurde von einem Pony und einer Ziege begleitet, die als Elfen verkleidet waren, also hey, alles halb so wild.

Loretta beugte sich zu ihm. „Wie sehen Ihre Pläne fürs

Abendessen aus? Würden Sie uns gern Gesellschaft leisten? Bevor Sie antworten, es ist nur die Familie. Maddie und ich kochen seit gestern, und es ist wirklich köstlich geworden, wenn ich das so sagen darf. Nach dem Dinner öffnen wir das Haus dann für Freunde und Nachbarn, die vorbeikommen, um die Feiertage einzuläuten."

Er dachte an sein großes, leeres Haus, das auf der Ranch auf ihn wartete. Er war auf der Suche nach Ruhe und Privatsphäre nach Fool's Gold gekommen. Nachdem er beides gefunden hatte, musste er zugeben, dass die Abende manchmal etwas lang und einsam werden konnten.

„Das würde mir gefallen", sagte er. „Vielen Dank."

Sie tätschelte seinen Arm. „Gut. Freunde sind an unserem Tisch immer willkommen."

Sie kehrte zu ihrem Ehemann zurück. Jonny schaute von ihr zu dem Mann an ihrer Seite und fragte sich, wie anders sein Leben wohl verlaufen wäre, hätte er seine Mutter nicht bei Gingers Geburt und seinen Vater vor über zehn Jahren verloren. Familie war wichtig. Er wusste, dass Ginger ihn erdete. Wenn er unsicher war, wie er sich bezüglich eines Projekts entscheiden sollte, überlegte er immer, wie er Ginger stolz machen würde. Ohne jemanden, den man lieben konnte, fehlte einem der Anker.

Madeline lächelte ihn an. „Ist alles okay?"

„Ihre Mom hat mich zum Dinner eingeladen. Ich hoffe, es ist in Ordnung, dass ich angenommen habe."

Ihr Lächeln war spontan und herzlich. „Sie sollten sich besser wappnen. Das wird ganz schön laut."

„Mengenmäßig Zwerge, aber im Geiste Riesen?"

Sie lachte. „Ganz genau."

4. Kapitel

Madeline wusste, dass ihr Leben in wenigen Wochen zur Normalität zurückkehren und sie zurückschauen und sich fragen würde, ob irgendetwas von alldem wirklich passiert war. Aber bis dahin würde sie sich einfach treiben lassen und sich einreden, dass es normal war, gemeinsam mit dem Filmstar Jonny Blaze Geschirr abzuwaschen, und dies nur eine von einer ganzen Reihe Erinnerungen war, mit denen sie die Leute langweilen konnte, wenn sie achtzig wäre.

Sie hatte ihm schon zweimal gesagt, dass er nicht helfen müsste, also verkniff sie es sich, ihn ein drittes Mal darauf hinzuweisen. Stattdessen reichte sie ihm eine saubere Auflaufform zum Abtrocknen. Die Spülmaschine gurgelte bereits vor sich hin, die Essensreste waren im Kühlschrank verstaut, und die letzte Fuhre Kekse befand sich im Ofen. Der warme, süße Duft erfüllte die Küche und vermischte sich mit den letzten köstlichen Aromen von Truthahn und Soße.

„Ich bin so voll", gab sie zu, als sie nach der Soßenschüssel griff. „Ich hoffe, dass ich morgen noch in meine Klamotten passe."

„Haben Sie am Black Friday viele Kunden?", erkundigte er sich.

„Nein, eigentlich nicht. Für zukünftige Bräute ist das kein großer Shoppingtag. Die Anträge werden nicht an Thanksgiving gemacht. Weihnachten und Silvester sind eine ganz andere Sache, deshalb habe ich im Januar immer viel zu tun."

„Kommen sie immer zuerst zu Ihnen?", fragte er und stellte die Schüssel auf den Tresen neben die anderen sauberen Sachen.

Die Weingläser und die Servierschüsseln hatte sie bereits gespült. Nun säuberte sie das Spülbecken, zog dann ihre Gummihandschuhe aus und lehnte sich gegen die Arbeitsplatte.

„Auch wenn es bei einer Hochzeit nicht nur ums Kleid geht, ist es ein guter Ausgangspunkt für die Planung", erklärte sie. „Sich Blumen auszusuchen oder das Menü zu bestimmen ist nicht das Gleiche. Das richtige Kleid auszuwählen ist für die Braut eine große Sache und enorm wichtig. Schließlich will sie bei ihrer Hochzeit besonders hübsch aussehen."

Sie lächelte. „Es ist schön, die Aufregung mitzuerleben. Wie sie ihren Verlobungsring aufblitzen lassen. Ich schätze, es ist eines der letzten großen Übergangsrituale, und ich genieße es, Teil davon zu sein."

Ihn hingegen wird das wohl kaum interessieren, dachte sie. Aber noch während sie überlegte, das Thema zu wechseln, kam er ein wenig näher, als hörte er aufmerksam zu.

„Was ist das Schönste?", fragte er.

„Ich bin mir nicht sicher, was für die Bräute das Schönste ist, aber für mich ist es der Moment, in dem die Braut weiß, dass sie das richtige Kleid gefunden hat. Ich erkenne es an ihrem Gesichtsausdruck. Alles fühlt sich einfach richtig an."

Wie dieser Moment, dachte sie verträumt. Wenn der große, attraktive Mann in ihrer Küche nur noch einen Schritt näher kommen und sich vielleicht vorbeugen würde, um …

Es klingelte. Seufzend verdrängte sie ihre Fantasien und zeigte auf die Hintertür. „Das ist Ihre letzte Chance zur Flucht", zog sie ihn auf. „Wenn Sie die nicht nutzen, sollten Sie sich besser darauf vorbereiten, einige der Gründerfamilien dieser Stadt kennenzulernen. Zumindest diejenigen, die ich kenne."

„Ich bin nicht so leicht zu erschrecken. Gehen Sie voran."

Sie betrat das Wohnzimmer und sah, dass mehrere Pärchen zeitgleich erschienen waren. Die nächsten Minuten vergingen damit, alle einander vorzustellen. Madeline war erleichtert, dass niemand sonderlich schockiert über Jonny Blazes Anwesenheit in ihrem Wohnzimmer zu sein schien. Oder vielleicht ging es ihnen wie ihr – insgeheim waren sie überwältigt, rissen sich aber zusammen, um keinerlei Reaktion zu zeigen.

Sie kehrte in die Küche zurück, um die Platten mit den Köstlichkeiten vorzubereiten. Es gab Kekse und Brownies und alle möglichen Süßigkeiten. Shelby kam herein und trat an die Spüle, um sich die Hände zu waschen.

„Na, wie läuft's?", fragte ihre Freundin.

Madeline lächelte. „Gut. Hattet ihr ein schönes Abendessen?"

„Oh ja. Mit Kipling und Destiny hat man immer Spaß. Und ich bete Starr an."

Starr war Destinys Halbschwester, sie war noch ein Teenager und lebte bei ihr und Kipling.

Shelby trocknete sich die Hände ab und legte dann weitere Kekse auf den Teller.

„Willst du darüber reden?"

Madeline riss die Augen auf, als wüsste sie nicht, was ihre Freundin meinte. „Worüber?"

Shelby stellte die Brownies ab und stemmte die Hände in

die Hüften. „Jonny Blaze steht in deinem Wohnzimmer. Das Letzte, was ich gehört habe, war, dass du ernsthaft für ihn schwärmst. So ernsthaft, dass du nicht mal in seine Richtung gucken konntest. Und nun ist er hier?“

Madeline grinste. „Ich weiß. Das ist so komisch.“

„Und?“

Madeline richtete den letzten Teller, dann sah sie ihre Freundin an. „Das ist alles Bürgermeisterin Marshas Schuld.“

„Das ist es meistens.“

Schnell erklärte Madeline die Sache mit der Hochzeit und wieso sie nun Zeit mit dem Actionstar verbrachte.

„Und, flippst du deshalb aus?“, wollte Shelby wissen.

Madeline fiel auf, dass Isabel die gleiche Sorge geäußert hatte. Sie musste sich wirklich sehr seltsam benommen haben, wenn Jonny in der Nähe gewesen war. „Anfangs ja, aber es wird besser. Er hat heute mit uns zu Abend gegessen. Das war surreal. Aber meine Eltern waren ganz cool, und ich habe einfach so getan, als wäre ich genauso locker.“

„Hat er dich geküsst?“

Die unerwartete Frage ließ Madeline erröten. „Was? Nein. Wir arbeiten nur zusammen. Außerdem bin ich bloß ein normales Mädchen. Er hingegen ist Jonny Blaze.“

„Ich bin sicher, er ist genauso an Sex interessiert wie jeder andere Mann auch.“

„Shelby, nicht!“ Madeline schaute sich um, ob auch niemand in Hörweite war. „So ist er nicht. Das würde er nie von mir wollen.“

„Dann ist er ein Idiot. Du bist super.“

Und Shelby war eine loyale Freundin. Madeline wusste, dass sie ganz hübsch war, aber in Jonnys Welt? Eher nicht.

„Es ist schon okay. Ich versuche zu ignorieren, dass ich in ihn verknallt bin, und genieße das Prickeln, wenn er in der Nähe ist. Das ist schön. Meine ganz private Feiertagsunterhaltung. Außerdem bringt es mir Spaß, die Hochzeit zu planen. Es ist mal etwas anderes. Ich habe Ginger noch nicht getroffen, aber wir telefonieren regelmäßig, und sie ist echt nett."

„Wenn er zu Verstand kommt und über dich herfällt, will ich alle Einzelheiten", erklärte Shelby ihr. „Ich befinde mich gerade in einer fürchterlichen Dürreperiode und muss mein Leben stellvertretend durch dich leben."

Madeline tat so, als fächelte sie sich Luft zu. „Ich hoffe, ich habe bald was zum Erzählen."

Sie nahmen die gefüllten Teller und brachten sie ins Wohnzimmer.

In den paar Minuten, in denen Madeline sich in der Küche aufgehalten hatte, waren noch weitere Gäste eingetroffen. Sie sah, dass Jonny sich mit den Jungs von CDS unterhielt – unter den Einheimischen auch als Bodyguardschule bekannt. Es war interessant, sie zusammen zu sehen. Ford und Angel waren beide körperlich fit und sehr gut aussehend, aber Jonny hatte etwas Unwiderstehliches. Sie schätzte, das war mit ein Grund, warum die Filme mit ihm so erfolgreich waren. Man wollte ihn einfach ansehen.

„Hey."

Madeline drehte sich um und sah Consuelo Hendrix neben sich stehen. „Hi."

„Nette Party."

Madeline nickte, weil sie nicht sprechen konnte. Sie wusste, das lag an dem Schock darüber, wie ihre Freundin gekleidet war. Und wenn Consuelo das bemerken würde, gäbe es eine hässliche Strafe. Aber trotzdem konnte sie nicht anders, als sie anzustarren.

Sie und Consuelo waren seit mehreren Jahren befreundet. Beinahe seit dem Umzug von Consuelo nach Fool's Gold. Vorher hatte sie für die Regierung gearbeitet und Dinge getan, über die sie niemals sprach. Trotz ihres zierlichen Körperbaus war sie zäh und gefährlich. Sie ließ keine Gefühle zu, bewegte sich wie ein Leopard auf der Jagd, und ihre Vorstellung von einem entspannten Nachmittag war es, auf einen Berg zu klettern.

Sie unterrichtete alle möglichen Kampftechniken an der Bodyguardschule und gab außerdem Kurse in Mixed Martial Arts für die Einwohner von Fool's Gold. Ihre übliche Kleidung bestand aus einer Cargohose und Stiefeln. Im Sommer trug sie dazu ein Tanktop oder T-Shirt, im Winter ein leichtes Sweatshirt.

Aber heute Abend hatte sie ein figurbetontes schwarzes Kleid an. Sehr schlicht, mit U-Boot-Ausschnitt, einem geraden Rock und langen Ärmeln. Dazu trug sie schwarze Overkneestiefel aus Leder mit ziemlich hohen Absätzen. Das eines Kirchbesuchs würdige Kleid in Kombination mit den verruchten Stiefeln war typisch Consuelo. Und an ihrem perfekten, durchtrainierten Körper war das Ergebnis unglaublich – und einschüchternd.

„Was?“, fragte Consuelo herausfordernd. „Du willst doch etwas sagen, also spuck's aus.“

„Du siehst wunderschön aus.“

Consuelo zog die Augenbrauen zusammen. „Bring mich nicht dazu, dich zu töten.“

Madeline hielt ihr einen Teller hin. „Kekse? Die hat meine Mom gebacken."

Consuelo nahm sich einen. „Glaub ja nicht, dass du mich damit von dem Kompliment ablenken kannst."

„Du siehst aber wirklich bezaubernd aus."

Consuelo stöhnte. „Ich wusste, dass es ein Fehler ist. Ich habe es Kent gesagt, aber er meinte, er wolle mich nur *einmal* in einem Kleid sehen. Also hab ich ihm den Gefallen getan. Zum Teufel, es ist Thanksgiving."

Madeline lachte. „Du bist wirklich unglaublich seltsam."

„Ich weiß." Consuelo trat einen Schritt zurück und schaute an sich hinunter. „Ist es zu viel?"

„Wie schon gesagt – du bist wunderschön. Und sexy. Ich bin erstaunt, dass ihr es rechtzeitig hergeschafft habt", murmelte sie. „Ich schätze, Kent weiß, was für ein Glück er hat."

„Das tut er." Sie ließ den Blick über die lachenden und sich unterhaltenden Menschen gleiten. „Wer ist der Kerl? Er kommt mir irgendwie bekannt vor."

Madeline musste sich nicht umdrehen. „Jonny Blaze." Sie wartete auf den Aufschrei – oder zumindest ein leises Quieken, denn Consuelo hatte sich immer unter Kontrolle.

„Oh, stimmt. Ich hätte ihn erkennen müssen. Ich mag seine Filme. Er ist einer von denen, die das mit dem Kämpfen richtig machen." Consuelo verdrehte die Augen. „Du hast keine Ahnung, wie viel Actionszenen totaler Blödsinn sind. Dann kann man die Sendung oder den Film einfach nicht mehr genießen. Kent meint, ich solle etwas toleranter sein."

„Aber das wird nicht passieren?", fragte Madeline grinsend.

„Du kennst mich."

„Komm. Ich stelle dich ihm vor."

Madeline ging zu Jonny, der nun mit ein paar Jungs von Score zusammenstand, der örtlichen PR-Agentur, die ehemaligen NFL-Stars gehörte. Als sie näher kamen, drehte Jonny sich um.

„Das ist meine Freundin Consuelo", sagte sie. „Sie arbeitet bei CDS."

„Die Bodyguardschule." Er sah Consuelo an. „Jonny Blaze. Nett, Sie kennenzulernen." Sie schüttelten einander die Hand. „Vor ein paar Minuten habe ich Angel und Ford kennengelernt. Sie haben von Ihnen gesprochen."

Consuelo stöhnte. „Glauben Sie ihnen nichts. Das sind alles Lügen. In *Amish Revenge* haben Sie mir übrigens gut gefallen. Diese letzte Szene auf dem Zug – das war sehr authentisch."

„Danke. Die Stunts habe ich alle selbst gemacht und genug Prellungen, um es zu beweisen."

Alle lachten, aber Consuelo sprach einfach weiter. „Die Kampfszene davor war jedoch ätzend. Die Bewegungen waren nicht richtig. Sie haben einen Trainer, oder? Er hat's vermasselt. Ist nicht Ihre Schuld."

Madeline wollte im Erdboden versinken und auf der anderen Seite des Planeten wieder auftauchen. Hatte ihre Freundin das wirklich gesagt? Und wieso überraschte sie das nicht wirklich? Consuelo sprach immer aus, was sie dachte, und ließ ihrer Meinung normalerweise noch ein paar Drohungen folgen.

Sie wartete darauf, dass Jonny das Thema wechselte, böse wurde oder sogar ging. Doch er nickte nur. „Sie haben recht. Irgendwie haben wir den Flow nicht hinbekommen. Ich schätze, Sie bieten kein Training für Messerkämpfe an?"

Consuelo grinste. „Machen Sie Witze? Ich tue nichts lieber, als mit dem Messer zu kämpfen."

„Ehrlich? Denn dann wäre ich interessiert. Haben Sie dafür einen Kurs oder so?"

„Für den Kampf mit dem Messer nicht. Ich glaube, Bürgermeisterin Marsha wäre davon nicht sonderlich begeistert. Aber ich könnte Ihnen ein paar Tricks zeigen. Rufen Sie einfach bei CDS an und machen einen Termin aus."

„Das werde ich."

Kent trat zu seiner Frau. „Na, versuchst du, mich eifersüchtig zu machen?" Er nickte Jonny zu. „Kent Hendrix."

Die beiden Männer schüttelten einander die Hand.

„Ihre Frau hat sich gerade mit mir über Messerkämpfe unterhalten."

„Natürlich hat sie das." Kent gab Consuelo einen Kuss auf den Scheitel. „Ich kann dich wirklich nirgendwo mit hinnehmen."

„Das sage ich doch immer", beschwerte sie sich. „Und trotzdem schleppst du mich ständig mit. Warum?"

Kent lachte.

Einige Umstehende wandten sich anderen Grüppchen zu, während neue Gäste sich zu ihnen gesellten.

Jonny trat näher zu Madeline. „Sie kennen ein paar sehr interessante Leute."

„Consuelo ist eine Klasse für sich. Aber Sie haben recht. Wir haben einige sehr faszinierende Einwohner. Das sorgt dafür, dass es immer interessant bleibt."

„Ich hoffe, sie hat das ernst gemeint, dass sie mir ein paar Tricks zeigen kann."

„Sie könnten Sie als Beraterin für Ihren nächsten Film engagieren."

Anstatt sie auszulachen, wie sie es erwartet hatte, nickte er langsam. „Das ist eine gute Idee. Ich werde nächste Woche mal mit ihr darüber sprechen. Falls sie interessiert ist, könnte ich …"

Er unterbrach sich und schaute über Madelines Kopf hinweg. „Das kann nicht sein."

Sie wandte den Kopf, um zu sehen, wer seine Aufmerksamkeit erregt hatte. Die Strykers waren eingetroffen – drei Brüder und ihre Frauen.

„Was ist?", fragte sie, bevor alle Luft ihre Lungen verließ.

Jonny ergriff ihre Hand und zog sie quer durch den Raum. „Ich kann es nicht glauben", sagte er.

Sie auch nicht. Und zwar nicht nur, von ihm durch ihr Haus gezogen zu werden, sondern auch die Art, wie er ihre Hand hielt. Als wären sie … Sie war nicht sicher, was. Freunde? Ein Liebespaar?

Wie selbstverständlich verschränkte er die Finger mit ihren. Seine Handfläche war warm, und seine Berührung … ließ sie erschauern. Sie wusste nicht, was sie denken oder sagen sollte. Ihn anzuflehen, niemals loszulassen, schien auf diesem fröhlichen Beisammensein ein wenig fehl am Platz zu sein. Zumal sie den Eindruck hatte, dass er gar nicht wusste, was er da gerade mit ihr anstellte.

„Clay", sagte Jonny und blieb vor dem jüngsten der Stryker-Brüder stehen. „Was machst du denn hier?"

Clay starrte ihn eine Sekunde an, dann lachte er. „Das Gleiche könnte ich dich fragen. Du bist in Fool's Gold?"

„Ich habe mir ein Haus etwas außerhalb der Stadt gekauft."

„Und ich habe hier eine Farm, auf der ich Familienferien anbiete.“ Er zog seine Frau näher an sich. „Honey, das ist Jonny Blaze. Wir haben mal zusammengearbeitet. Jonny, das ist meine Frau Charlie.“

Traurigerweise musste Jonny Madelines Hand loslassen, um die von Charlie zu schütteln. Madeline kannte die andere Frau seit Jahren und hatte sie bis zu diesem Moment immer sehr gemocht.

Grinsend sah Jonny sie an. „Clay ist ein toller Kerl. Wir hatten viel Spaß am Set.“

Clay zuckte mit den Schultern. „Das ist schon eine Weile her. Da waren wir beide noch jünger.“

Madeline dachte an Clays ehemaligen Beruf. „Wenn ihr sagt, ihr hättet mal zusammengearbeitet …“, fing sie an.

Jonny lachte leise. „Clay war mein Hinterndouble bei *Amish Revenge*.“

Verschiedene Szenen blitzten in ihrem Kopf auf, einschließlich der, in der Jonny nackt durchs Haus gewandert war. Es hatte keine Frontalaufnahmen unterhalb der Gürtellinie gegeben, aber von hinten hatte es einen langsamen, ausführlichen Schwenk von Kopf bis Fuß gegeben.

„Das waren Sie gar nicht?“ Sie hoffte, dass man ihr die Enttäuschung nicht anhörte.

Charlie lehnte sich gegen ihren Mann. „Ich kann bezeugen, dass das, was du da auf der Leinwand gesehen hast, alles zu Clay gehört.“ Sie schaute Jonny an. „Sie sind nicht so gut ausgestattet, was?“

Jonny lachte wieder. „Ganz genau.“

Clay schüttelte den Kopf. „Er hätte das sehr gut selbst machen können. Was Jonny verschweigt, ist, dass der ursprünglich für die Rolle engagierte Schauspieler auf einem Hinterndouble bestanden hatte. Als er dann ausgestiegen ist und Jonny die Rolle bekam, hätte er den Vertrag kündigen können, aber das hat er nicht getan. Für mich war das der große Durchbruch in dem Geschäft."

Madeline schwirrte der Kopf vor so vielen Informationen. Erstens, dass Jonny gar nicht die erste Wahl des Produzenten gewesen war, der praktisch seine Karriere begründet hatte. Zweitens, dass er selbst damals schon so ein netter Kerl gewesen war und Clay den Job gesichert hatte. Und drittens, dass der Mann ihre Hand gehalten hatte.

„Seien Sie vorsichtig", warnte Charlie ihn. „Wenn Eddie und Gladys Sie in die Finger kriegen, sind Sie Geschichte."

Damit zogen die beiden weiter, um andere Freunde zu begrüßen. Jonny schaute Madeline an. „Gladys habe ich ja schon getroffen, aber wer ist Eddie?"

„Die beiden Ladys haben eine Fernsehsendung im offenen Kanal der Stadt", erklärte sie. „Einer ihrer beliebtesten Beiträge ist ein Wettbewerb, bei dem sie Fotos von Männerhintern zeigen. Die Zuschauer müssen raten, wer die dazugehörigen Männer sind, und ihre Antwort per SMS einschicken."

Seine grünen Augen weiteten sich. „Ehrlich?"

„So was kann man sich nicht ausdenken."

„Nein, ich schätze nicht." Er zuckte mit den Schultern. „Ich hatte mit Kuchenbasaren und Spielzeugsammlungen gerechnet, aber nicht mit Hinternwettbewerben."

„Wir sind immer für eine Überraschung gut."

„Haben Sie gerade die Spielzeugsammlung erwähnt?", fragte Taryn im Vorbeigehen. „Wissen Sie etwas darüber?

Sollte ich mir Sorgen machen?“ Sie hielt inne. „Oh, hallo. Sie sind Jonny Blaze. Taryn Crawford. Meinen Ehemann haben Sie vorhin schon kennengelernt – Angel von der Bodyguardschule.“

„Soweit ich weiß, läuft die Spielzeugsammlung wie geplant“, beruhigte Madeline sie.

Taryn, wie immer modisch gekleidet mit einem violetten Kleid, das zu ihrer Augenfarbe passte, seufzte. „Jedes Jahr zwischen Thanksgiving und Weihnachten führen wir die Spielzeugsammlung durch. Letztes Jahr war ich klug genug, zu der Zeit Urlaub zu nehmen. Aber dieses Jahr bin ich hier und fühle den Druck.“

„Nach was für Spielzeug suchen Sie?“, erkundigte sich Jonny.

Beide Frauen starrten ihn an.

„Was für welches haben Sie denn?“, gab Taryn zurück.

Madeline erwartete, dass er anbieten würde, einen Scheck auszustellen, aber stattdessen zögerte er.

„Ein paar geschnitzte Holzspielzeuge. Sie sind etwas altmodisch.“ Er verlagerte das Gewicht auf den anderen Fuß. „An einem Filmset muss man viel Zeit mit Warten verbringen, und es hilft, ein Hobby zu haben. Als ich *Amish Revenge* gedreht habe, hatten wir einige Amish als Berater. Einer der Männer hat mir gezeigt, wie man schnitzt. Seitdem mache ich Spielzeuge.“

Taryn kniff die Augen zusammen. „So was wie Züge und kleine Tiere?“

„Ja, so in der Art.“

„Wir nehmen sie. Ernsthaft. Die Kinder lieben es, ihre Fantasie spielen zu lassen. Kann ich Sie über Madeline erreichen?“

Er nickte.

„Gut, ich melde mich."

Das wird immer seltsamer, dachte Madeline, während sie Jonny weiteren Menschen vorstellte. Der Mann war nett, sah gut aus, liebte seine Schwester und schnitzte Holzspielzeug. Wer könnte dem schon widerstehen? Sie jedenfalls nicht! Jonny Blaze haute sie schlichtweg um.

Zwei Stunden später standen sie an der Haustür. „Ich hatte einen tollen Abend. Vielen Dank, dass Sie mich eingeladen haben, Madeline", meinte Jonny.

„Gern geschehen." Sie wollte noch mehr sagen, aber ihr fiel nichts ein. Nicht wo er seinen Kopf gerade senkte.

Oh Gott! Er würde sie küssen. Direkt hier in der Tür, wo ihre Eltern und ihr Bruder keine drei Meter entfernt standen. Okay. Sie könnte das. Sie könnte …

Seine Lippen strichen über ihre Wange. „Wir sehen uns bald."

Enttäuschung erfasste sie. Ein Kuss auf die Wange? Als wäre sie zehn? Was war mit ein wenig mehr Action? Ein bisschen Zunge? Sie wollte Zunge.

Da sie die aber nicht bekommen würde, schloss sie die Haustür und ging in die Küche, um beim Aufräumen zu helfen. Ihre Mutter hatte die Spülmaschine bereits wieder gefüllt und gab gerade ein Tab hinzu.

„Das ist doch gut gelaufen", sagte sie und richtete sich auf. „Ich habe es genossen, alle wiederzusehen."

„Ja, es war toll. Ich kann nicht glauben, wie viel sie alle gegessen haben. Die mussten doch von ihrem Dinner noch voll sein, aber trotzdem. Das liegt an deinen unglaublichen Rezepten, Mom. Du kannst zaubern."

„Süß von dir, aber das ist keine Zauberei, nur sehr viel Zucker." Ihre Mutter lehnte sich gegen die Arbeitsplatte. „Jonny war sehr nett. Er hat gut dazugepasst." Ihr Blick wurde schärfer. „Irgendwelche Blitze? Du weißt, wie es in unserer Familie ist. Wenn dich der Blitzschlag trifft, hast du den Richtigen gefunden."

Mit ihren beinahe neunundzwanzig Jahren hatte Madeline bis jetzt noch nicht einmal das kleinste Surren empfunden. Was irgendwie deprimierend war. Gut, Jonny durfte sie da nicht mitzählen, denn bei ihm surrte und summte es ständig. Und sie hatte auch den Blitzschlag gespürt.

„Mom, er ist super. Aber was auch immer ich in seiner Nähe empfinde, ist nicht real. Es liegt einfach nur an seinem unglaublichen Charisma. Er ist nicht irgendwer, sondern ein weltberühmter Filmstar." Sie machte eine kurze Pause. „Das hat was damit zu tun, den größten Kopf im Dorf zu haben."

Fragend sah ihre Mutter sie an. „Was?"

Im Geiste machte Madeline sich eine Notiz, Felicia anzusprechen und sich diese Theorie über die Hierarchie eines Dorfes noch einmal genau erklären zu lassen. „Okay, darum geht es nicht, aber es liegt daran, dass er berühmt ist. Ich habe das Gefühl, ihn zu kennen, und wenn wir zusammen sind, reagiere ich darauf. Und nicht auf ihn als Menschen."

„Du beurteilst ihn anhand dessen, was er macht", sagte Loretta. „Wie interessant. Würdest du das auch tun, wenn er nicht so einen beeindruckenden Beruf hätte?"

„Das ist etwas anderes."

„Wenn du meinst." Ihre Mutter umarmte sie. „Frohes Thanksgiving. Du bist meine Lieblingstochter, habe ich dir das schon mal gesagt?"

Madeline lachte und erwiderte die Umarmung. „Nur ein oder zwei Mal, und ich freue mich immer wieder darüber."

Spät am Freitagvormittag war Jonny wieder in der Stadt. Er hatte einige Stunden im Internet gesurft und ein paar Ideen für die Hochzeit gesammelt, die es mit Madeline zu besprechen galt. Aber erst wollte er die Verwandlung der Stadt von Thanksgiving zu Weihnachten sehen.

Laut des Festivalplans, der Teil seines Willkommenspakets gewesen war, fand die feierliche Beleuchtung des Weihnachtsbaums am Samstag um sechs Uhr abends statt. Davon, dass hier erst gestern eine große Parade abgehalten worden war, war heute Morgen um elf Uhr nichts mehr zu sehen.

Anstelle der Truthähne und Pilger waren Schneemänner und Elfen getreten. Weihnachtsmänner zierten die Schaufenster. Arbeiter der Stadt brachten Lichterketten an, und die Herbstflaggen waren durch Symbole für Weihnachten, Chanukka und Kwanzaa, ein afroamerikanisches Fest, ersetzt worden. Ein Truck mit einer riesigen Tanne auf der Ladefläche rumpelte die Frank Lane hinunter.

Seitdem Ginger den Highschoolabschluss gemacht und aufs College gegangen war, waren die Feiertage für ihn nicht mehr so wichtig gewesen. Jetzt jedoch genoss er die Vorfreude auf die Festlichkeiten.

Er ging ins Brew-haha und stellte sich in der Schlange an. In einer Ecke des Cafés war bereits ein kleiner Weihnachtsbaum aufgestellt worden. Auf den Regalen standen drei verschiedene Krippenszenen, und von der Decke hingen Schneeflocken aus Papier.

Als er an der Reihe war, lächelte die Barista ihn an.

„Ich habe gehört, Sie haben Spielzeuge für die Sammlung", sagte sie. „Das ist super. Wir hoffen, dieses Jahr zwei Trucks füllen zu können."

Neuigkeiten verbreiten sich hier schnell, dachte er. „Die Spielzeuge sind noch nicht fertig", sagte er. „Sie müssen noch bemalt werden."

„Das ist nicht schlimm. Sie haben ja noch ein paar Wochen. Oder Sie könnten um Unterstützung bitten. Wir helfen alle immer gern."

„Danke." Er gab seine Bestellung auf und wartete, während sie zubereitet wurde.

Es sollte ihn nicht überraschen, dass jemand, der gestern nicht auf der Party gewesen war, bereits von seinem Angebot wusste. Er nahm an, dass die Tatsache, dass sich die frohe Botschaft so schnell verbreitet hatte, nichts mit ihm als Person zu tun hatte, sondern damit, dass die Stadt zwei Trucks mit Kinderspielzeug füllen wollte.

Hierherzuziehen ist die richtige Entscheidung gewesen, dachte er. Vielleicht war die Stadt nicht das, was er gewohnt war, aber sie gefiel ihm. Er fühlte sich hier wohl. Eine Sekunde lang gestattete er sich zu glauben, er könnte alles haben. Eine Frau und ein paar Kinder. Eine normale Familie. Aber das war nicht möglich. Er hatte gesehen, was das öffentliche Interesse mit denen anstellte, die nicht in seinem Business arbeiteten. Wie Familien auseinandergerissen wurden. Warum sollte er das einer Frau antun, von der er behauptete, sie zu lieben?

Doch als er seinen Kaffee entgegennahm und in Richtung Paper Moon ging, genoss er einen Moment den Gedanken an die Möglichkeiten. An das „Was wäre wenn?". Und unerwarteterweise sah er in dieser Fantasie nicht wie sonst eine gesichtslose Frau vor seinem geistigen Auge, sondern eine hübsche Blondine mit einem ansteckenden Lachen. Eine, die ihm geradeheraus gesagt hatte, dass sie, was Hochzeiten anging, keine Ahnung hatte.

Er fand Madeline im Laden, wo sie ein Dampfbügeleisen in Industriegröße schwang. Als sie ihn sah, schaltete sie die Maschine aus und grinste ihn an.

„Danke, dass Sie mich retten. Rosalind hatte am Mittwochnachmittag einen unerwartet großen Ansturm an Kundinnen zu bewältigen. Das endet normalerweise mit zerknitterten Musterkleidern, die ich jetzt alle wieder für die nächste Kundin in Form bringen muss. Was bedeutet, sie mit Dampf zu glätten. Der einzige Vorteil daran ist, dass die feuchte, warme Luft vermutlich gut für meine Haut ist."

Er mochte ihre Mischung aus Pragmatismus und Optimismus. Sie war eine Verlockung, wie er zugeben musste. Würden sie sich auf einem Filmset befinden, wo es ein klares Zeitlimit und die Übereinkunft gab, dass es nirgendwo hinführen würde, hätte er seinen Zug gemacht. Aber da waren sie nicht. Und Madeline war keine Frau für mal eben zwischendurch, sondern für immer. Sie verdiente einen Mann, der das verstand. Einen Mann, der an eine gemeinsame Zukunft mit ihr glaubte.

Sie ging voran in ihr Büro. „Was gibt's?"

„Ich habe heute Morgen ein wenig im Internet recherchiert und ein paar Gästegeschenke gefunden." Er zog ein Papier aus der Jackentasche.

„Ich bin überrascht, dass Sie überhaupt wussten, dass es so was gibt", gab sie zu.

„Ich habe mich ein wenig eingelesen." Er zog sich das

Jackett aus und zeigte dann auf die Zettel. „Es gibt eine Firma, die selbst gestaltete Kekse herstellt. Die werden einzeln eingepackt geliefert, und man hat die Wahl zwischen ganz vielen verschiedenen Formen. Ginger und Oliver könnten ihre Initialen auf die Kekse schreiben oder sie wie eine Hochzeitstorte aussehen lassen."

Madeline betrachtete die Fotos, die er heruntergeladen hatte. „Das ist sehr charmant", warf sie ein. „Mir gefallen die kleinen Kekse in Hochzeitstortenform. Das ist perfekt. Und weil sie einzeln eingepackt sind, können die Gäste sie mit nach Hause nehmen."

Sie holte ihren Notizblock hervor und schrieb sich die Informationen auf. „Ich werde Ginger später eine E-Mail schicken. Da werde ich den Link mit reinsetzen. Wir sollten noch genügend Zeit haben, aber ich würde die Bestellung gern so schnell wie möglich aufgeben, um auf der sicheren Seite zu sein."

„Ich habe außerdem ein paar Ideen für die Torte gesammelt."

Er reichte ihr zwei Fotos. Madeline sah sich beide an. Die erste Torte war sehr schlicht. Drei runde Etagen mit ein paar über den Guss verteilten Blumen. Jede Lage war von einem farbigen Band eingefasst, das man individuell gestalten konnte.

„Ich wusste nicht, ob Ginger sich schon für Farben entschieden hat", sagte er. „Aber die Torte könnte an die restliche Dekoration angepasst werden."

„Hübsch", sagte Madeline. „Ein bisschen groß, aber …" Sie wandte sich der zweiten Torte zu, und plötzlich blieb ihr der Mund offen stehen. „Ernsthaft?"

„Ich weiß, sie ist ein wenig größer."

„Ein wenig?"

Sie drehte den Ausdruck herum, sodass er das Bild sehen konnte. Er zuckte mit den Schultern.

„Es ist für meine Schwester."

„Das sind fünf Lagen. Damit könnte man dreihundert Leute verköstigen. Auf der Gästeliste stehen aber nicht mal fünfzig."

„Diese Torte setzt ein Statement."

Es gefiel ihm, wie die einzelnen Blüten sich von ganz oben über die Seiten bis nach unten ergossen.

„Das ist alles handgemacht", erklärte er. „Normalerweise muss man zwei Jahre im Voraus reservieren, aber die Konditorin hatte eine Absage, und wir könnten sie noch rechtzeitig bekommen."

„Sie ist riesig", gab Madeline zu bedenken. „Und entspricht überhaupt nicht dem, was Ginger beschrieben hat. Dazu ist die Torte viel zu massiv und verschnörkelt."

„Aber sie ist schön, und Ginger hat das Beste verdient."

Madeline schaute ihn eine Sekunde an, dann murmelte sie: „Okay. Ich schicke ihr den Link."

„Wir brauchen bis Montag eine Antwort, um die große Torte zu bestellen."

„Normalerweise antwortet Ginger mir immer sehr schnell. Sobald sie mir sagt, welche sie gern hätte, bestelle ich sie. Und die Kekse."

Sie hielt inne und sah ihn an. „Sie wissen, dass es an diesem Tag um Ginger und Oliver geht und darum, dass die beiden, wenn sie ihre Gelöbnisse sprechen, von den Menschen umgeben sind, die sie lieben, oder? Die Torte ist zweitrangig."

Er verstand die Botschaft, doch auch wenn ihm klar war, dass Madeline recht hatte, wollte er nicht knauserig erscheinen. „Ich will, dass sie glücklich ist. Sie soll wissen, dass sie mir wichtig ist."

„Glauben Sie nicht, dass sie das schon weiß?"

„Die Torte wird es ihr ganz deutlich machen."

„Wenn Sie meinen."

5. Kapitel

Spät am Samstagnachmittag hatte Jonny keine Lust mehr, so zu tun, als wäre alles gut. Er hatte den Tag in seinem Haus verbracht, hatte Drehbücher gelesen und trainiert. Das Übliche halt. Aber er war die ganze Zeit rastlos gewesen und hatte ständig auf die Uhr geschaut. Kurz nach vier hielt er es nicht mehr aus und fuhr in die Stadt. Nachdem er seinen Wagen abgestellt hatte, ging er durch die wachsende Menschenmasse zum Marktplatz.

Die feierliche Entzündung des Weihnachtsbaums sollte um sechs Uhr stattfinden. Vorher zogen noch Sternsinger durch die Straßen, und ein paar Bands sollten spielen. Am Rande des Parks waren mehrere Foodtrucks aufgebaut. Viele der örtlichen Geschäfte hatten ihre eigenen, oft themenbezogenen Weihnachtsbäume aufgestellt. Den vor Jo's Bar zierten Ornamente in Form verschiedener Hunderassen, darunter auch ein Dackel.

Wie immer wurde Jonny von vielen Leuten gegrüßt. Einige davon erkannte er von der Party bei Madeline wieder. Doch während er mit ihnen plauderte und dabei eine warme Brezel aß, hielt er die ganze Zeit nach jemand Bestimmtem Ausschau.

Sie musste hier sein. Es war eine Familientradition. Doch sosehr er sich auch bemühte, Madeline konnte er nirgendwo entdecken.

Um halb sechs war er kurz davor, aufzugeben. Gerade als

er dachte, dass er auch genauso gut nach Hause gehen könnte, hörte er eine vertraute Stimme seinen Namen rufen. Er drehte sich um und sah Loretta auf sich zukommen.

„Dachte ich mir doch, dass ich das Gesicht kenne." Madelines Mutter überraschte ihn, indem sie ihn zur Begrüßung umarmte. „Sind Sie hier, um sich anzusehen, wie der Weihnachtsbaum angezündet wird?"

„Genau."

Sie hielt ihn eine halbe Sekunde länger fest, als er erwartet hätte. Wie eine Mom. Da er seine Mutter so früh verloren hatte und sein Dad danach nie wieder mit anderen Frauen ausgegangen war, hatte es in seinem Leben keine Frau gegeben, die sich um alles kümmerte. Sein Dad hatte zwar sein Bestes gegeben, aber dennoch hatte immer etwas gefehlt.

Lächelnd ließ Loretta ihn los. „Dann kommen Sie doch mit uns. Diese Dinge sind wesentlich schöner, wenn man sie mit mehreren genießt."

Sie hakte sich bei ihm unter und führte ihn zur rechten Seite des Marktplatzes. Die Menschen drängten sich dicht an dicht, aber sie schlängelte sich elegant zwischen ihnen hindurch auf ihr Ziel zu, an dem hoffentlich auch ihre Tochter warten würde.

„Joseph und ich sind immer mit Robbie hergekommen, als er noch klein war", erzählte sie. „Ungefähr mit vierzehn fand er, er sei zu erwachsen, um solche albernen Traditionen weiter aufrechtzuerhalten. Also sind wir ohne ihn gegangen. Als wir zurückkamen, fanden wir ihn weinend in seinem Zimmer. Es war das letzte Mal, dass er verpasst hat, wie der Weihnachtsbaum angezündet wurde." Sie seufzte. „Dann bekamen wir Maddie und durften noch mal ganz von vorn anfangen."

„Sie haben viel Glück mit ihren beiden Kindern“, sagte er.

„Ja, das stimmt. Sehr viel Glück. Kinder sind ein Segen.“ Sie warf ihm einen Blick zu. „Haben Sie auch welche?“

„Nein. Ich bin nicht verheiratet.“

Erneut lächelte sie. „Heutzutage ist die Ehe nicht mehr so wichtig. Man kann auch ohne Trauschein glücklich sein.“

„Ich bin ein sehr traditioneller Kerl.“ Er wollte eine Frau – eine Partnerin. Er wollte für jemanden da sein und sich im Gegenzug auf sie verlassen können.

„Wo liegt dann das Problem?“, fragte Loretta leichthin. „Nach allem, was ich sagen kann, finden die Frauen Sie attraktiv. Sie haben einen Job, und man kann sich mit Ihnen unterhalten. Die Frauen könnten es schlechter treffen.“

Er grinste. „Danke für diese wohlwollende Einschätzung.“

„Ich bin sicher, Sie haben auch Ihre Macken, aber ich sehe gern das Beste in den Menschen.“

„Ja, ich habe Macken, aber reden wir besser nicht darüber.“

„Was bedeutet, dass ich die Frage noch einmal stelle: Wo liegt das Problem?“

„Bei dem, was ich tue und wer ich bin, ist es schwer, eine ernsthafte Beziehung zu führen. Da ist der Druck von außen. Der Ruhm. Die Presse, die sich ständig einmischt.“

Loretta blieb stehen und musterte ihn eine Sekunde, bevor sie sich umschaute. „Übersehe ich die Reporter etwa?“

Sie stellte die Frage sehr freundlich, aber trotzdem kam er sich bei ihren Worten dumm vor. „Hier ist es anders“, murmelte er. „Vertrauen Sie mir … das kann ziemlich nervig sein.“

„Da bin ich mir sicher. Ich frage mich nur …“ Sie schaute ihm in die Augen. „Jonny, waren Sie jemals verliebt?“

„Nein."

Sie hakte sich wieder unter und ging weiter. „Dann müssen Sie es mal probieren. Sich zu verlieben ist magisch. Ich erinnere mich noch an den Tag, an dem ich Joseph kennengelernt habe. Es gab keine Vorwarnung, und plötzlich war er da. Er hat mich angelächelt und sich vorgestellt, und das war's. Ich habe es gefühlt."

„Was gefühlt?"

„Den Blitzschlag. Ich wurde vom Blitz getroffen. Oh, es gibt andere Möglichkeiten, das zu beschreiben, aber die Wahrheit ist, in dem Moment wusste ich, dass er der Richtige ist. Zum Glück hat er das genauso empfunden. Wir sind jetzt seit achtundvierzig Jahren zusammen." Sie lächelte. „Ich werde nicht lügen und sagen, dass es nicht Zeiten gegeben hat, in denen ich ihn mit dem Auto überfahren wollte. Mit jemandem zusammenzuleben ist immer eine Herausforderung. Aber es hat nicht einen einzigen Tag gegeben, an dem ich nicht dankbar war, ihn gefunden zu haben. Joseph hat mir ein wundervolles Leben und zwei tolle Kinder geschenkt. Das wünsche ich Ihnen auch."

„Joseph ist aber nicht mein Typ."

Sie lachte. „Sehen Sie? Sie sind charmant und witzig. Nutzen Sie diese Eigenschaften, und suchen Sie sich eine Frau. Verlieben Sie sich. Heiraten Sie. Bekommen Sie Kinder. Sie werden überrascht sein, wie glücklich Sie das machen wird."

Er wollte darauf hinweisen, dass Sie ihn nicht gut genug kannte, um das sagen zu können, aber irgendwie hatte er das dumpfe Gefühl, dass sie vielleicht recht hatte. Dass das genau das war, was er wollte.

„Bei Ihnen klingt das so leicht“, sagte er.

Erneut sah sie ihn an. „Liebe ist alles Mögliche, aber ganz gewiss nicht leicht. Sie verlangt einem alles ab. Was auch immer Sie am meisten fürchten, geben zu müssen, ist genau das, was sie von Ihnen erwartet. Aber sie ist es wert. Das ist das Geheimnis. Sie ist das alles wert.“

Bevor er sie fragen konnte, wie sie das meinte, erblickte er die Frau, nach der er gesucht hatte. Madeline eilte auf sie zu.

„Mom, machst du Jonny Angst? Er sieht aus, als würde er in der Falle sitzen.“

„Nein, ganz im Gegenteil“, versicherte er ihr. „Ich bin fasziniert.“

„Aha. Wenn ich das nur glauben könnte.“

„Ich habe Jonny hier allein rumstehen sehen und dachte, er sollte den magischen Moment, wenn der Weihnachtsbaum angezündet wird, zusammen mit Freunden erleben.“

Madeline sah ihn an. „Sie müssen nicht bei uns bleiben.“

„Das möchte ich aber gern.“ Und das war die Wahrheit. „Sie folgen einer Tradition, und ich bin dankbar, ein Teil davon sein zu können.“

Er wollte noch mehr sagen, aber in dem Moment verstummte die Musik, und Bürgermeisterin Marsha trat vor das Mikrofon.

„Herzlich willkommen“, sagte sie. „Heute entzünden wir zum zweiundsechzigsten Mal den Baum.“

Wie auf Kommando fielen die ersten Schneeflocken vom Himmel.

„Wie macht sie das nur?“, fragte Madeline. „Ich schwöre, diese Frau ist mit Gott persönlich bekannt.“

„Vielleicht halten sie über SMS Kontakt."

Sie lachte. Es war ein so leichtes, mitreißendes Geräusch wie die Weihnachtsglocken, die er in der Ferne hörte. Ohne darüber nachzudenken, was es bedeutete oder welche Konsequenzen es haben könnte, legte er den Arm um ihre Schultern. Eine Sekunde lang rührte Madeline sich nicht. Dann lehnte sie sich an ihn. Jonny genoss das Gefühl. Er mochte auch ihre Familie und diese Stadt und die Tatsache, dass es nur noch wenige Wochen bis Weihnachten waren. Denn für den Moment konnte er einfach dazugehören, so wie alle anderen auch. Und manchmal war das das beste Geschenk von allen.

„Ich komme zu spät!", rief Madeline, als sie auf die Tür vom Paper Moon zusteuerte.

„Das hast du schon vor fünf Minuten gesagt, was bedeutet, dass du wirklich zu spät bist", rief Rosalind ihr hinterher. „Und das meine ich durchaus hilfreich."

„Du bist wie eine Mutter."

„Danke. Viel Spaß."

Madeline war sicher, dass *Spaß* nicht das Wort war, das beschrieb, was ihr bevorstand, aber es war auch nicht ganz falsch. Es wurde erwartet, dass man an den Feiertagen aushalf, und das hier war genau ihr Ding.

Sie wäre pünktlich gewesen, hätte es da nicht die unerwartete Kundin am Morgen gegeben. Offensichtlich war ihre Theorie, dass an Thanksgiving keine Anträge gemacht wurden, falsch. Ein junger Mann hatte die Frage aller Fragen gestellt, und eine neue zukünftige Braut hatte ein paar Kleider anprobieren wollen.

Jetzt eilte Madeline auf das Rathaus zu. Da es nur zwei Straßenzüge entfernt lag, standen ihre Chancen gut, noch rechtzeitig anzukommen, bevor das Meeting begann.

Sie wartete, um die Straße zu überqueren. Als sie vom Bürgersteig trat, gesellte sich Jonny zu ihr.

„Hey“, begrüßte er sie. „Wie geht es Ihnen?“

„Super.“

Sie ermahnte sich, sich normal zu verhalten. Seit dem Abend am Weihnachtsbaum vor ein paar Tagen hatte sie ihn nicht mehr gesehen. Dass er beinahe eine Stunde lang seinen Arm um sie gelegt hatte, bedeutete nichts. Sie waren nicht mehr auf der Highschool. Es war ihm nur darum gegangen, sie zu wärmen, und nicht, ihr seine Absichten zu erklären. Das wusste sie, denn als die Feier zu Ende war, hatte er ihr einen schönen Abend gewünscht und war, ohne einen Blick zurückzuwerfen, gegangen. Oder ihr einen Abschiedskuss zu geben. War es falsch, an den Feiertagen ein paar Intimitäten austauschen zu wollen?

Er hielt mit ihr Schritt, als sie das Rathaus umrundete und auf den Vordereingang zuging.

„Sind Ihre Eltern heute Morgen abgereist?“, fragte er.

„Ja. In diesem Moment sitzen sie schon wieder in ihrem Flieger zurück nach Florida.“

„Sind Sie traurig, dass sie fort sind?“

„Oh ja. Es ist immer schön, Zeit mit ihnen zu verbringen. Meine Mom ist total aufgeregt wegen ihrer Kreuzfahrt über die Feiertage. Und sie macht sich Sorgen, dass ich Weihnachten allein bin. Ich habe ihr gesagt, dass das für mich kein Problem ist, aber ich bin nicht sicher, ob sie mir das glaubt.“

„Sie liebt Sie und will, dass Sie glücklich sind."

Das stimmte, aber es war trotzdem seltsam, ihn das sagen zu hören.

Vor dem großen, dreigeschossigen Gebäude blieb sie stehen. „Waren wir verabredet? Ich habe Ginger die E-Mail bezüglich der Torte und der anderen Vorschläge geschickt, aber sie hat sich bisher noch nicht zurückgemeldet. Sie und Oliver werden ihre Entscheidung aber sicherlich innerhalb der nächsten ein bis zwei Tage treffen."

Jonny nickte. „Ja, das hat sie mir auch gesagt. Sie sollte vermutlich anfangen, uns immer beide in cc zu setzen, damit sie nicht jedes Mal zwei E-Mails schreiben muss." Er warf einen Blick auf das Rathaus. „Was passiert da drin?"

Sie nahm an, dass er wissen wollte, was sie dort tun würde, und keine Erklärung über die Arbeitsweise der Stadtregierung erwartete. „Ich bin im Komitee für die lebendige Krippenszene", erklärte sie. „Wir müssen die letzten Einzelheiten für Heiligabend besprechen."

Fragend hob er die Augenbrauen. „Lebendig wie in …"

„Sie haben ja keine Ahnung."

„Super. Kann ich mitkommen?"

„Um über die Auswirkungen eines Elefanten als Teil des Krippenspiels zu sprechen? Das ist nicht sonderlich interessant."

„Für mich schon. Das wird lustig."

Ohne auf sie zu warten, lief er die Treppen zum Haupteingang hinauf, was bedeutete, dass sie sich beeilen musste, um zu ihm aufzuschließen. Der Mann überrascht mich immer wieder, dachte sie. Es war ihr allerdings völlig schleierhaft, welches Interesse er an dem Komitee haben könnte.

Im Inneren des Gebäudes gingen sie den Flur hinunter und dann die Treppe in den ersten Stock hinauf.

„Der Konferenzraum ist dort hinten“, erklärte sie.

„Warum sind die Leute wegen des Elefanten verstimmt?“

„Sie meinen, abgesehen davon, dass vermutlich kein Elefant anwesend war, als Jesus geboren wurde?“

„Ja.“

„Weil es andere Menschen mit ungewöhnlichen Haustieren gibt, die finden, sie müssten auch dabei sein. Außerdem gab es einen kleinen Aufstand, als wir zugelassen haben, dass ein Servicehund, genauer gesagt ein Toy-Pudel, das Jesuskind spielt. Wir sollten ihn durch eine Puppe ersetzen, aber irgendwie ist das nicht passiert, und na ja, es hat danach ein paar böse Briefe gegeben.“

Er grinste. „Ich liebe diese Stadt.“

„Sie mussten sich ja auch nicht mit den Briefen rumschlagen.“

Er hielt ihr die Tür auf, und Madeline betrat den Konferenzraum.

Die vier langen Tische waren zusammengeschoben worden, sodass sie ein Rechteck bildeten. Darum herum waren die Stühle arrangiert. Madeline sah, dass Bürgermeisterin Marsha noch nicht da war, was höchstwahrscheinlich bedeutete, dass sie der Sitzung nicht beiwohnen würde. Denn wenn Bürgermeisterin Marsha eines war, dann pünktlich. Dr. Galloway, die Vorsitzende des Komitees, fehlte ebenfalls, aber da auf ihrem üblichen Platz eine Mappe lag, würde sie jeden Moment kommen.

Die meisten anderen Stühle wurden von den üblichen Verdächtigen besetzt. Alle schauten auf, als Jonny eintrat.

Madeline fiel auf, dass sie keine andere Erklärung für seine Anwesenheit hatte als: „Er dachte, es wird interessant.“ Zum Glück war Jonny es gewohnt, mit Menschen umzugehen.

Er stellte sich vor und fragte, ob er an dem Meeting teilnehmen dürfe. Die zehn Frauen im Raum schauten einander an. Sie wirkten verwirrt, aber ein paar von ihnen nickten.

Jonny ließ sein Filmstarlächeln aufblitzen und setzte sich dann neben Gladys.

„Danke noch mal für Ihre Hilfe neulich“, sagte er.

„Ach, das war doch nichts“, erwiderte sie. „Meine Großnichte Nancee muss sich ständig mit schwierigen Situationen rumschlagen. Sie wohnt in Washington, D.C., und was da alles in der Regierung vorgeht …“ Gladys schüttelte den Kopf. „Vor allem wenn man jung und attraktiv ist. Aber Nancee weiß, was sie will, und das ist kein One-Night-Stand mit einem Kongressabgeordneten oder Lobbyisten.“

Madeline setzte sich Jonny gegenüber und lächelte. „Sie wollten ja unbedingt mitkommen“, murmelte sie.

Eddie saß neben Gladys und schaute nun um ihre Freundin herum zu Jonny.

„Sie sind attraktiv“, sagte sie.

„Nein“, schaltete Madeline sich ein. „Was auch immer du vorhast, nein. Du kannst nicht, du wirst nicht, du solltest nicht … nein.“

Eddie sah Madeline an. „Du warst mal ein so süßes Mädchen.“

Madeline ließ sich nicht beirren. „Ich weiß, und das hat nichts mit dem hier zu tun.“

„Was denkt sie denn?“, fragte Jonny.

Madeline stöhnte.

Neugierig schaute Gladys von ihrer Freundin zu Jonny. „Meinst du?“, fragte sie.

„Natürlich.“ Eddie beugte sich zu ihm. „Gladys und ich haben eine Fernsehsendung im offenen Kanal.“

Die Frauen grinsten. Madeline dachte kurz darüber nach, zu schreien, glaubte aber nicht, dass das die beiden alten Ladys ablenken würde. Wenn sie eines waren, dann hartnäckig.

„Sie wollen, dass ich mal als Gast komme?“, fragte Jonny.

„Nicht ganz“, erklärte Eddie ihm. „Wir halten jede Woche einen Wettbewerb ab. Rate den Hintern. Wir zeigen Fotos von Hintern, und die Zuschauer schicken uns SMS mit ihrem Tipp, was sie glauben, zu wem der Hintern gehört. Es ist eine Ehre, dafür ausgewählt zu werden.“

Jonny sah Madeline an. „Dann war das also kein Scherz.“

„Ich habe es Ihnen gesagt. Haben Sie mir nicht zugehört? Ja, das ist echt. Aber die beiden haben ein wichtiges Detail ausgelassen.“ Streng schaute sie die beiden Ladys an. „Wollt ihr es ihm sagen?“

„Es sind Männerhintern“, erklärte Gladys fröhlich.

Eddie grinste. „*Nackte* Männerhintern. Das ist sehr wichtig.“ Ihr Lächeln schwand. „Aber wo ich gerade so darüber nachdenke – ich bin mir nicht sicher, ob Sie dafür geeignet sind. Haben Sie in *Amish Revenge* nicht Clay Stryker als Hinterndouble eingesetzt? Warum? Gibt es da ein Problem bei Ihnen?“

Die beiden Frauen schauten erst einander und dann wieder ihn an.

„Etwas, worüber Sie nicht reden können?“, fügte Gladys leise und besorgt hinzu.

Alle Anwesenden beugten sich gespannt vor, als könnten sie es kaum abwarten, es zu erfahren. Madeline wollte mit dem Kopf gegen den Tisch schlagen.

„Wir sind wegen des Krippenspiels hier", sagte sie und wusste, dass ihre Mutter stolz auf sie wäre, weil sie sich so erwachsen benahm. „Richten wir unsere Aufmerksamkeit doch wieder darauf."

„Dr. Galloway ist noch nicht da", merkte Eddie an. „Ohne die Vorsitzende des Komitees können wir nicht anfangen."

Madeline wollte gerade etwas erwidern, da stand Jonny auf.

„Es gibt kein Problem mit meinem Hintern", erklärte er Eddie und Gladys.

„Beweisen Sie es", forderte Eddie ihn auf.

Bevor Madeline wusste, was passierte, drehte Jonny sich mit dem Rücken zum Raum, öffnete seine Jeans und …

„Oh mein Gott", hauchten Eddie und Gladys gemeinsam. Die anderen Frauen seufzten kollektiv auf.

Madeline musste ihnen zustimmen. Jonnys Entscheidung, ein Hinterndouble einzusetzen, hatte nichts mit dem fraglichen Körperteil zu tun. Es war perfekt. Muskulös und von genau der richtigen Größe.

„Ist es hier drinnen heiß, oder geht das nur mir so?", fragte eine Frau und fächelte sich Luft zu.

Madeline musste zugeben, dass ihr auf einmal auch recht warm war. Jonny zog seine Jeans wieder hoch, knöpfte sie zu und setzte sich.

„Noch irgendwelche Fragen?" Er grinste.

„Wir tragen Sie gleich ein", sagte Gladys.

In diesem Moment ging die Tür auf, und Dr. Galloway trat ein. Forschen Schrittes steuerte sie auf ihren Platz zu.

„Tut mir leid, dass ich zu spät komme. Einer meiner Termine hat länger gedauert als erwartet. Was habe ich verpasst?"

„Gar nichts", versicherte Gladys ihr. „Ich fange an. Wie die meisten von euch wissen, haben wir mehrere Tiervorschläge für das Krippenspiel bekommen. Die beiden, die am meisten Sinn ergeben, sind die Ziege, die ständig in Ohnmacht fällt, und das Hängebauchschwein."

„Wieso ergibt eine in Ohnmacht fallende Ziege Sinn?", warf eine Frau ein.

„Du hast die anderen vorgeschlagenen Tiere nicht gesehen. Diese beiden haben die passende Größe, sind stubenrein und sozialisiert."

„Aber wenn die Ziege in Ohnmacht fällt, haben wir dann nicht ein Problem?"

Madeline warf Jonny einen Blick zu. Er hörte aufmerksam zu und wirkte total ruhig. Überhaupt nicht wie ein Mann, der ihnen gerade seinen nackten Hintern präsentiert hatte. Nun ja, es hatte sich ja auch niemand darüber beschwert.

Bevor sie den Blick abwenden konnte, sah Jonny sie an und zwinkerte ihr zu. Sie biss sich auf die Unterlippe, um nicht laut loszulachen.

Der Mann hatte Stil, das musste sie ihm lassen. Und einen großartigen Hintern. Was eine sehr nette Kombination war.

Nach dem Kauf der Ranch hatte Jonny die Küche und das Wohnzimmer ein wenig renoviert. Draußen hatte er die beiden großen Scheunen entkernen und umbauen lassen, sodass sie für ihn nutzbar waren.

Die eine bot nun eine große, offene Fläche, auf der Gingers Hochzeit stattfinden würde. Die andere beherbergte einen großen Fitnessraum und eine kleinere Werkstatt. Das Studio benötigte er für seinen Job. In Form zu bleiben war wichtig. Niemand wollte einen schwabbeligen Actionstar sehen. Die Werkstatt hingegen war seine Zuflucht.

Er schaltete das Licht an und betrat die Werkstatt. Auf den Regalen aufgereiht standen die Spielzeuge, die er bereits fertiggestellt hatte. Er ignorierte die noch in Arbeit befindlichen Projekte. Das Schnitzen brauchte Zeit, und er hatte eine Deadline.

Jonny zählte siebenundvierzig Spielzeuge. Er sortierte sie nach Typ und zählte noch einmal. Die Zahl blieb die Gleiche. Das war wesentlich mehr, als er gedacht hatte. Andererseits schnitzte er schon seit einigen Jahren und hatte alles aufbewahrt.

Es gab Züge und Trucks, mehrere kleine Dinosaurier, Spielzeuge, die man hinter sich herziehen konnte, und sogar ein dreißig Zentimeter hohes Schloss. Alles war geschmirgelt und glatt, aber noch nicht weiter behandelt.

Am leichtesten wäre es, sie mit einer für Kinder geeigneten Ölschicht zu versehen. Bei einigen würde das funktionieren, aber andere wären schöner, wenn sie in bunten Farben bemalt wären. Die nicht giftigen Acrylfarben hatte er bereits da, aber die Zeit war knapp.

Er beschloss, sich für ein paar Farbkombinationen zu entscheiden und dann einen Plan aufzustellen, um zu sehen, wie viele Stücke er bis zu der Spielzeugsammlung fertigstellen könnte. Nächstes Jahr würde er früher anfangen und könnte dann mehr spenden.

Schnell zog er sich die Jacke aus und legte sein Handy auf den Tisch. Dank des örtlichen Such- und Rettungsprogramms stand direkt an seiner Grundstücksgrenze ein neuer Funkmast, sodass er im Haus und in den Scheunen ausgezeichneten Empfang hatte.

Er nahm das erste Spielzeug zur Hand. Es war ein einfacher Truck. Beizen oder anmalen, fragte er sich und lehnte sich in seinem Stuhl zurück. Vielleicht gab es jemanden, den er fragen könnte. Eine Person mit künstlerischem Talent und einem Auge für Farben.

Sofort dachte er an Madeline, fürchtete dann aber, dass er sie schon zu sehr beanspruchte. Immerhin wurde sie für ihre Arbeit mit der Hochzeit nicht bezahlt. Eine Spende an eine Wohltätigkeitsorganisation zählte nicht als Gehalt.

Der Gedanke an Madeline weckte Erinnerungen an ihre Mutter und die Unterhaltung, die er an dem Abend, als der Weihnachtsbaum entzündet wurde, geführt hatte. Wie sie sich in Joseph verliebt und sofort gewusst hatte, dass er der Richtige war.

So etwas hatte Jonny noch nie empfunden. Kein Blitzschlag, keine Sicherheit. Er war mit vielen Frauen ausgegangen, aber es hatte immer einen Grund gegeben weiterzuziehen. Abgesehen von seiner Familie würde er sagen, dass Kristen die einzige Frau gewesen war, die er geliebt hatte. Aber das war schon sehr lange her. Er war die Beziehung in dem Wissen eingegangen, dass sie sterben würde, und als es dann so weit war …

Er schüttelte den Kopf. Zu wissen, dass das Ende kam, hatte es nicht leichter gemacht, damit umzugehen. Und seitdem war er jeglichen romantischen Verwicklungen aus dem Weg gegangen. Zum Teil wegen Ginger. Nachdem ihr Dad gestorben war, hatte er alle Hände voll zu tun gehabt, sicherzustellen, dass sie die Highschool beendete und ein College fand. Sie war klug, aber nicht sonderlich welterfahren. Daher hatte er sich um sie kümmern wollen.

Er hatte gedacht, sobald sie sich eingelebt hätte, würde er jemanden finden, aber dann war er berühmt geworden, und in Hollywood eine Beziehung zu führen war nicht leicht. Er musste immer erst versuchen herauszufinden, ob die Frau an ihm als Mann interessiert war oder einfach nur sagen wollte, dass sie mit Jonny Blaze geschlafen hatte. Sobald diese Hürde genommen war, entstanden andere Probleme. Die Presse, der Versuch, normal zu sein. Am Ende war es einfacher, allein zu bleiben. Inzwischen hatte er sich an die Vorstellung gewöhnt.

Das war das Tolle daran, in Fool's Gold zu leben. Hier war er Teil der Stadt, und es war egal, wer er war oder wie er seinen Lebensunterhalt verdiente. Und wenn das bedeutete, dass er seinen nackten Hintern im Fernsehen zeigen musste, dann war das ein kleiner Preis dafür.

Es gefiel ihm, dass er Freunde fand. Wie Madeline. Sie war ein bezaubernder Mensch mit einem tollen Sinn für Humor. Die Tatsache, dass er sie öfter sehen wollte, war etwas, womit er lernen würde umzugehen. Ja, sie lockte ihn auf romantische Weise, aber er kannte die Gefahren, sich auf jemanden einzulassen. Es war besser, nur befreundet zu bleiben. Einfacher für ihn und sicherer für sie.

Sein Handy klingelte. Der Klingelton ließ ihn lächeln, noch bevor er ranging.

„Hey, Schönheit", sagte er.

Am anderen Ende der Leitung lachte eine Frau. „Du klingst, als hättest du gute Laune."

„Die habe ich auch. Ich liebe mein neues Haus."

„Ist es da nicht ein wenig ländlich?“

Er grinste. „Letzte Woche haben wir hier Strom bekommen, also ist es nicht allzu schlimm.“

„Jetzt machst du dich über mich lustig.“

„Weil ich es kann.“

Annelise war seine Managerin, seitdem er in seinem ersten Film „entdeckt“ worden war. Sie war klug, ehrgeizig und passte immer auf ihn auf. In einem Geschäft, wo die Agenten oft ganz eigene Ziele verfolgten, stand Annelise für Integrität.

„Du beantwortest meine E-Mails nicht“, sagte sie im Plauderton. „Verrätst du mir, warum?“

Er dachte an seinen Laptop, der in seinem Büro im Haus stand. „Sorry, ich habe ein paar Tage nicht nach meinen E-Mails gesehen. Das hole ich heute Nachmittag gleich nach. Was gibt's denn?“

„Das Gleiche, was es schon letzten Monat gegeben hat. Du musst eine Entscheidung bezüglich der Fortsetzung von *Amish Revenge* treffen.“ Ihre Stimme wurde weich. „Jonny, ich dachte, du würdest dich auf das Projekt freuen. Du bist Mitproduzent und kannst bei allem mitreden. Hast du deine Meinung geändert?“

Er dachte über ihre Frage nach. Das Drehbuch war gut gewesen. Nicht nur für eine Fortsetzung, sondern es war so gut geschrieben, dass es auch für sich allein stehen konnte. *Amish Revenge* war bislang sein erfolgreichster Film gewesen, und die Leute wollten ihn erneut in dieser Rolle sehen.

Sein Widerstreben hatte nichts mit dem Projekt zu tun, sondern einzig damit, wie sehr er sein normales Leben genoss.

„Ich bin dabei“, sagte er. „Ich will das immer noch machen.“

„Dann musst du den Vertrag unterzeichnen. Er liegt fix und fertig vor.“

„Okay.“ Er schaute auf die Uhr und dachte an die über vierhundert Meilen weite Fahrt nach Los Angeles. „Ich komme morgen früh bei dir im Büro vorbei.“

„Okay, wir sehen uns.“

Er legte auf, wählte eine andere Nummer und hatte wenige Sekunden später Madeline in der Leitung.

„Hallo?“

„Ich bin’s, Jonny.“

„Oh, hi. Ich glaube, Sie haben mich noch nie angerufen. Deshalb habe ich die Nummer nicht erkannt.“

Er hatte ihr seine Handynummer gegeben, aber sie hatte sie nicht in ihr Handy eingespeichert. Er war nicht sicher, was das bedeutete, doch es war typisch für Madeline und die Stadt.

„Ich wollte Sie nur wissen lassen, dass ich für einen oder zwei Tage nach L. A. muss. Nur falls es wegen der Hochzeit irgendetwas gibt.“

Sie schwieg ein paar Sekunden. „Okay. Ich denke, ich komme klar. Ginger hat sich wegen der Einladungen und der Torte bei mir gemeldet.“

Er lachte leise. „Lassen Sie mich raten. Sie hat sich für die große Torte entschieden.“

„Sie wissen ganz genau, dass sie das nicht getan hat. Aber sie fand die Kekse für die Gäste toll. Ich habe sie bestellt und die Torte auch. Wir haben jetzt auch die Farben. Grün und Gold. Die passen großartig zu der Einladung, und die Keksfrau sagte, es wäre kein Problem, die Kekse entsprechend zu gestalten.“

„Danke, dass Sie sich um die ganzen Einzelheiten kümmern.“

„Ich freue mich, helfen zu können. Sind Sie wirklich nur für ein paar Tage weg?“

Er wollte gerade fragen, ob er ihr fehlen würde, hielt sich dann aber zurück. Vor allem weil er die Antwort auf diese Frage nicht kannte und das definitiv kein Thema war, das man im luftleeren Raum hängen lassen wollte.

„So ist es geplant“, sagte er. Ihm wurde bewusst, dass er wollte, dass sie ihn vermisste. Besser wäre noch, wenn sie ihn fragen würde, ob sie ihn begleiten könnte. Er kannte ein wunderbares Hotel, in dem sie …

Reiß dich zusammen, ermahnte er sich. Auf keinen Fall würde er in diese Richtung weiterdenken. Madeline verdiente mehr als ein paar Nächte im Beverly Hills Hotel. Sie suchte nach dem Blitzschlag. Und auch wenn kein Mann den versprechen konnte, würde er sie nicht wie eine seiner bedeutungslosen Liebeleien behandeln.

„Sie müssen zurückkommen, bevor die Heuwagenfahrten anfangen“, sagte sie. „Ich weiß, das klingt albern, aber es bringt so viel Spaß. Sie finden draußen auf der Ranch statt – da, wo Priscilla, der Elefant von der Parade, lebt.“

„Gibt es mehr als einen Elefanten?“

Sie lachte. „Nein, wir haben nur den einen.“

„Und Reno, ihr Pony.“

„Sie sind ein Paar.“

„Ich werde rechtzeitig zurück sein, und dann machen wir gemeinsam eine Fahrt auf dem Heuwagen.“

„Sie werden es lieben“, versprach sie ihm. „Und am Ende gibt es heißen Kakao.“

„Natürlich gibt es den. Klingt nach einer Menge Spaß."

„Super. Dann haben wir ein Date. Viel Spaß in L. A. Und fahren Sie vorsichtig."

„Das mache ich."

„Bye."

Er legte das Handy zur Seite und redete sich ein, dass ihre Bemerkung „Dann haben wir ein Date" sicher nur Spaß gewesen war. Wahrscheinlich war es einfach nur so dahingesagt gewesen. Was irgendwie schade war.

6. Kapitel

Jonny bemühte sich, zu folgen, als Annelise mit ihm den Vertrag durchging. Sie waren beinahe fertig, und normalerweise fand er die Mechanismen Hollywoods interessant, aber an diesem Tag war es anders.

Immer wieder ließ er sich von der geschmackvollen Weihnachtsdekoration im Büro seiner Managerin ablenken. In der Ecke stand ein kleiner Baum, auf dem Bücherregal ein Blumenarrangement.

„Du dekorierst dein Büro nicht selbst, oder?“, fragte er.

Sie sah ihn an. „Es sind nur noch zwei Seiten. Lass sie uns schnell durchgehen, dann können wir über alles reden, was du willst.“

„Sklaventreiberin.“

„Immer.“

Er zwang sich, sich auf das Kleingedruckte zu konzentrieren, und als sie mit der letzten Seite fertig waren, zeigte er auf den Weihnachtsbaum. „Hast du das gemacht?“

„Nein. Darum kümmert sich Caryn. Soll sie dir einen Inneneinrichter für dein neues Haus suchen? Ich dachte, du hättest da jemanden. Macht er keine Weihnachtsdekorationen?“

„Doch, tut er, und hat er auch schon. Ich habe mich nur gefragt … Wusstest du, dass sie in Fool's Gold erst nach Thanksgiving anfangen, alles weihnachtlich zu schmücken?“

Annelise, eine hübsche Frau mit langen dunklen Haaren und einem angenehmen Lächeln, sah ihn an. „Wie magisch."

„War das Sarkasmus? Denn es ist eine sehr nette Stadt."

„Das merke ich. Ich kann es kaum erwarten, dich zu besuchen."

„Sie haben viele Festivals, das würde dir gefallen."

„Sicher. Ich gucke mir gern Kleinstädte an."

„Solange du am Ende der Woche wieder nach Hause fahren kannst?"

„Ganz genau."

Erneut richtete er seine Aufmerksamkeit auf den Vertrag und unterschrieb an der gekennzeichneten Stelle. Annelise überreichte ihm die weiteren Kopien, die er ebenfalls unterschrieb.

„Ich rufe sie sofort an und lasse sie wissen, dass der Deal steht", erklärte sie. „Die Drehorte sind super. Da werde ich dich auch besuchen müssen."

„Du bist immer willkommen."

Amish Revenge 2 sollte hauptsächlich in Pennsylvania gedreht werden, aber er würde auch mindestens sechs Wochen in den französischen und italienischen Alpen verbringen. Madelines Eltern hatten davon gesprochen, dass sie mehr reisen wollten. Er fragte sich, ob ihnen Frankreich oder Italien gefallen würde. Auch wenn er oft drehen musste, gab es ausreichend freie Tage, an denen er ihnen die Schönheiten der Gegend zeigen könnte.

Er schüttelte den Kopf, weil er wusste, dass er sich nur etwas vormachte. Natürlich mochte er Loretta und Joseph, aber die Person, die er am liebsten in Europa sehen wollte, war Madeline.

Caryn, eine große Brünette Mitte zwanzig mit violetten

Strähnen in den kurzen Haaren, kam mit Kaffee herein. Jonny nahm ihr einen der Becher ab.

„Das mit der Deko hast du schön gemacht", lobte er sie.

Caryn lächelte ihn an. „Danke. Es bringt mir Spaß, Annelises Büro zu schmücken. Wir machen das nur zu Weihnachten. Wenn du sie davon überzeugen könntest, ihr Zimmer für jeden Feiertag entsprechend herzurichten, wäre ich dir sehr dankbar."

„Das wird nicht passieren", warf Annelise fröhlich ein. „Aber du kannst gern weiterbetteln."

„Das werde ich auch." Caryn nahm das leere Tablett wieder mit hinaus. An der Tür blieb sie stehen. „Wie läuft es mit den Weihnachtseinkäufen?"

„Bei mir ist es dieses Jahr leicht", erklärte Jonny. „Ich habe nur Ginger, und dieses Jahr schenke ich ihr eine Hochzeit." Und die Flitterwochen, aber das wusste seine Schwester noch nicht. Er und Oliver wollten das bis zum großen Tag für sich behalten. Soweit es Ginger betraf, glaubte sie, sie würden ein paar Tage in ihrer gemeinsamen Wohnung verbringen, bevor das neue Semester anfing. Doch stattdessen würde das frisch verheiratete Paar nach Hawaii fliegen und dort sechs Nächte in einer Villa am Strand verbringen, die er für die beiden angemietet hatte.

„Du Glücklicher! Du bist bereits mit deinen Geschenken durch", sagte Caryn. „Ich habe Brüder und Schwestern und jetzt auch noch eine Schwägerin. Und natürlich meine Eltern. Außerdem sind da noch die Geschenke für die Firma, aber die zu besorgen bringt Spaß, weil ich dafür nicht mein eigenes Geld ausgeben muss."

Damit verließ sie das Büro. Jonny griff nach seinem Kaffee.

„Firmengeschenke? Etwa für die Angestellten?"

„Nein, für die Klienten." Annelise sah ihn an. „All die Sachen, die wir in deinem Namen verschicken." Sie schien ihm die Verblüffung anzusehen, denn sie fügte hinzu: „Geschenke für deinen Buchhalter, deinen Anwalt, die Assistentin bei deinen Drehs. Die Liste ist lang."

Er schätzte, irgendwie hatte er geahnt, dass dem so war, aber er hatte nie wirklich darüber nachgedacht. „Sollte ich die Sachen nicht selbst kaufen?"

„Nein. Das ist Teil der Dienstleistung, die wir für dich erbringen. Außerdem bist du in den meisten Jahren auf irgendeinem Dreh. Wann solltest du die Zeit dafür haben? Mach dir keine Gedanken – wir verschenken schöne Sachen. Du erhältst immer ganz zauberhafte Dankeskarten."

„Was ist mit dir? Kauft Caryn auch dein Geschenk?"

„Ich brauche nichts. Jonny, was ist los? Du bist heute gar nicht du selbst."

„Wer bin ich dann?"

Schweigend nippte Annelise an ihrem Kaffee.

Er seufzte. „Ich weiß es nicht: Mir geht es gut. Ich denke nur über einige Dinge nach. In Fool's Gold bin ich nicht berühmt. Dort bin ich nur ein ganz normaler Kerl. Das gefällt mir. Und normale Kerle kaufen ihre Geschenke selbst und wälzen das nicht auf andere ab."

„Du kannst nicht einfach irgendwo in ein Einkaufszentrum gehen und etwas kaufen. Außerdem, normal oder nicht, du gehst nicht gern shoppen. Und die Liste ist lang. Willst du dir das wirklich antun?"

„Nein." Es war nur … Ich werde Annelise etwas schenken, beschloss er. Ein selbst gekauftes Geschenk, weil er wusste, dass ihr das gefallen würde. Und weil er durch diese kleine

Geste irgendwie ein wenig wäre wie jeder andere in Fool's Gold.

Madeline musterte die zierliche Blondine mit den großen braunen Augen. In einem Kleid im Prinzessinnenstil mit langem Rock, das sie sich gewünscht hatte, stand sie vor ihr. Es war zwar hübsch, aber nicht umwerfend.

„Ich weiß nicht", sagte Janet und zog die Nase kraus. „Bin ich zu wählerisch?"

„Nein. Es geht um dein Brautkleid. Janet, Liebes, du musst wählerisch sein."

Janet war ein süßes Mädchen, und das hier war ihr erster Anlauf, ein Hochzeitskleid zu finden. Aus Gründen, die sie Madeline nicht erklärt hatte, war sie allein gekommen, was selten vorkam. Bräute neigten dazu, in Gruppen aufzutreten. Sie mochten den Geschmack ihrer Mütter vielleicht hassen, aber sie wollten sie trotzdem dabeihaben.

Plötzlich erregte eine Bewegung Madelines Aufmerksamkeit. Sie drehte sich zum Spiegel um und sah, dass Jonny das Paper Moon betrat. Sie hatte ihn seit drei Tagen nicht gesehen, und angesichts des Hämmerns ihres Herzens war das eindeutig zu lang gewesen.

Er sah gut aus. Groß, breitschultrig und unglaublich attraktiv. Ihre Brust wurde eng, ihr Atem beschleunigte sich, und sie begann zu zittern. In seiner Nähe zu sein fühlte sich an wie eine Aerobicstunde.

Jonny lächelte ihr zu, kam aber nicht näher. Sie war dankbar, dass er ihr die Zeit mit ihrer Kundin ließ.

Janet warf einen Blick in seine Richtung. „Oh, hi." Dann schaute sie wieder in den Spiegel. „Ich weiß nicht ..."

„Doch, das tust du", sagte Madeline sanft. Sie trat hinter die Kundin und richtete die Klemmen, die das Kleid an ihrem Körper zusammenhielten. „Das funktioniert nicht. Die Passform ist gut, und du siehst bezaubernd aus, aber es ist nicht dein Kleid."

„Woher weißt du das?"

„Weil du weder aufgeregt bist noch weinst. Beides zusammen ist mir das Liebste, aber wenigstens eines davon sollte es schon sein." Madeline löste die Klemmen. „Wir haben noch weitere Modelle, die du probieren kannst. Und dann ist da noch das andere, das du bestellt hast. Gib mir ein paar Minuten, um im Lager nachzuschauen. Ich habe ein paar Kleider im Sinn, von denen ich mir vorstellen könnte, dass sie perfekt sind. Hast du Lust?"

Janet nickte und blinzelte dann ein paar Mal, als müsste sie die Tränen zurückhalten. „Danke, dass du mir hilfst."

„Machst du Witze? Ich liebe es. Wenn du das richtige Kleid findest, wirst du es wissen. Du wirst die Magie bis in die Zehenspitzen spüren."

Janet lachte. „Das ist mal ein Versprechen."

„Und ich mache mir keine Sorgen, dass ich es nicht einhalten kann."

Sie half der jungen Frau vom Podest und folgte ihr in die Umkleidekabine, wo sie die Reihe an winzigen Knöpfen im Rücken öffnete. Dann zeigte sie auf den Morgenmantel, der an der Innenseite der Kabinentür hing.

„Zieh den einfach über und hol dir dann etwas zu trinken oder einen Snack. Ich werde ein paar Schätze für dich raussuchen, die du anprobieren kannst."

Janet drehte sich um und zog sie kurz in ihre Arme. „Danke."

„Es ist mir ein Vergnügen, und das meine ich so.“

Sie verließ die Kabine und ging nach vorn, wo Jonny wartete.

„Hi“, sagte sie und hoffte, nicht atemlos zu klingen. „Ich muss nach ein paar Kleidern suchen.“

„Kein Problem.“ Er folgte ihr den Flur hinunter.

„Wie war Ihr Trip nach L. A.?“, erkundigte sie sich, als sie den Lagerraum betrat und das Licht anschaltete.

Auf zwei Ebenen hingen Kleider um Kleider an Stangen. Auf halber Höhe führte ein Laufsteg um den Raum herum.

„Gut. Ich habe den Vertrag für *Amish Revenge 2* unterschrieben.“

Sie ging zur Treppe, die nach oben führte. „Wirklich? Das ist toll.“

„Sie dürfen es aber keinem sagen.“

Sie hatte den Laufsteg erreicht und hielt gerade so lange inne, um ihm einen Blick zuzuwerfen. „Sind Sie sicher? Denn heute Nachmittag um drei wollte dieser Typ vom *Hollywood Reporter* bei mir anrufen.“

„Sehr lustig. Sie haben nicht versucht, dem Mädchen da draußen das Kleid zu verkaufen“, wechselte er dann das Thema.

„Janet? Das Kleid, das sie anprobiert hat, stand ihr überhaupt nicht. Sie hat sehr zarte Züge und einen zierlichen Körperbau. Das Kleid hat sie erdrückt. Ich wusste, dass es nicht das richtige war, aber es entsprach dem Bild in ihrem Kopf.“

Sie ging zur anderen Seite des Laufstegs und schob ein paar Kleider auf der Stange zur Seite. Sie wusste genau, nach welchem sie suchte.

„Da ist es“, sagte sie und nahm es von der Stange. „Ich habe gelernt, dass man immer erst mal die Vorstellung der Braut erfüllen muss. Manchmal liegt sie richtig, manchmal nicht. Aber sobald sie sich selbst im Spiegel gesehen hat, ist es leichter, sie dazu zu bringen, etwas anderes anzuprobieren.“

„Was ist, wenn ihr Ihre Alternativen auch nicht gefallen?“

„Dann findet sie ihr Kleid irgendwo anders.“ Sie legte das Kleid über das Geländer. „Ich sage nicht, dass ich nichts verkaufen will. Natürlich will ich das. Aber mir ist es wichtiger, dass die Braut ihr Kleid liebt. Es hat keinen Sinn, ihr ein Kleid aufzuschwatzen, das sie hassen wird.“

„Woher wissen Sie, welches Kleid das richtige ist?“

„Ich mache das hier schon eine ganze Weile. Manchmal ist es purer Instinkt. Manchmal muss man nur ein paar unterschiedliche Stilrichtungen ausprobieren.“ Sie sammelte ein zweites Kleid ein und ging zur Treppe. Bevor sie dort ankam, war Jonny zu ihr hinaufgekommen und streckte die Arme aus.

„Was machen Sie da?“, fragte sie.

„Ihnen helfen.“

Das war süß. Albern, aber süß. Sie ging diese Treppe jeden Tag ein Dutzend Mal rauf und runter. Aber das würde sie ihm nicht sagen. Nicht wenn sie so nah beieinanderstanden.

Da er nur eine Stufe unter ihr stand, waren sie genau gleich groß. Sie konnte direkt in seine wunderschönen grünen Augen schauen. Und sie konnte sich vorstellen, ihren Mund auf seinen zu pressen und seine Wärme zu spüren. Wenn sie die Kleider über das Geländer schmiss und sich ihm in die Arme warf, wären sie einander ganz nah, während sie sich küssten.

Gut, er wäre wahrscheinlich überrascht von ihrem Überfall, und vermutlich würde es damit enden, dass sie gemeinsam die Treppe hinunterpurzelten und sich ernsthaft verletzten, aber für einen winzigen, strahlenden Moment …

Sie unterdrückte ein Lachen und reichte ihm die Kleider.

„Danke."

„Gern geschehen."

Lächelnd folgte sie ihm die Treppe hinunter. Unten nahm sie ihm die Kleider ab und hängte sie an einen Rollständer. Sie suchte noch zwei weitere heraus und sah ihn dann an.

„Ich muss die zu Janet bringen."

„Stimmt. Ich sollte besser gehen."

Keiner von ihnen machte Anstalten, die Tür zu öffnen.

„Ich muss ein Weihnachtsgeschenk kaufen", platzte er heraus.

„Wie bitte?"

„Für meine Managerin. Das habe ich noch nie gemacht. Wie sich herausgestellt hat, verteile ich jedes Jahr ziemlich viele Geschenke. Ich bin sicher, dass sie alle angemessen sind, aber sie sind nicht von mir. Ihre Angestellten kaufen sie, vor allem ihre Assistentin. Ich arbeite seit beinahe zehn Jahren mit Annelise zusammen und habe ihr noch nie ein Geschenk gemacht."

Madeline hatte Schwierigkeiten, den Sinn seiner Worte zu verstehen. „Sie haben eine Managerin?"

„Ja. Sie ist super und kümmert sich um mich. Ich möchte ihr gern etwas schenken. So eine Art Dankeschön, aber zu Weihnachten. Wo sollte ich da hingehen?"

„Wir haben mehrere Geschenkeläden in der Stadt. Oder Sie können auch was im Internet kaufen." Ging dieser Mann denn nie einkaufen, so wie jeder normale Mensch?

Madeline dachte an das Chaos, das Jonny Blaze in einem Einkaufszentrum auslösen würde. Okay, das kam nicht infrage. „Oh, mir fällt gerade ein, dieses Wochenende findet ein Geschenkebasar statt. Da könnten Sie hingehen. Einige Sachen sind wirklich albern, aber es gibt auch viel Schönes. Normalerweise sind immer einige Stände mit Kunstobjekten und Schmuck dabei. Außerdem Kleidung und selbst gemachte Buttertoffees." Sie hielt inne und hatte den Geschmack förmlich auf der Zunge. „Die sind echt gut."

„Wollen Sie mitkommen?"

Nackt? Könnte er bitte nackt sein? Oh, warte, das wollte sie lieber nicht in der Öffentlichkeit. „Klar. Morgens hab ich einen Termin, aber nachmittags hab ich Zeit."

Er ließ ein Lächeln aufblitzen. Ein wunderschönes, breites, sexy Jonny-Blaze-Lächeln. Auf der Leinwand war das schon ziemlich umwerfend, aber in echt ließ es ihr die Knie weich werden.

„Danke", sagte er und beugte sich vor.

In der einen Sekunde war da nichts, in der nächsten strichen seine Lippen über ihre. Die Hitze war erstaunlich. Atemberaubend. Perfekt.

„Dann treffen wir uns um zwölf Uhr hier im Laden. Wir können gemeinsam Mittag essen und dann auf den Basar gehen."

Sie nickte, weil sie fürs Sprechen zu viele Gehirnzellen benötigt hätte, die im Moment zu sehr damit beschäftigt waren, das Gefühl seines warmen Mundes auf ihrem für die Ewigkeit zu konservieren.

„Bis Samstag."

Damit war er fort. Madeline genoss noch ein wenig die Nachwirkungen des Kribbelns, während sie die Kleider in Richtung Umkleidekabine rollte. Dabei fragte sie sich, ob ihre

Mathekenntnisse ausreichten, um auszurechnen, wie viele Stunden es bis dahin noch genau waren.

Jonny war nicht sicher, was ihn auf dem Weihnachtsbasar von Fool's Gold erwartete, aber das Erste, was ihn verblüffte, war der Ort.

„Ich wusste gar nicht, dass diese Stadt ein Kongresszentrum hat", gab er zu. Er stellte seinen SUV ab und betrachtete den Gebäudekomplex aus Beton. „Es ist ziemlich hässlich."

„Ich weiß. Unser einziger Schandfleck." Madeline löste den Sicherheitsgurt. „Aber es eignet sich für die unterschiedlichsten Veranstaltungen. Gerade zu den Feiertagen finden hier viele Events statt. *Der Tanz des Winterkönigs* ist inzwischen so beliebt, dass wir die Aufführung hierher verlegen mussten, und in ein paar Wochen findet hier die jährliche weihnachtliche Haustiervermittlung statt."

„Haustiervermittlung?"

„Es ist genau das, wonach es klingt."

„Gibt es irgendetwas, das es in dieser Stadt zu den Feiertagen nicht gibt?"

„Nichts, was nicht gut ist. Auch wenn jemand uns letztes Jahr alle Spielzeuge von der Sammlung gestohlen hat."

Das konnte er sich gar nicht vorstellen. „Lassen Sie mich raten – innerhalb von achtundvierzig Stunden hatten Sie alles ersetzt und sogar noch mehr Spielzeug als zuvor."

„So in der Art", gab sie lächelnd zu.

Ihre Augen hatten einen hübschen Blauton. Ihre Haare waren offen, und sie trug eine Jeans und ein Sweatshirt mit einem gezeichneten Rentier darauf.

In der Enge des SUV schienen sie die einzigen Menschen auf der Welt zu sein. Er atmete das Aroma ihrer Seife – oder vielleicht war es ein sehr leichtes Parfüm – zusammen mit ihrem ganz persönlichen Duft ein. Es war eine schwindelerregende Kombination, die in ihm den Gedanken weckte, dass er sie, wenn er jemand anderes wäre, jetzt in die Arme ziehen und bis zur Besinnungslosigkeit küssen würde.

Diese Sehnsucht fühlt sich gut an, dachte er. Es war lange her, dass er sich gestattet hatte, sich genug zu entspannen, um so etwas zu empfinden. Ihre Nähe machte etwas mit ihm. Es war so leicht, sich mit ihr zu unterhalten. Mit ihr zusammen zu sein. Auf gewisse Weise war es behaglich. Aber auch sexy. Diese Mischung war wirklich schwer zu ignorieren.

„Sind Sie bereit, sich umhauen zu lassen?“, fragte sie.

Das war er – auf jede nur erdenkliche Weise. Auch wenn sie nur über den Basar sprach und die Fool's-Gold-Verrücktheiten, die damit einhergingen, erlaubte er sich für einen Moment, sich in diesen Möglichkeiten zu verlieren. Obwohl er wusste, dass er später dafür würde bezahlen müssen, beugte er sich vor und küsste sie.

Ihr Mund war weich und warm. Ihr Lipgloss schmeckte nach Pfefferminz. Die Mittelkonsole seines Wagens hielt sie davon ab, sich zu nah zu kommen, also konnte er nicht mehr tun, als die Hand an ihre Taille zu legen und seine Lippen auf ihre zu pressen.

Sie gab nach. Ihm fiel kein anderes Wort dafür ein, um ihre stillschweigende Einwilligung zu beschreiben, mit der sie sich ihm hingab und ihre Finger leicht auf seine Schultern legte. In einem Auto zu sein und sich so vorsichtig vorzutasten, erinnerte ihn an die Highschoolzeit. Damals, als er noch wie jeder andere gewesen war und die Probleme des Lebens leicht zu definieren gewesen waren.

Heiße Lust erfüllte ihn und durchströmte seinen Körper, bevor sie sich vorhersehbarerweise in seinem Unterleib sammelte. Er wollte den Kuss vertiefen. Sein ganzes Wesen schrie förmlich danach, den nächsten Schritt zu machen, aber sein Gehirn erinnerte ihn daran, dass er Madeline mochte. Sehr sogar. Sie zu beschützen, war seine oberste Priorität.

Also zog er sich zurück.

Ihre Augen waren geschlossen, ihre Wangen gerötet. Dann atmete sie tief ein und sah ihn an.

„Okay", murmelte sie. „Das war interessant."

Er lachte. „Interessant?"

„Unerwartet."

„Ich hatte auf etwas mehr gehofft."

„So etwas wie ‚köstlich'?"

Es war, als hätte ihm jemand in den Magen getreten. Alle Luft wich aus seinen Lungen, und er blieb keuchend zurück. Das Verlangen explodierte in ihm, und er spürte, dass seine Selbstkontrolle nur noch an einem seidenen Faden hing.

Er fluchte leise. Hierfür kann ich niemand anderem als mir die Schuld geben, dachte er. Ich habe es so gewollt.

„Köstlich ist gut", sagte er rau und berührte ihre Wange. „Du hast ja keine Ahnung, *wie* gut."

Sie musterte ihn. „Aber? Denn da kommt noch ein Aber. Du hast dieses Aber-Gesicht." Kurz wandte sie den Blick ab, dann sah sie ihn wieder an. „Du weißt, was ich meine."

„Das tue ich. Und ja, es gibt ein Aber. Mit mir zusammen

zu sein ist schwierig. Ich bin eine Person des öffentlichen Lebens. Die Presse kann ein Problem sein. Wahrscheinlich bin ich keine gute Wahl."

Er dachte, dass sie etwas sagen, ihm widersprechen, ihre Meinung äußern würde. Aber das tat sie nicht. Stattdessen hob sie die Hand und ließ sie gleich wieder in ihren Schoß fallen.

„Also ist das hier nie passiert?", fragte sie.

„Nein."

„Und du wirst es nicht noch einmal machen?"

„Bittest du mich um ein Versprechen?"

Lange sah sie ihn an. „Du glaubst, es geht hier darum, dass du Jonny Blaze, der Schauspieler, bist. Aber du irrst dich. Vielleicht ging es am Anfang darum, aber jetzt, wo ich dich kennengelernt habe, tut es das nicht mehr."

Sie öffnete die Wagentür. „Wir müssen rein, bevor jemand uns die ganzen guten Sachen wegkauft."

Damit stieg sie aus.

Er folgte ihr, und ihm war wohl bewusst, dass sie seine Frage nicht beantwortet hatte. Trotzdem war er erfreut über das, was sie gesagt hatte. Denn er glaubte ihr. Es war nett, dafür gemocht zu werden, wer er war, auch wenn das Kussthema noch nicht geklärt war.

Gemeinsam betraten sie das Kongresszentrum. Große, weihnachtlich gekleidete Nussknacker standen an der Tür. Eine freundliche Frau überreichte ihnen einen Lageplan, auf dem die verschiedenen Stände eingetragen waren, und wünschte ihnen einen fröhlichen Einkauf.

Im Inneren der Halle war es unglaublich laut. Über die Lautsprecher erklangen Weihnachtslieder, und Tausende von

Menschen redeten auf einer Fläche durcheinander, die nicht dazu gemacht war, Geräusche auf sinnvolle Weise zu verteilen.

Und auch der Anblick war überwältigend. Lange Reihen von Ständen zogen sich durch den gesamten Raum. Von der Decke hängende Banner zeigten den Menschen den Weg zu den verschiedenen Bereichen: Schmuck, Spielzeug und Kleidung waren genauso gekennzeichnet wie die Fressstände, die Weihnachtsdekorationen und Küchengeräte.

Jonny hielt sich selbst gern für etwas intelligenter als den Durchschnittsmann, aber das Angebot überwältigte selbst ihn. Wie, zum Teufel, sollte er hier ein Geschenk für Annelise finden?

Madeline trat vor ihn. Ihre blauen Augen funkelten vergnügt, als sie lächelnd die Hand auf seinen Oberarm legte.

„Atme“, befahl sie ihm. „Ein und aus. Egal, wie es sich gerade anfühlt, du wirst dich nicht in eine Frau verwandeln, nur weil du hier bist.“

„Schwörst du mir das?“

„Ja. Okay, wir wollen etwas für deine Managerin kaufen, richtig?“

Er nickte.

„Für noch jemanden?“

Freunde? Verwandte? Um seine Schwester und ihren zukünftigen Ehemann hatte er sich bereits gekümmert. Die Geschenke für Olivers Familie hatte Caryn besorgt. Jonny hatte ihre Namen auf ihrer Liste gesehen. Also gab es niemanden sonst.

Abgesehen vielleicht von Madeline. Er wollte ihr etwas schenken, als Dank dafür, dass sie ihm mit der Hochzeit half. Etwas Persönlicheres als die große Spende, die er tätigen würde. Aber das würde er nicht hier kaufen. Er würde sich Zeit lassen und genau überlegen, was angemessen wäre.

„Nein, nur für Annelise“, sagte er.

„Gut. Ich hoffe, ein paar Geschenke für meine Familie zu finden“, erklärte sie. „Wenn wir etwas Cooles für eine meiner Freundinnen sehen, wäre das toll, aber es ist nicht unbedingt nötig. Ich habe schon Geschenke für sie. Hast du irgendeine Vorstellung, was du Annelise kaufen willst?“

Er dachte an die Frau, die in den letzten zehn Jahren seine Karriere gefördert hatte. „Etwas Persönliches. Für sie, nicht fürs Büro. Etwas Hübsches.“

„Das hilft. Etwas zum Anziehen ist schwierig, weil sie es nicht umtauschen kann. Gehen wir doch erst mal in die Schmuckabteilung. Ich wette, dort findest du was.“

Er nickte und ließ den Blick über die Stände schweifen. Der Schmuck befand sich ganz am anderen Ende der Halle. „Vergiss die Buttertoffees nicht. Du hast gesagt, dass du davon unbedingt welche brauchst.“

Sie lachte. „Danke, dass du mich daran erinnerst. Die sind mir der liebste Teil auf dem Basar.“

„Dann sollten wir die zuerst holen.“ Er zeigte auf das Banner über den Essensständen. „Da entlang.“

Sie liefen den Gang hinunter. Keine drei Schritte später waren sie schon getrennt, weil zwei Frauengruppen zwischen ihnen hindurchgegangen waren. Madeline drehte sich in dem Moment zu ihm um, als er wieder hinter ihr auftauchte.

„Das könnte gefährlich werden“, sagte er grinsend und nahm ihre Hand. Sie verschränkte ihre Finger mit seinen.

Eine Sekunde lang schauten sie einander an. Er war nicht

sicher, was sie dachte, aber sein Gehirn entschied sich für verschiedene Varianten von *Das ist schön*.

Sie gingen weiter. Madeline zog ihn an einen Stand.

„Guck mal“, sagte sie und zeigte auf einen Miniaturteddy in weihnachtlichem Outfit. Es gab außerdem Weihnachtsmannteddys und Elfenteddys, Teddys in Pyjamas und in Tauchanzügen. Sie nahm zwei kleine Teddys in die Hand, die als Braut und Bräutigam verkleidet waren.

„Die sind sehr süß für die Tischdeko“, sagte sie. „Sie könnten genau vor Ginger und Oliver sitzen.“

Die Teddys waren nicht sein Stil, aber sie erinnerten ihn tatsächlich an seine Schwester. Ab und zu konnte sie ein wenig schrullig sein.

„Dann nehmen wir sie“, sagte er und griff nach seinem Portemonnaie.

Drei Meter weiter zog Madeline ihn an den nächsten Stand. Hier wurden Nussknacker verkauft. Madeline entschied sich für einen aus Zinn.

„Das ist so eine Familiensache“, erklärte sie, während sie ihren Einkauf in der großen Tasche verstaute, die sie mitgebracht hatte. „Ich schicke ihn Robbie. Er und Jasmine sammeln die.“

„Ist deine Mom jedes Jahr mit dir hergekommen?“, fragte er.

Sie nickte. „Das war immer ein großer Tag für uns. Wir haben hier fast alle Weihnachtsgeschenke gekauft. Da kommt auch mein Vorliebe für die Buttertoffees her.“

Jetzt steuerten sie auf die Fressbuden zu.

„Hat deine Mom schon immer gebacken?“, erkundigte er sich.

„Ja, jedes Jahr. Das war toll. Ich habe von ihr gelernt, wie man alles macht, und selbst als fürchterlich launische Dreizehnjährige habe ich ihr geholfen." Sie lächelte bei der Erinnerung. „Als ich klein war, gab es immer Unmengen an Geschenken. Einige von meinen Eltern, aber die meisten vom Weihnachtsmann. Als ich älter wurde, haben wir uns dann auf ein großes Geschenk und ein paar kleine geeinigt."

„Warst du traurig, als du gehört hast, dass es den Weihnachtsmann nicht gibt?"

„Ich habe es von anderen Kindern erfahren, und auch wenn ich weiterhin an ihn glauben wollte, ergab es irgendwie Sinn. Wie waren deine Weihnachtsfeste?"

„Sehr ruhig. Es waren nur wir drei." Sein Dad hatte viel gearbeitet, um das Essen auf den Tisch zu bringen. Es hatte zwar Geschenke gegeben, doch die waren immer sehr bescheiden gewesen. Was den Weihnachtsmann anging – er konnte sich nicht erinnern, jemals an ihn geglaubt zu haben.

„Du hattest Glück, hier aufwachsen zu dürfen", sagte er.

„Ich weiß. Ich verstehe nicht, warum die Leute hier wegziehen wollen. Ich liebe es."

„Wenn du den Richtigen findest, wirst du dann hier wohnen bleiben?", wollte er wissen.

„Ich hoffe es. Sowohl, dass ich den Richtigen finde, als auch, dass wir hierbleiben."

„Bist du jemals jemandem begegnet, der infrage gekommen wäre?"

Sie zog die Nase kraus. „Nein. Ich habe nie den Blitzschlag verspürt, von dem meine Eltern erzählen. Auf dem College gab es mal diesen Jungen. Ted. Es war was Ernstes, aber dann ist die Beziehung doch zerbrochen. Unglücklicherweise ist er mit mir in Kontakt geblieben. Seine Frau und er kommen jedes Jahr zu Besuch, und es ist immer ein echter Albtraum. Ich schwöre, der einzige Grund, warum sie hierherkommen, ist, mir immer wieder aufs Neue meinen Singlestatus vor Augen zu führen. Oh, guck, der Buttertoffee-Stand. Ich spüre bereits den Zuckerrausch."

Die Schlange an dem Stand war kurz. Als sie dran waren, bestellte Madeline ein halbes Pfund Buttertoffees in drei verschiedenen Geschmacksrichtungen.

„Ich werde den Großteil davon einfrieren müssen", murmelte sie, als sie nach ihrem Portemonnaie griff. „Sonst wiege ich Silvester vierhundert Pfund."

„Lass mich das machen", sagte er und reichte ein paar Scheine über den Tresen.

Das Mädchen hinter dem Stand nahm das Geld. Als sie sich der Kasse zuwandte, wirbelte sie auf einmal zurück und riss die Augen auf. „Oh mein Gott!", quiekte sie. „Sie sind … Sie sind …"

Er wusste, was als Nächstes kommen würde. Sie würde seinen Namen rufen, und alle um sie herum würden sich umdrehen und ihn anstarren. Dann würden die Menschen näher rücken. Ein paar würden Fragen stellen, während andere Autogramme haben wollten. Die Menge würde anwachsen, und er würde das Weite suchen müssen.

Warum hatte er sich auf dem Weg aus dem Haus nicht noch schnell eine Baseballkappe gegriffen? Das war nicht die perfekte Verkleidung, aber es half. Bei Gott, er hatte total vergessen, dass er vielleicht ein Problem darstellen könnte. Denn in Fool's Gold passierte das normalerweise nicht.

Madeline trat vor ihn und lachte. „Er sieht aus wie der junge

Matthew McConaughey, oder? Das hören wir ständig. Das ist echt lustig. Wir haben ein Sparschwein, in das wir jedes Mal fünf Dollar stecken, wenn das passiert.“ Sie schaute ihn an. „Wie es aussieht, kommen wir unserer Reise nach New York immer näher, Honey. Ist das nicht toll?“

Das Mädchen starrte Madeline an, als wäre sie verrückt. Aber als sie Jonny erneut anschaute, schien sie sich nicht mehr so sicher.

„Matthew McConaughey? Ich wollte gerade sagen, er sieht aus wie Jonny Blaze.“

Madeline runzelte die Stirn. „Ehrlich?“ Sie drehte sich zu Jonny um. „Wow, das sehe ich nun gar nicht. Verdammt. Wenn du sagst, Jonny Blaze, gibt es wohl doch keine fünf Dollar ins Sparschwein. Außer wir weiten das auf alle Prominenten aus. Was meinst du?“

Das Mädchen reichte ihm das Wechselgeld und Madeline die Tüte mit den Buttertoffees. „Ihnen noch einen schönen Tag“, sagte sie und schaute an ihnen vorbei zu den nächsten Kunden.

Jonny packte Madelines Hand und zog sie daran zur Seite.

„Sie hat uns einfach abblitzen lassen“, meinte Madeline. „Ich bin schockiert. Wie kann es sein, dass sie keine Meinung zu unserem New-York-Sparschwein hat?“

Er zog sie noch ein Stück weiter an den Rand des Ganges. „Danke.“

„Gern geschehen. Eine kleine Irreführung hat noch niemandem geschadet. Das habe ich von meinem Bruder gelernt. Nur eines der Dinge, die er mir beigebracht hat, wenn er in den Ferien nach Hause kam.“

Jonny legte den Arm um sie. Er wollte mehr tun, aber es waren zu viele Menschen in der Nähe.

„Er war ein guter älterer Bruder", sagte er – hauptsächlich um sich abzulenken.

„Das war er. Und zum Glück schon aus dem Haus, als ich angefangen habe, mit Jungs auszugehen. Ansonsten hätte er jedes meiner Dates verschreckt. Warst du Ginger gegenüber auch so?"

„Das musste ich nicht. Sie ist in der Highschool nicht viel ausgegangen, und als sie auf dem College war, war sie schon vernünftig, was Jungs angeht. Ich habe ein paar von ihren Freunden kennengelernt, wann immer ich sie in San Francisco besucht habe, und ich mochte sie alle."

„Wie ist Oliver so?"

„Ein kleiner Nerd, aber auf gute Weise. Und er ist verrückt nach ihr." Er lächelte. „Er ist zu mir gekommen, um mein Einverständnis für seinen Heiratsantrag einzuholen. Der arme Kerl hat gezittert und geschwitzt. Er tat mir zwar leid, aber ich habe ihn trotzdem ein wenig zappeln lassen. Die beiden werden sehr glücklich miteinander werden."

„In ein paar Tagen kommt sie her. Ich freue mich schon drauf, sie persönlich kennenzulernen."

Darauf freute Jonny sich auch. Er wollte wissen, was seine Schwester von Madeline hielt.

„Ich werde sie über dein bisheriges Liebesleben ausquetschen", sagte sie grinsend.

„Darüber kannst du alles im Internet nachlesen."

„Das glaube ich nicht. Da finde ich nur die öffentlichen Beziehungen. Ich schätze, es gab noch ein paar andere, über die niemand etwas weiß." Sie drehte sich zu ihm um. „Das war nur ein Scherz, das weißt du, oder? Ich würde Ginger niemals über dein Liebesleben ausfragen."

„Du hast ja nicht einmal deiner Geschäftspartnerin erzählt, dass du mir hilfst“, erinnerte er sie. „Ich weiß, dass das nur ein Witz war.“

Sie ließen sich von den Menschen zu der Ecke treiben, in der sich die Schmuckstände befanden. Madeline zeigte auf einen. „Jenel’s Gems ist ein Laden aus der Stadt. Sie hat ganz wundervolle Stücke. Ihre Sachen solltest du dir auf jeden Fall anschauen.“

Auf dem Weg zu der Auslage erblickte er eine Kette mit emaillierten Gänseblümchen. Sie war groß und bunt und gefiel ihm irgendwie.

„Für Annelise?“, fragte Madeline.

„Nein. Ich …“ Er berührte die Kette. „Ich kannte mal ein Mädchen, das Gänseblümchen geliebt hat.“ Er senkte den Arm. „Du hast recht. Meine wichtigen Beziehungen findest du nicht im Internet. Auf der Highschool war ich in dieses Mädchen verliebt. Kristen. Sie war wunderschön, wirkte aber immer ein wenig distanziert. Ein Jahr lang habe ich versucht, ihr näherzukommen, aber sie wollte nichts mit mir zu tun haben.“

„Wieso hat sie ihre Meinung geändert?“

„Ich weiß es nicht. In dem Sommer zwischen unserem vorletzten und letzten Schuljahr bin ich jeden Tag an ihrem Haus vorbeigegangen. Irgendwann hat sie mich reingebeten. Wir haben uns hingesetzt, und sie hat mir gesagt, dass sie Krebs hat. Irgendeine Form von Leukämie.“

Er kannte die medizinischen Begriffe und Einzelheiten, aber sie würden Madeline nichts sagen. Er erinnerte sich daran, wie emotionslos Kristen davon erzählt hatte, so als wenn sie über jemand anderen spräche.

Madeline starrte ihn an. „Sie war krank?“

„Todkrank. Sie hat mir gesagt, dass sie nur noch wenige Monate zu leben hätte und ich damit nicht würde umgehen können. Also würde es niemals eine Beziehung zwischen uns geben, und ich sollte besser gehen."

Er erinnerte sich an den Schock. Daran, dass er nicht in der Lage gewesen war, die Informationen zu verarbeiten.

„Ich bin am nächsten Tag zurückgekehrt und an dem folgenden wieder. Schließlich war sie einverstanden, mit mir auszugehen. Wir hatten noch ein Jahr zusammen. Ich war bei ihr, als sie starb."

Er erinnerte sich an jede Kleinigkeit aus diesen letzten Wochen, vom letzten Tag. Wie ihre Eltern geweint hatten. Wie er ihre Hand gehalten hatte, als sie ihren letzten Atemzug tat. Er war am Boden zerstört gewesen. Zu wissen, was passieren würde, und es dann tatsächlich zu erleben, war nicht das Gleiche.

Madeline drückte seine Hand. „Das tut mir leid. Du musstest in deinem Leben viele Verluste ertragen."

„Nicht mehr als die meisten. Solche Dinge passieren."

Er dachte, dass sie vielleicht noch mehr sagen würde, doch stattdessen wandte sie sich dem Stand zu und nahm ein Paar Ohrringe in die Hand. Es waren goldene Knoten mit einer tränenförmigen Perle.

„Würde Annelise so etwas gefallen?", fragte sie.

Ein Themenwechsel, für den er dankbar war. Wieder einmal hatte Madeline ihn gerettet. Langsam glaubte er, dass es nicht nur um ihn ging, sondern dass es einfach ein Teil ihrer Persönlichkeit war.

Der Mann, der den Blitzschlag auslösen würde, auf den sie wartete, war definitiv ein glücklicher Kerl.

7. Kapitel

Zwei Tage später drehte sich noch immer alles in Madelines Kopf. Ihr Nachmittag mit Jonny war wie eine Achterbahnfahrt gewesen. Jedes Mal wenn sie gerade wieder zu Atem gekommen war, waren sie mit sechzig Meilen pro Stunde um die nächste Kurve gesaust.

Der Kuss war atemberaubend gewesen. Allein in Jonnys Nähe zu sein reichte schon, um sie in Flammen aufgehen zu lassen, aber als er sie geküsst hatte ... Der Mann war sexy. Nicht nur wegen seines Äußeren, sondern wegen der Art, wie sie sich mit ihm fühlte. So weiblich und sicher. Wenn sie in seiner Nähe war, konnte sie sie selbst sein. Das traf zwar auch auf andere Menschen zu, aber ... Es ist einfach unerklärlich, dachte sie. Ja, das beschrieb ihre Gefühle ziemlich exakt.

Sie hatte die Panik in seinen Augen gesehen, als das Mädchen am Buttertoffee-Stand ihn erkannt hatte. Sie war schnell eingesprungen, weil sie nicht gewusst hatte, was sie sonst hätte tun sollen. Es war schön gewesen, für Ablenkung sorgen zu können, aber der Blick in sein anderes Leben war auch eine Offenbarung gewesen. Von seiner ersten Freundin zu erfahren und zu beobachten, wie viel Zeit und Mühe er investierte, um ein Geschenk für seine Managerin zu kaufen, hatte sie überrascht.

Je mehr sie über ihn erfuhr, desto mehr mochte sie ihn. Aber ihn zu mögen war gefährlich, und sie musste sofort damit aufhören. Nicht, dass er ihr nachstellte. Er hatte ziemlich deutlich gemacht, dass es, was ihn anging, niemals zwischen ihnen funktionieren würde.

Um ehrlich zu sein, wusste sie nicht, was sie wollte. Was vor allem daran lag, dass sie so schon genug um die Ohren hatte und obendrein keine Lust verspürte, sich das Herz brechen zu lassen.

Ungeduldig sah Madeline auf die Uhr. Ginger würde jede Sekunde kommen. Sie war neugierig auf Jonnys Schwester. Am Telefon und in ihren E-Mails war Ginger sehr nett gewesen, und Madeline ging davon aus, dass sie sich auch persönlich gut verstehen würden.

Um Punkt elf Uhr betrat eine zierliche Frau mit lockigen braunen Haaren das Paper Moon. Sie hatte einen schmalen Knochenbau, war sehr hübsch und trug eine Brille, Jeans und ein Sweatshirt. Über ihrer Schulter hing ein schlichter blauer Rucksack mit einem kleinen goldenen Stern am Reißverschluss.

„Madeline? Ich bin Ginger.“ Ihre Stimme war weich, ihr Lächeln zögerlich. „Danke, dass du dir die Zeit nimmst, dich heute mit mir zu treffen. Ich weiß, dass du sehr viel zu tun hast.“

Madeline schüttelte den Kopf. „Du bist es, die den ganzen Weg hergefahren ist. Danke, dass *du* dir die Zeit genommen hast. Ich weiß, dass dir das Studium im Moment sehr viel abverlangt. Jonny schwört, dass du die Welt retten oder eine Krankheit heilen wirst oder so. Er drückt sich immer etwas vage aus, aber ist sich dessen extrem sicher.“

Ginger lachte. „Er unterstützt mich wirklich sehr, auch wenn er keine Ahnung hat, was genau ich studiere. Was in

Ordnung ist. Es ist ziemlich technisch und für andere Leute nicht sonderlich interessant."

„Komm doch mit in mein Büro. Ich habe so viel, was ich dir zeigen muss."

Madeline ging voran. Sie war bereits bei Plants for the Planet, der örtlichen Gärtnerei, vorbeigegangen und hatte ein paar Musterblumen besorgt. Außerdem hatte sie Fotos von möglichen Brautsträußen sowie Ideen für die Tischdekoration. Und sie wollte Ginger die Einladungskarten zeigen. Auch wenn sie bereits bestellt waren – sollte Ginger sie hassen, würden sie alles noch einmal umschmeißen.

Sie zog einen Stuhl um den Tisch herum, sodass sie und Ginger nebeneinandersitzen konnten.

„Hier sind die Einladungskarten", sagte sie. „Das Design hast du ja schon freigegeben, aber wenn du ein anderes Papier möchtest, können wir da noch was machen."

Ginger betastete den schweren Karton. „Das ist schön. Und es ist nur eine Einladung. Solange alles richtig geschrieben ist, ist es für mich okay."

„Ich denke, wir beide werden uns sehr gut verstehen."

Ginger grinste. „Oliver und ich wollen nichts Übertriebenes. So sind wir einfach nicht. Wir konzentrieren uns auf unsere Arbeit und darauf, unser Studium abzuschließen. Aber wir wollen verheiratet sein."

Ginger und Jonny hatten die gleiche Augenfarbe. Madeline glaubte, auch eine Ähnlichkeit in ihrem Lächeln zu entdecken, doch vom Körperbau waren sie komplett unterschiedlich.

„Hier sind ein paar Vorschläge für die Blumen. Wir kaufen die hier vor Ort ein. Ich habe mit der Besitzerin des Ladens gesprochen, und sie kann so ziemlich alles besorgen. Angesichts der Gästeanzahl und des Raumes schwebt mir eine U-förmige Anordnung der Tische vor, womit niedrigere Arrangements am besten wären. So können alle alles sehen. Ich hatte an weiße Rosen als Basis gedacht. Siehst du die grünen Schattierungen in den kleinen Blumen?"

Madeline zeigte ihr Bilder von verschiedenen Gestecken.

„Diese Kombination passt gut zusammen. Wir wollen Blumen, die kaum oder gar nicht duften." Sie blätterte zu einem anderen Design. „Meine Freundin Dellina ist professionelle Eventplanerin und sagt, nichts verdirbt eine Feier schneller als stinkende Blumen."

„Ja, nichts, was zu stark riecht", stimmte Ginger zu. „Ich finde die alle hübsch. Vor allem die Rosen."

Madeline stand auf und holte weitere Muster. „Okay. Wenn wir die weißen Rosen als Hauptblumen nehmen und diese kleinen Grünen da mit reinmixen, könnten wir sie hiermit zusammenhalten."

Sie stellte einen rechteckigen Übertopf aus verwittertem Holz auf den Tisch. „Plants for the Planet hat davon ungefähr zehn, was mehr ist, als wir benötigen. Der rustikale Look passt super zu der Scheune, und ich denke, er bildet einen schönen Kontrast zur Eleganz der Rosen. Außerdem haben sie Dutzende von kleinen gläsernen Kerzenhaltern."

Madeline zeigte ihr einen. „Wir können ein hübsches goldenes Band darumwickeln, dann sehen sie festlicher aus und würden zum Farbschema passen. Die Kerzen, die hier reinpassen, brennen zwischen zehn und fünfzehn Stunden. Das heißt, wir könnten sie anzünden, bevor die Gäste eintreffen. Das wird wunderschön aussehen."

Ginger seufzte. „Ich liebe deine Ideen. Die Töpfe, die Kerzen. Das ist perfekt."

„Gut." Madeline machte sich ein paar Notizen. „Jetzt zur Torte."

Ginger verdrehte die Augen. „Ich habe deinen und den Vorschlag meines Bruders gesehen. Ehrlich? Das hier ist keine Hochzeit im Weißen Haus. Was hat er sich nur dabei gedacht?" Sie hob die Hand. „Sag jetzt nichts. Mir gefällt die kleinere Torte. Und ich liebe die Idee mit der weißen Glasur und dem grünen Band."

„Das freut mich. Ich habe mit der Konditorin gesprochen, und sie kann unten noch kleine goldene Blätter anbringen, um so alle Farben aufzugreifen." Sie schrieb sich etwas auf und legte dann den Stift beiseite. „Bist du bereit, das Kleid anzuprobieren?"

„Ja. Aber ich bin auch nervös."

„Das ist total normal. Komm. Ich habe schon einen Umkleideraum für dich vorbereitet." Madeline musterte sie kurz. „Du trägst Größe sechs?"

„Woher weißt du das?"

„Das ist mein Job. Die Muster sind üblicherweise in Größe zehn. Ich habe aber auch ein paar, die kleiner sind. Nach deinen E-Mails habe ich einige für dich beiseitegelegt. Außerdem gibt es welche, die ich bei anderen Läden bestellen kann. Probieren wir doch mal ein halbes Dutzend oder so an, um uns dem Stil anzunähern."

Ginger stand auf und zog die Augenbrauen zusammen. „Das verstehe ich nicht. Ich bekomme mein Kleid nicht heute?"

„Ich weiß es nicht. Vielleicht. Wenn nicht, können wir noch

eine weitere Anprobe kurz vor der Hochzeit organisieren. Ich habe bereits meine beste Schneiderin für die zwei Tage vor Weihnachten reserviert. Sie kann wahre Wunder bewirken." Madeline lächelte sie an. „Auch wenn wir das hier alles in kurzer Zeit erledigen, sollst du dein Kleid lieben. Das ist eine goldene Regel."

„Wenn du darauf bestehst."

„Tue ich."

Madeline führte sie in den Umkleidebereich. „Die Kleider, die ich ausgesucht habe, sind ziemlich schlicht. Du bist sehr zierlich, was bedeutet, wir müssen auf die Proportionen achten. Wir wollen nicht, dass das Kleid dich erdrückt. Denn *du* trägst das Kleid und nicht andersrum. Du hast außerdem gesagt, dass du nicht viel Schnickschnack willst, also habe ich auf dementsprechende Kleider verzichtet."

Sie öffnete die Tür und bat Ginger hinein. „Da hängen drei Kleider. Sag Bescheid, wenn du das erste anhast, dann helfe ich dir mit dem Reißverschluss und den Knöpfen. Mach dir keine Gedanken über die Größe. Wir werden es feststecken, sodass du siehst, wie das Kleid aussieht, wenn es für dich abgeändert wurde."

Eine Stunde später waren sie sich einig, dass sie es mit einer modifizierten A-Linie probieren wollten. Ginger betrachtete sich in dem Halbkreis aus Spiegeln im Hauptbereich des Ladens.

„Es gefällt mir", sagte sie, doch in ihrer Stimme war ein leichter Zweifel herauszuhören.

Madeline stand hinter ihr und steckte ein paar Klemmen fest. Die Passform ist ganz okay, aber das ist noch nicht ihr Kleid, dachte sie.

„Es ist zu schlicht“, sagte sie. „Es gibt einen Unterschied zwischen elegant und schlicht, und die Grenze haben wir hiermit überschritten.“

Ginger nickte langsam. „Du hast recht. Ich will etwas …“ Sie zeigte auf den Ausschnitt. „Wie Spitze oder Perlen.“

„Sehe ich ganz genauso. Ich habe noch ein paar Ideen. Ich werde dir Bilder schicken und dann drei weitere Kleider bestellen, die direkt vor Weihnachten hier eintreffen.“

„Sollten wir das hier als Notfalllösung behalten?“

„Auf jeden Fall.“ Madeline wusste, dass sie das richtige Kleid für Ginger finden würden, aber sie wollte trotzdem nicht, dass die junge Frau sich Sorgen machte. Wenn ein Notfallkleid ihr dabei half, sich in den nächsten Wochen zu entspannen, dann sollte es so sein.

Nachdem Ginger sich wieder umgezogen hatte, verließ sie den Umkleideraum.

„Du warst super“, sagte sie. „Danke für deine Hilfe. Auf keinen Fall hätte ich meine Arbeit erledigen und gleichzeitig eine Hochzeit planen können.“

„Das habe ich gern gemacht“, erklärte Madeline ihr. „Es bringt Spaß, und ich lerne so viel darüber, wie man eine Hochzeit plant. Es gibt ganz schön viele Einzelheiten zu bedenken, und dein Bruder hat immer sehr interessante Ideen und Vorschläge.“

Sie hatte das ein wenig ironisch gemeint, aber anstatt zu lächeln, rückte Ginger unbehaglich den Rucksack auf ihrer Schulter zurecht.

„Wir sollten vermutlich mal über ihn reden“, sagte sie seufzend.

Madeline spürte, dass sie rot wurde. Oh nein. War es so

offensichtlich, dass sie etwas für ihn empfand? Würde Ginger sie jetzt warnen, die Finger von ihm zu lassen? Das wäre wirklich peinlich – und demütigend.

„Mein Bruder wird ein Problem“, sagte Ginger leise. „Na ja, eigentlich ist er es schon. Diese große Blumentorte? Was hat er sich nur dabei gedacht? Ich habe ihm gesagt, dass ich eine kleine, schlichte Hochzeit möchte. Er hat mir versichert, die würde ich kriegen, und dann versucht er, so eine Torte zu bestellen.“

Madeline nickte, auch wenn sie das Problem nicht ganz verstand. „Er mischt sich zu sehr ein?“, fragte sie.

„Er versucht mir zu zeigen, wie viel ihm an mir liegt.“ Ginger presste die Lippen aufeinander. „Ihr beide seid befreundet, oder?“

„Ich glaube schon. Er ist sehr nett.“ Madeline wusste nicht, was sie sonst sagen sollte. Das Kribbeln zu erwähnen wäre nicht angebracht. Das hier war vermutlich die seltsamste Unterhaltung aller Zeiten.

Ginger lächelte. „Es gibt nicht viele, die ihn als nett bezeichnen würden, aber du hast recht. Das ist er. Er liebt mich. Sehr sogar. Was kein Problem sein sollte. Nur will er, dass ich weiß, dass er mich liebt, und für Jonny heißt das, es zu zeigen, anstatt es auszusprechen.“

„Ich verstehe nicht …?“

„Er kann die Worte nicht sagen. Ich glaube, das liegt an den ganzen Verlusten, die er in seinem Leben schon erlitten hat.“

„Wie Kristen?“, platzte Madeline heraus, bevor sie sich zurückhalten konnte.

Gingers grüne Augen weiteten sich. „Er hat dir von ihr erzählt?“

„Er, äh, hat erwähnt, was passiert ist."

„Dann verstehst du das Problem. Erst unsere Mom, dann Kristen, dann mein Dad. Beinahe jeder, den Jonny geliebt hat, ist gestorben. Er will das Risiko, diesen Schmerz zu empfinden, nicht noch einmal eingehen. Ich kann es ihm nicht verdenken, aber ich bin seine Schwester. Damit muss er leben. Also sagt er mir nicht, dass er mich liebt, sondern zeigt es mir. Als ich aufs College gegangen bin, hat er versucht, mein Zimmer im Wohnheim zu dekorieren. Er hat so viel Zeug reingestellt, dass ich mich kaum bewegen konnte. Das Gleiche wird er mit meiner Hochzeit versuchen."

Madeline dachte an die Riesentorte, die Extragänge, die er fürs Menü haben wollte, die Eisskulpturen. „Ich verstehe, was du meinst. Du möchtest, dass ich ihn ein wenig zügle."

„Wenn du das kannst. Ich bin mir nicht sicher, ob das überhaupt möglich ist."

„Hast du mal mit ihm darüber gesprochen?"

„Dutzende Male. Er sagt, er verstehe es, und dann macht er doch wieder, was er will. Ich wäre dir wirklich für jede Hilfe dankbar. Oliver und ich wollen eine einfache, ungezwungene Hochzeit. Ich weiß, es gibt Paare, die verbringen Jahre damit, die perfekte Hochzeit zu planen. Oliver und ich sind aber mehr daran interessiert, verheiratet zu *sein*, als zu heiraten."

„Das verstehe ich vollkommen. Ich werde mit deinem Bruder sprechen. Wenn das nicht funktioniert, sorge ich zumindest dafür, dass er nicht die Wiener Sängerknaben einfliegen lässt."

Ginger zuckte zusammen. „Bitte erwähne das ihm gegenüber nicht. Ich bin sicher, er würde genau das tun."

„Das wäre eine tolle Geschichte.“

Ginger lächelte. „Wir werden Fotos haben, das reicht.“

Madeline legte das Handy beiseite und wusste, dass ihr bis dahin wunderbar perfekter Tag gerade zerstört worden war und sie daran niemandem außer sich selbst die Schuld geben konnte. Sie war dumm gewesen. Sicher gab es noch andere Begriffe dafür, aber „dumm“ entsprach einfach der Wahrheit.

Sie konnte nicht einmal sagen, warum sie es gemacht hatte. In der Sekunde, in der sie auf ihr Handydisplay geschaut und die Vorwahl gesehen hatte, hatte sie es gewusst. Aber sie hatte den Anruf trotzdem entgegengenommen.

„Ich muss damit aufhören“, sagte sie laut, während sie in ihrem Büro auf und ab tigerte. „Ich muss Nein sagen. Natürlich, wenn ich mich weigere, gewinnt er. Wenn ich seinen Anruf nicht entgegennehme, gewinnt er. Und wenn wir zum Dinner ausgehen, gewinnt er auch.“

„Klingt, als hättest du ein Problem.“

Sie wirbelte herum und entdeckte Jonny, der in der Tür ihres Büros stand. Er trug eine Lederjacke, Jeans und Stiefel und sah verdammt gut aus. Männlich. Attraktiv. Sexy. Alles Dinge, die sie von ihren Sorgen ablenken sollten, aber Ted war einfach größer als all das zusammen. Was so ziemlich das Schlimmste an der Situation war.

„Du hast ja keine Ahnung. Aber ich komme klar. Wie läuft's so?“

In der Welt der spritzigen Antworten und Themenwechsel war „Wie läuft's so?“, nicht gerade toll, aber etwas Besseres fiel ihr in diesem Moment einfach nicht ein.

„Gut“, sagte er und kam auf sie zu. „Was ist los?“

„Nichts.“

„Doch.“

Sie täuschte ein Lächeln vor. „Nichts, womit ich nicht klarkomme.“

Er blieb vor ihr stehen und tat nichts. Er stand einfach nur da, als hätte er alle Zeit der Welt.

„Ehrlich, es geht mir gut.“

Er hob eine dunkle Augenbraue.

Schwach, wie sie war, knickte sie ein. „Es ist Ted. Der Exfreund, der immer mit seiner wunderschönen Frau in die Stadt kommt.“

„Der, von dem du mir erzählt hast?“

Sie nickte betrübt. „Ja. Der, der es liebt, diese Szene aus *Bridget Jones* nachzuspielen.“ Sie senkte die Stimme und versuchte sich an einem britischen Akzent. „Also, Bridge, wie ist es so, immer noch Single zu sein?“ Schnaubend atmete sie aus. „Es ist schrecklich, und trotzdem habe ich zugestimmt, mit ihnen essen zu gehen.“ Sie straffte die Schultern und versuchte sich erneut an einem Lächeln. „Ist schon gut. Ein Abend, richtig? Ich bin sicher, Zeit mit ihm und Marigold zu verbringen, stärkt meinen Charakter.“

„Seine Frau heißt Marigold?“

„Ja. Sie war mal Model.“

„Laufsteg?“

„Katalog. Aber trotzdem. Sie bringen das Thema immer wieder auf, und dann fragen sie mich nach meinem ‚Verkäuferjob‘.“ Sie malte Gänsefüßchen in die Luft. „So nennen sie meine Arbeit hier. Meinen Verkäuferjob. Das ist okay, wirklich. Ich liebe, was ich tue, und werde mich dafür nicht entschuldigen.“

„Das solltest du auch nicht. Du machst Bräute glücklich. Ted sagt das Wetter voraus, also liegt er sechzig Prozent der Zeit falsch. Wie oft liegst du daneben?"

Die Frage ließ sie lächeln. „Wesentlich weniger als sechzig Prozent."

„Also hast du gewonnen."

Wenn es nur so einfach wäre. Trotz des Knotens in ihrem Magen wollte sie nicht weinerlich erscheinen. „Ja, so muss ich die Sache betrachten. Danke."

„Gern geschehen." Er musterte sie eine Sekunde. „Ich bin dein Date."

Sie blinzelte, weil sie sicher war, ihn falsch verstanden zu haben. „Wie bitte?"

„Für das Dinner. Ich werde dein Begleiter sein." Er zuckte mit den Schultern. „Ich bin ein guter Begleiter. Nicht nur, weil du Jonny Blaze mitbringen kannst, sondern weil Ted mal ein wenig zurechtgestutzt gehört, und dafür bin ich genau der Richtige."

„Ich, äh, bin mir nicht sicher, ob das eine gute Idee ist."

„Welcher Teil davon?"

Der Teil, in dem sie einen berühmten Schauspieler als Begleiter hatte? Oder der Teil, bei dem sie zusah, wie besagter Begleiter Ted die Leviten las? „Das kommt mir ein wenig zu kalkuliert vor."

„Und seine Einladung nicht? Ist dir je in den Sinn gekommen, dass Ted und Marigold aus einem bestimmten Grund herkommen? Einer von ihnen muss dir zeigen, dass sie immer noch zusammen und glücklich sind. Vielleicht trauert Ted dir immer noch nach, und Marigold will sichergehen, dass du weißt, wie unglaublich glücklich sie zusammen sind. Vielleicht steht Ted insgeheim noch auf dich. Vielleicht sind sie einfach nur Idioten. Wie auch immer, sie haben einen Hintergedanken. Und wenn sie einen haben, solltest du das ebenfalls."

Madeline spürte, dass ihr der Mund offen stand. Sie hatte nie darüber nachgedacht, dass der jährliche Besuch ihres Exfreundes irgendwie seltsam war.

„Wow", murmelte sie. „Du bist gut."

„Danke."

„Das war sehr aufschlussreich."

Er grinste schief. „Du musst nicht gleich so überrascht klingen."

„Sorry. Es ist nur … du bist ein Mann. Und dann noch das, was Ginger über dich gesagt hat …" Sie schlug sich die Hand vor den Mund.

Mist. Doppelt Mist! Warum hatte sie das gesagt? Jetzt würde sie zurückrudern müssen, und wenn Jonny sie so erwartungsvoll anstarrte, wusste sie nicht, wie sie das tun sollte. So spontan fiel ihr einfach nichts Gutes ein.

„Was hat Ginger gesagt?"

„Nichts."

„Madeline, raus mit der Sprache."

Sie ließ die Hand sinken. „Du wirst nur böse. Sie liebt dich und findet dich toll."

Seine Miene war unlesbar. Diese verdammte Schauspielerei, dachte sie düster. Das war ein unfairer Vorteil.

„Willst du einen Kaffee? Wir könnten einen Kaffee trinken gehen."

Er wartete.

„Na gut. Sie meinte, wegen der ganzen Verluste in deinem Leben hast du Probleme damit, zuzugeben, wenn du jemanden magst. Dass du ihr nie sagst, dass du sie liebst. Zumindest nicht mit Worten. Aber damit sie es weiß, zeigst du es ihr. Manchmal ist das toll, aber manchmal gerät es auch außer Kontrolle. Wie mit der riesigen Hochzeitstorte."

Madeline biss sich auf die Unterlippe und fragte sich, wie tief das Grab war, das sie sich gerade grub.

„Sie weiß, dass du sie liebst, Jonny. Das musst du ihr nicht beweisen. Sie macht sich Sorgen, dass die Hochzeit sich zu etwas auswächst, das sie nicht will."

„Das hat sie gesagt?"

Madeline nickte.

„Und sie hat dich gebeten, mich ein wenig auszubremsen?"

„Nicht mit diesen Worten, aber ja."

„Gut zu wissen."

Damit drehte er sich um und ging.

Madeline überlegte, ihm zu folgen, aber es gab nichts, was sie noch hinzufügen könnte. Sie hatte ihm die Wahrheit gesagt. Was er damit anstellte, blieb ihm überlassen.

Zumindest sah so die erwachsene Reaktion aus. Der weniger erwachsene Teil von ihr schmollte, als sie erkannte, dass Jonny jetzt auf keinen Fall mehr ihren Begleiter für das Dinner spielen würde.

Jonny verließ das Paper Moon ohne ein spezielles Ziel. Er wusste nur, dass er vor der sanften Fürsorglichkeit fliehen musste, die er in Madelines blauen Augen gesehen hatte.

Er tat ihr leid. *Er*! Verdammt noch mal! Er war Jonny Blaze. Wie war das überhaupt möglich? Aber sie hatte ihm die Charakteranalyse seiner Schwester offenbart. Eine Analyse, die Ginger ihm besser selbst mitgeteilt hätte.

Er wandte sich nach links auf die Fifth Street, ging bis zur Mickey Lane und bog dort rechts ab. Das Viertel war ihm unbekannt, aber es wirkte wie eine solide Wohngegend. Gut. Hier lief er weniger Gefahr, jemanden zu treffen, den er kannte.

Interessiert schaute er sich die Häuser an, die die Straße säumten. Sie waren für die Feiertage dekoriert. Es gab die traditionellen Schnee- und Weihnachtsmänner, aber auch ein Gartenornament aus Beton, das weihnachtlich geschmückt war.

Wenn sie in dieser Stadt etwas machen, dann aber auch richtig, dachte er. Nur hatten er und Madeline nicht über die Stadt gesprochen, sondern über ihn.

Er wollte seiner Schwester widersprechen, ihr sagen, dass sie zu ihm hätte kommen müssen. Dass dieses Thema Fremde nichts anging. Das Problem war nur, Ginger hatte es ein paar Mal probiert, und er hatte sich geweigert, ihr zuzuhören. Wie damals, als sie achtzehn wurde und er sie nach Europa mitgenommen hatte. Das war zwar nicht so ungewöhnlich, nur hatte er Privatführungen in verschiedenen Museen arrangiert und dann ihre drei besten Freundinnen für ein Mädchenwochenende in Paris einfliegen lassen. Das war vielleicht ein wenig übertrieben gewesen. Oder als er zu ihrem einundzwanzigsten Geburtstag den Nordstrom-Laden in Seattle gemietet hatte, sodass sie und ihre Freundinnen sich überall in Ruhe umschauen und alles kaufen konnten, was sie wollten.

Ginger hatte die Geste zwar zu schätzen gewusst, aber sie hatte ihm auch erklärt, dass ein Restaurantbesuch mit ihm ihr gereicht hätte. Dass sie wüsste, wie sehr er sie liebe, und er ihr das nicht immer zeigen müsse. Dass er es ihr stattdessen einfach sagen könne.

Nur konnte er das nicht. Er erinnerte sich an das letzte Mal, als er Kristen gestanden hatte, dass er sie liebe. Mit ihrer Gesundheit war es immer schneller bergab gegangen, und er hatte sie nicht gehen lassen wollen.

„Ich liebe dich. Wenn du mich auch liebst, wirst du nicht sterben."

„So funktioniert das nicht." Kristen hatte gelächelt. „Ich werde dich für den Rest meines Lebens lieben. Das verspreche ich dir."

Ein makabrer Witz – der einem Menschen, der dem Tod ins Auge sah, erlaubt sein sollte. Aber ihn hatte er schwer getroffen.

Er erinnerte sich an die letzte Unterhaltung mit seinem Dad. Er und sein Vater hatten am Telefon über die üblichen Themen geredet, während sein Vater mit dem Auto zur Arbeit fuhr und er selbst sich gerade für die erste Vorlesung des Tages am College vorbereitete. Sie hatten das Gespräch so wie immer beendet.

„Ich liebe dich, Dad. Ich ruf dich am Wochenende an. Mach dir einen schönen Tag."

„Du dir auch, mein Sohn."

Zwei Stunden später war sein Vater nach einem Herzinfarkt tot zusammengesackt.

Jemandem zu sagen, dass man ihn liebt, ist zu riskant, dachte er. Diese Lektion hatte er gründlich gelernt. Auch wenn sein Verstand ihm sagte, dass die Worte kein Todesurteil waren, war sein Bauch nicht gewillt, das Risiko einzugehen. Also zeigte er es Ginger, und manchmal ging es dabei mit ihm durch. Aber war das wirklich so schlimm?

Am Forest Highway blieb er stehen und musste einen Moment überlegen, wo er gerade war und wo er sein Auto abgestellt hatte. Dann bog er rechts ab und kehrte in die Stadt zurück.

Vielleicht sollte ich mich bei der Hochzeit ein wenig zurücknehmen, dachte er. Die Torte war zu groß, und Ginger hatte klar gesagt, was sie sich vorstellte. Madeline hatte die Dinge gut im Griff. Ich werde ihr vertrauen, sagte er sich.

Ein kleiner ausländischer Wagen hielt neben ihm, und das Beifahrerfenster wurde heruntergelassen. Er ging hinüber und sah Bürgermeisterin Marsha am Steuer sitzen.

„Mr. Blaze", sagte sie fröhlich. „Genau der Mann, den ich gesucht habe. Haben Sie einen Moment?"

„Sicher."

„Ausgezeichnet."

Sie bedeutete ihm einzusteigen. Er tat es und schnallte sich an, während sie losfuhr.

„Jedes Jahr haben wir an Heiligabend eine Aufführung namens *Der Tanz des Winterkönigs*. Es ist ein Ballett, das von Schülerinnen hier aus der Stadt aufgeführt wird. Die Geschichte ist sehr bedeutungsvoll, und alles ist ganz bezaubernd, wie Sie sich sicher vorstellen können."

Kinder, die Ballett tanzten? „Ja, kann ich", sagte er und bemühte sich, nicht ironisch zu klingen.

„Der Tanz wird von einer Geschichte begleitet. Normalerweise liest Morgan die vor, doch er wird über die Feiertage mit seiner Familie verreisen."

Jonny nickte langsam. Bürgermeisterin Marsha wollte, dass er die Geschichte erzählte. Das kann ich, dachte er. Das würde bestimmt Spaß bringen. Und seinen Namen mit dem Stück in Verbindung zu bringen, wäre für die Stadt ein großer …

„Ich habe mich gefragt, ob Sie wohl James Earl Jones kennen“, fuhr die Bürgermeisterin fort. „Er hat eine wunderschöne Sprechstimme, und es wäre großartig, wenn wir ihn dazu bringen könnten, für die Aufführung nach Fool's Gold zu kommen.“

Jonny starrte sie an. „James Earl Jones?“

„Ja. Kennen Sie ihn?“

„Nicht persönlich, aber ich kann meine Agentin fragen.“

„Das wäre wundervoll. Vielen Dank.“

Sie hielt neben seinem SUV an und wünschte ihm einen schönen Tag. Jonny stieg aus und starrte ihr hinterher. Dann fing er an zu lachen.

Ich wollte sein wie jeder andere, rief er sich in Erinnerung. Offensichtlich musste er vorsichtig sein mit dem, was er sich wünschte, denn hier ging es definitiv in Erfüllung.

8. Kapitel

Madeline sortierte die Schleier. Sie waren nur noch ein Knäuel aus Spitze und Tüll – das Ergebnis von drei Bräuten, die sich am gleichen Tag aufgeregt auf die Accessoires gestürzt hatten. Zwei hatten eine Bestellung aufgegeben, die dritte hatte den Laden tränenüberströmt verlassen.

Sie massierte sich die Stirn und hoffte, dass der einsetzende Kopfschmerz bald wieder verschwinden und nicht noch stärker werden würde. Schlimmer noch, sie würde sich am Abend mit Ted und Marigold herumschlagen müssen. Heute schien einfach einer dieser Tage zu sein.

Die Eingangstür ging auf. Rosalind war in die hinteren Räume verschwunden, um Madeline Zeit zu lassen, sich zu sammeln, bevor sie eine weitere Kundin mit einem süßen Lächeln empfangen konnte …

Doch statt einer hysterischen Braut betrat Jonny den Laden. Sie hatte ihn seit dem Vortag nicht mehr gesehen und war nicht sicher gewesen, ob er noch einmal zurückkommen würde. Aber da war er und steuerte entschlossenen Schrittes und genauso sexy wie immer auf sie zu.

Ein wohliges Kribbeln erfasste ihren Körper und bot eine willkommene Ablenkung von dem Brautstress. Als er vor ihr stehen blieb, dachte sie sehnsüchtig an den Kuss. Denn ein wenig Zungenkontakt würde viel dazu beitragen, diesen Tag doch noch positiv werden zu lassen.

„Ich bin noch dabei“, sagte er. „Ich meine das Essen mit Ted. Also, falls du interessiert bist.“

Ob sie daran interessiert war, dass er sie vor Ted und Marigold beschützte? Daran, den Abend mit ihm als ihrem angeblichen Freund zu verbringen?

„Ja. Bin ich.“

„Gut. Ich hole dich um sechs Uhr ab.“

„Perfekt.“

„Wo soll ich dich abholen?“

„Hier. Ich muss bis Feierabend arbeiten und ziehe mich dann hier um.“

„Dann bis später.“

Madeline lächelte, als ihr bewusst wurde, dass sie nicht nur ein Date mit Jonny Blaze hatte, sondern dass auch ihre Kopfschmerzen wie durch ein Wunder verschwunden waren. Lustig, wie das immer so lief.

„Bring mich nicht dazu, laut zu werden“, sagte Isabel. „Glaub mir, bei dem, was die Schwangerschaftshormone mit mir anstellen, bin ich nicht weit davon entfernt.“

Madeline musterte das wunderschöne Kleid, das ihre Geschäftspartnerin hochhielt. Es war mitternachtsblau, hatte einen tiefen Ausschnitt und Rüschen an genau den richtigen Stellen. Sie hatte es bereits anprobiert, schlich seit drei Tagen sehnsüchtig darum herum und hatte es dann vorsichtig wieder ganz hinten auf den Ständer gehängt. Das Kleid war umwerfend, aber viel zu teuer. Ihr Geld wäre besser angelegt, wenn sie davon einen weiteren Anteil vom Paper Moon kaufte.

Jetzt hielt Isabel ihr das Kleid hin. „Ich meine es ernst.“

Ihre Freundin bot es ihr für den Abend an. Als eine Art Leihgabe.

„Ich werde es morgen früh sowieso runtersetzen", fügte Isabel hinzu. „Du weißt, dass es das perfekte Kleid ist, um den fiesen Ted umzuhauen und Marigold schwitzen zu lassen. Also zieh es an."

Sie standen in dem Boutiquebereich des Ladens. Taryn und Shelby hatten es sich in den Sesseln gemütlich gemacht und beobachteten die Szene mit großem Interesse.

„Ich denke, wir sollten Wetten abschließen", meinte Shelby.

„Ich will wissen, welches Kleid sie anzieht, damit ich den passenden Schmuck dazu raussuchen kann", erklärte Taryn ihnen. „Ich habe Saphire dabei, wie Isabel gesagt hat, aber auch Diamanten und Perlen."

Weil Taryn in modischer Hinsicht immer auf alles vorbereitet war.

Madeline schaute ihre Freundinnen an und dann wieder das Kleid. „Danke", sagte sie und nahm es Isabel ab. „Du hast was gut bei mir."

„Ja, ich weiß."

Isabel setzte sich und deutete in Richtung der Umkleidekabine. „Los, mach uns sprachlos."

Madeline zog sich zurück und schlüpfte aus dem schlichten schwarzen Kleid, das sie zur Arbeit getragen hatte. Sie tauschte die schwarze, blickdichte Strumpfhose gegen eine durchsichtige Nylonstrumpfhose aus, dann schlängelte sie sich in einen Shapewear-Slip, der dafür sorgte, dass nichts herumwabbelte. Schließlich zog sie das Kleid über und verließ die Umkleidekabine.

Shelby sprang sofort auf die Füße.

„Du siehst super aus“, sagte sie und stellte sich hinter sie, um den Reißverschluss zuzuziehen und oben zu sichern. „Die Farbe ist perfekt für dich.“

„Danke.“

Madeline ging zum Spiegel und betrachtete sich. Sie hatte sich bereits geschminkt und ihre Haare auf Lockenwickler aufgedreht. In fünf Minuten würde sie die herausnehmen, die Haare mit den Fingern kämmen und dann mit Haarspray fixieren.

Taryn nickte. „Das ist gut. Ich habe verschiedene Schuhe dabei, aber ich glaube, ich weiß, welche dazu passen.“ Sie holte einen Karton heraus und öffnete ihn. Darin lag ein Paar hochhackiger Pumps in einem schimmernden Silberton.

Madeline schaute genauer hin und sah, dass die Schuhe mit lauter kleinen Kristallen besetzt waren.

„Christian Louboutin. Die Kristalle sind von Swarovski und alle per Hand angebracht.“

„Natürlich sind sie das“, murmelte Madeline. „Sag mir nur eins: Kosten sie mehr als tausend Dollar?“

Taryn verdrehte die Augen. „Ich höre nur so ein komisches Summen. Nimm sie, Madeline. Die passen fabelhaft zu dem Kleid.“

Madeline verschränkte die Hände hinter dem Rücken. „Auf keinen Fall.“

Entnervt zog Taryn die Augenbrauen zusammen. „Das sind nur Schuhe. Du bist meine Freundin, und ich liebe dich. Außerdem mag ich Ted und Marigold nicht. Also nimm die Schuhe.“

Taryn konnte ernst und entschlossen sein, war ihren Freundinnen gegenüber aber auch unglaublich großzügig. Madeline nahm die lächerlich hohen Schuhe heraus und setzte sich, bevor sie hineinschlüpfte.

Sie waren umwerfend. „Ich bin nicht sicher, ob ich darauf stehen kann“, gab sie zu. „Aber ich weiß nicht, ob mich das überhaupt interessiert.“

„Ganz genau. Sitz einfach nur da und sei wunderschön.“ Taryn musterte sie. „Weißt du, die Saphire wären zu sehr Ton in Ton. Lass uns die Diamanten nehmen.“

Sie wühlte in ihrer Tasche und holte ein paar Tiffany-Kästchen heraus. In einem lag ein Paar schlichter Diamantstecker. In dem anderen eine Kette mit einem Diamanten als Anhänger.

Shelby nahm die Kette und legte sie Madeline um. „Ich hoffe nur, dass die sich um Mitternacht nicht in einen Kürbis verwandelt, denn das könnte wehtun.“

Taryn hielt ihr die Ohrringe hin. „Ich bestehe darauf. Komm schon. Du weißt, dass du es willst.“

„Du musst.“ Eine Träne löste sich aus Isabels Auge und lief ihr langsam über die Wange.

Madeline eilte an ihre Seite. „Was ist los?“

„Nichts. Ich bin schwanger. Es ist ein schöner Moment, also weine ich. Jetzt steck die verdammten Ohrringe an, okay? Und dann richte dein Haar, damit wir dich lauthals bewundern können.“

Madeline tat wie ihr befohlen und kehrte keine fünf Minuten später zurück. Aufgeregt stieg sie in die umwerfenden Schuhe und drehte sich dann einmal langsam im Kreis.

Alle nickten und applaudierten. „Du wirst Marigold zerstören, so viel ist mal sicher“, sagte Isabel. „Und diesen Idioten Ted gleich mit.“

Taryn erhob sich und legte den Arm um Isabel. „Ich bringe sie nach Hause. Ein paar Umarmungen von ihrem Mann tun ihr jetzt bestimmt gut."

„Ich brauche Wein", erklärte Isabel und seufzte. „Nur noch wenige Monate, dann darf ich wieder."

„Außer du hast vor, dein Baby zu stillen", murmelte Shelby.

„Ich kann dich sehr gut hören", rief Isabel, als Taryn sie aus dem Laden führte.

Madeline zog die Schuhe wieder aus. Auf keinen Fall würde sie die länger anbehalten, als unbedingt notwendig war. Sie musste ihre High-Heel-Zeit für den Weg ins Restaurant aufsparen.

„Wo trefft ihr euch?", wollte Shelby wissen.

„Im Henri's." Das war das Restaurant oben im Fünfsterneresort.

„Nett."

Shelby half ihr, die Kisten und Taschen wegzuräumen. Madeline überlegte, dass sie am nächsten Morgen einfach eine halbe Stunde früher kommen und Taryns Sachen zusammensammeln würde, um sie ihr zurückzugeben. Und was das bald reduzierte Kleid anging, nun, vielleicht würde sie darüber nachdenken, es zu kaufen. Es nach dem Tragen zurückzubringen kam ihr irgendwie billig vor.

„Bist du aufgeregt wegen des Dates?", wollte Shelby wissen.

„Es ist kein richtiges Date. Mehr ein Gefallen. Jonny hilft mir nur aus, mehr nicht."

Ihre Freundin nickte wissend. „Das ist aber ganz schön viel Energie für ein Nichtdate."

„Ich weiß. Ich kann nicht anders. Es ist nur … er ist so …"

„Jonny Blaze?"

„Ja. Wenn ich in seiner Nähe bin, fällt es mir schwer, irgendetwas anderes als seine Ausstrahlung wahrzunehmen."

„Solange du dich nicht Hals über Kopf verliebst", zog Shelby sie auf. Dann wurde sie ernst. „Muss ich mir Sorgen um dich machen?"

„Nein." Madeline hob die Hand. „Ich schwöre, mir geht es gut. Finde ich ihn anziehend? Natürlich. Ich atme, und ich stehe auf Männer, da ist das unausweichlich. Gleichzeitig bin ich mir sehr bewusst, wer er ist und was ich im Leben will. Jemanden, den ich lieben kann. Jemanden, mit dem ich den Rest meines Lebens zusammen sein werde."

„Vielleicht ist er es."

„Kannst du dir wirklich vorstellen, dass er sich in jemanden wie mich verliebt und sich in Fool's Gold niederlässt?"

Shelby sah sie an und nickte. „Auf jeden Fall. Warum nicht?"

„Deshalb sind wir befreundet. Du bist echt süß, aber redest so einen Unsinn." Madeline lachte.

„Stimmt nicht. Warum solltest du es nicht sein?"

Eine interessante Frage, dachte Madeline, nachdem ihre Freundin gegangen war. Eine, auf die sie keine Antwort hatte.

Eine Minute vor sechs schlüpfte sie in die berüchtigten Schuhe und griff nach ihrem Mantel. Jonny betrat den Laden in einem Anzug, der perfekt saß. Vermutlich maßgeschneidert, dachte Madeline, und ihre Kehle wurde ganz trocken. Er hatte sich rasiert und sah so gut aus, dass er auf einem Filmplakat erscheinen könnte. Was angesichts seines Berufs vermutlich ganz gut war.

Ihr Körper reagierte auf die übliche Weise: Kribbeln und Hitze und ein wenig Atemlosigkeit, um es noch interessanter zu gestalten.

„Hi“, brachte sie hervor.

„Selber hi.“

Er kam auf sie zu und ging einmal um sie herum, bevor er sich vorbeugte und ihr einen Kuss auf die Wange gab. „Wow. Du siehst umwerfend aus. Noch schöner als sonst, was nicht leicht ist.“

Ah, das nenne ich mal ein Kompliment, dachte sie lächelnd. „Du bist aber auch nicht schlecht. Ted und Marigold werden nicht wissen, wie ihnen geschieht.“

Er warf einen Blick auf ihre Schuhe. „Christian Louboutin?“

Sie hob den Fuß. „Sollte es mich ängstigen, dass du weißt, wer die entworfen hat?“

„Die roten Sohlen sind ziemlich bekannt.“

„Vielleicht in deinen Kreisen. Wenn ich den Namen nicht auf dem Karton gesehen hätte, hätte ich keine Ahnung gehabt.“

„Das ist Teil deines Charmes“, erklärte er.

Wirklich? Er fand, dass sie Charme hatte? War das das Gleiche, wie charmant zu sein?

Er nahm ihre Hand. „Komm. Da wartet ein Pärchen darauf, von uns umgehauen zu werden.“

Sie atmete tief ein, um sich Mut zu machen, und erinnerte sich daran, dass sie – anders als Aschenputtel – auch bis nach Mitternacht ausgehen durfte, ohne dass ihr Outfit sich in einen Kürbis verwandelte. Und dann versprach sie sich, den Abend zu genießen, komme, was wolle. Heute durfte sie so tun, als würde sie den berühmten Schauspieler Jonny Blaze daten. Besser noch, sie ging mit einem Mann aus, den sie wirklich mochte. Er tat ihr vielleicht nur einen Gefallen, aber ein Mädchen durfte ja wohl noch träumen.

Die Fahrt zum Resort war kürzer, als sie gedacht hätte. Mit jeder Minute wurde Madeline nervöser. Als Jonny vor dem Empfang anhielt und sie aus dem SUV stieg, hatte sie Schwierigkeiten zu atmen.

Was, wenn das alles ein Fehler war? Was, wenn Ted und Marigold herausfanden, dass dies hier nur gespielt war? Denn das würden sie. Niemand konnte ernsthaft glauben, dass Jonny an ihr interessiert war. Also würden alle sie auslachen, mit dem Finger auf sie zeigen und sie gedemütigt zurücklassen.

Sie sah sich nach einem Fluchtweg um, aber bevor sie sich einen Plan überlegen konnte, den sie in Taryns Schuhen auch in die Tat umsetzen könnte, legte Jonny seine Hand an ihren Rücken und führte sie ins Hotel.

Die Dekoration war festlich, die Musik sanft. Madeline hatte das Gefühl, alle starrten sie an. Das taten sie zwar nicht, aber sie kam sich trotzdem komisch vor. Und wenn sie sich komisch vorkam, fing sie an zu plappern.

„Meine Eltern sind zu speziellen Gelegenheiten immer mit mir hierhergekommen“, sagte sie zu Jonny. „Es war immer eine große Sache, im Henri’s zu essen. Einige der Dekorationsstücke in der Lobby reichen Generationen zurück.“

Sie zeigte auf den großen Weihnachtsbaum, der über sechs Meter hoch war. „Die Decke, auf der der Baum steht, ist handgemacht und ein Erbstück. Sie ist sogar versichert, was total verrückt ist, oder? Einige der anderen Stücke sind über zweihundert Jahre alt.“ Sie schluckte. „Oh, warte, das hatte ich schon erwähnt.“

Sie wollte gerade zu einer detaillierten Erklärung über das versilberte Glas ansetzen, als Jonny sie in eine Nische zog. Er legte eine Hand an ihre Taille und streichelte mit der anderen sanft ihre Wange.

„Mach dir keine Sorgen“, sagte er leise. „Du bist diejenige, die Glück hatte und noch mal davongekommen ist. Deshalb will er mit dir zu Abend essen. Weil er jedes Mal hofft, herauszufinden, dass du gar nicht so toll bist. Doch das wird nie passieren. Du bist wunderschön, du bist süß, du bist klug, und er ist ein Idiot.“

Die Worte waren wie Magie. Sie hoffte, dass sie stimmten, aber selbst wenn er nur schauspielerte, war es ihr egal. Mit einem Mal fühlte sie sich größer und dünner und absolut in der Lage, es mit Ted und Marigold aufzunehmen.

„Danke.“

„Gern geschehen.“ Sein Blick fiel auf ihren Mund. „Verdammter Lippenstift“, murmelte er und nahm dann ihre Hand, um sie daran zurück in die Lobby zu ziehen.

Wow, dachte sie glücklich. Ihn mitzunehmen war eine ihrer besten Ideen gewesen. Okay, sie erinnerte sich dunkel daran, dass es seine Idee gewesen war, aber das machte die Sache nur noch besser. Sie war klug *und* hübsch.

Sie erreichten den Eingang zum Restaurant. Bevor sie der Hostess ihren Namen sagen konnten, kamen Ted und Marigold auf sie zu.

Ted war groß und gut aussehend. Früher hatte Madeline ihn immer angehimmelt. Aber irgendwie schien sein Stern dieses Jahr ein bisschen weniger hell zu strahlen. Sie wusste, dass das

Jonnys Verdienst war. Marigold war auch groß und schlank – eine wunderschöne Frau mit roten Haaren, blasser Haut und leuchtend braunen Augen.

Neben ihr war Madeline sich immer schäbig vorgekommen. Doch heute nicht, sagte sie sich. In ihrem geborgten Outfit war sie definitiv eine Prinzessin. Oder zumindest eine erfolgreiche Geschäftsfrau, die ausging und einen netten Abend verbrachte.

„Madeline", sagte Ted und schaute von ihr zu Jonny. „Du hast eine Begleitung mitgebracht."

Die Überraschung in seiner Stimme war ein wenig beleidigend, aber sie sah großzügig darüber hinweg. Denn sie hatte nicht nur einfach irgendeine Begleitung. Sie hatte eine Killerbegleitung.

„Ich dachte, zu viert wäre es lustiger", gab sie leichthin zurück. „Hallo, Ted." Sie beugte sich vor, und sie umarmten einander. „Marigold." Langsam drehte sie den Kopf und lächelte Jonny an. „Darf ich euch einen Freund von mir vorstellen. Jonny, das sind Ted und Marigold."

Jonny schüttelte beiden die Hand. „Die alte Flamme. Ich weiß es sehr zu schätzen, dass ich die Gelegenheit bekomme, mir anzusehen, wer mal meine Konkurrenz war."

Madeline wusste, dass es vermutlich falsch war, aber sie hatte absichtlich keine Nachnamen genannt. Sie wollte, dass Ted und Marigold ihn anschauten und sich fragten …

„Jonny Blaze?", fragte Marigold schrill. „Oh mein Gott! Sie sind Jonny Blaze." Sie stürzte auf ihn zu und blieb dann kurz vor ihm stehen, bevor sie ihn in die Arme ziehen konnte. „Ich glaube es nicht. Was machen Sie denn hier?"

Jonny griff nach Madelines Hand und führte sie an seine

Lippen, wo er einen sanften Kuss auf ihre Fingerknöchel setzte. „Ich bin mit der wunderschönen Blondine da."

„Ich verstehe nicht …"

Marigolds verwirrter Blick war ebenso lustig wie kränkend. Madeline sagte sich, dass sie diesen Moment genießen und sich keine Sorgen darüber machen sollte, dass Marigold es nicht fassen konnte, dass sie und Jonny ein Paar waren. Sie selbst hätte das ja auch nicht geglaubt.

„Du gehst mit Jonny Blaze aus?", fragte Ted und klang genauso perplex wie seine Frau.

„Sieht so aus", sagte sie und wandte sich an die Hostess. „Könnten Sie uns unseren Tisch zeigen?"

Es dauerte gut eine halbe Stunde, bis wieder einigermaßen Normalität einkehrte. Sie waren zu ihrem Tisch geführt worden und hatten Cocktails bestellt. Unentwegt starrte Marigold Jonny mit einer Mischung aus Ungläubigkeit und unverhohlenem Interesse an. Madeline verstand beide Gefühle, fand ihr Verhalten aber ein wenig abstoßend.

Jonny hingegen ging ganz locker damit um. Er hielt die Unterhaltung in Gang und berührte immer wieder mal Madelines Hand oder Arm, so wie es jeder aufmerksame Begleiter tun würde. Das war nett. Verlockend. Und es störte sie nicht im Mindesten, dass es nicht real war.

„Wie läuft die Arbeit?", wollte Ted von Madeline wissen. „Du bist immer noch im Verkauf, richtig?" Er wandte sich an Jonny. „Ich bin der örtliche Wettermann oben in Washington State."

„Seattle?", fragte Jonny, auch wenn Madeline ziemlich sicher war, dass er die Antwort schon kannte.

„Äh, nein, in Yakima. Das ist eine kleine Stadt östlich der Cascade Mountains."

„Ich verstehe."

Marigold zwinkerte ihm zu. „Ich war mal Model."

„Ja. Das hat Madeline mir erzählt."

Die Worte klangen ganz normal, und doch schwang darin die Andeutung mit, dass Model zu sein nichts Besonderes war. Marigold runzelte die Stirn, als verstünde sie nicht recht, was hier schieflief.

Lächelnd verschränkte Jonny die Finger mit Madelines. „Mein Mädchen hier ist Teilhaberin im Paper Moon. Sie verkaufen Brautkleider. Was mir an ihrer Tätigkeit am besten gefällt, ist, dass sie Träume wahr macht. Frauen kommen mit einer Vorstellung zu ihr, wie ihre Hochzeit aussehen soll, und Madeline sorgt dafür, dass sie Realität wird. Ich meine, jeder Mensch erinnert sich für den Rest seines Lebens an seine Hochzeit."

Ted und Marigold tauschten einen Blick.

„Oh, okay", sagte Ted unbehaglich. „Es ist schön, dass du etwas gefunden hast, was dir gefällt." Seine Stimme nahm einen vertraulichen Ton an. „Madeline hatte früher ein paar Probleme, herauszufinden, was sie wollte. College, Kochschule. Ich weiß, dass ich bestimmt ein paar Katastrophen vergessen habe."

Madeline überlegte, ihn darauf hinzuweisen, dass er selbst definitiv in die Katastrophenkategorie fiel, wusste aber, sie würde das niemals sagen können, ohne zickig zu klingen, und sie war immer noch fest entschlossen, als Siegerin aus diesem Abend hervorzugehen.

„Ich bewundere Menschen, die sich nicht so leicht zufriedengeben“, erklärte Jonny ihm. „Menschen, die keine Angst davor haben, es immer wieder aufs Neue zu versuchen. Die meisten von uns nehmen doch, was sie kriegen können. Ein kleinerer Job, weil es sicher ist. Aber ein paar wenige Mutige suchen weiter nach dem, was richtig ist, und wenn sie es gefunden haben, bleiben sie dabei.“

Madeline brauchte eine Sekunde, um zu erkennen, dass er über sie sprach. Verwirrt starrte sie ihn an.

„Ich habe nicht …“, begann sie.

Er unterbrach sie mit einem schnellen Kuss. „Hast du wohl. Das ist eins der Dinge, die mir an dir am besten gefallen.“

Der Rest des Essens verlief wie in einem Nebel. Madeline antwortete an den, wie sie hoffte, richtigen Stellen und lachte über Witze, aber irgendwie war alles mit einem Mal so surreal. Sie war nicht mehr sicher, was echt war und was nur vorgespielt. Sie wusste nur, dass Jonny noch charmanter war, als sie je für möglich gehalten hätte. Er war aufmerksam und lustig, und wenn er sie mit diesem Blick anschaute, der sich verdammt nach Verlangen anfühlte, schmolz sie dahin. Wenn das geschauspielert war, mochte sie sich kaum vorstellen, wie mächtig er in echt wäre. Da hätte keine Frau eine Chance.

Als der Kellner die Teller abräumte, sagte er: „Über die Feiertage haben wir ein besonderes Dessert. Schokoladenwaffeln mit hausgemachtem Pfefferminzeis und einer speziellen Saucenkreation unseres Küchenchefs.“

Marigold seufzte. „Das klingt lecker, aber ich könnte nicht …“

„Wir nehmen eine Portion für uns alle“, unterbrach Jonny sie.

„Das klingt wirklich köstlich.“ Madeline lächelte.

Er legte einen Arm um sie. „Das ist mein Mädchen.“ Er sah Marigold an. „Was haben Sie für Pläne für die Feiertage?“, fragte er.

„Wir werden meine Familie besuchen. Das tun wir jedes Jahr. Ich komme aus einer Kleinstadt in Iowa. Und was ist mit Ihnen?“

„Meine Schwester heiratet am Tag nach Weihnachten. Madeline hilft mir dabei.“ Er lächelte sie an. „Ohne sie hätte ich das nicht geschafft. Sie kümmert sich um all die unzähligen Einzelheiten.“

Ted setzte sich aufrechter hin. „Das ist es! Sie arbeitet für Sie. Sie haben sie für die Hochzeit Ihrer Schwester engagiert. Sie ist gar nicht Ihr Date, sondern Ihre Angestellte.“

Er klang sowohl triumphierend als auch erleichtert. Madeline war nicht sicher, was sie darauf erwidern sollte, und spürte, wie Jonny sich neben ihr verspannte.

„Ich bezahle Madeline nicht“, sagte er sehr ruhig. „Sie arbeitet nicht für mich.“

Insgeheim dachte sie an ihr Arrangement. Sie hatte sich geweigert, Geld zu nehmen. Sie hatte Erfahrungen sammeln wollen, und sich dafür bezahlen zu lassen hatte sich falsch angefühlt.

„Ich habe einen Job“, erklärte sie Ted. „Ich war nicht auf der Suche nach einer weiteren Aufgabe. Ehrlich gesagt hat Bürgermeisterin Marsha uns zusammengebracht. Jonny brauchte Hilfe, und sie hat mich vorgeschlagen. Ich bin nur zu gern eingesprungen.“ Sie lächelte ihn an. „Wenn man so darüber nachdenkt, ist das wirklich eine seltsame Art, sich kennenzulernen.“

„Aber eine tolle Geschichte."

Madeline rückte näher an ihn heran, hielt den Blick aber auf das Pärchen auf der anderen Tischseite gerichtet. „Ginger ist Jonnys jüngere Schwester. Sie schreibt gerade ihre Doktorarbeit und wäre definitiv die klügste Person hier im Raum. Aber sie ist unglaublich bezaubernd. Ich bin so froh, dass ich ihr helfen kann. Die Hochzeit wird ganz wunderbar."

Ted schaute seine Frau an und dann wieder sie. „Du bist wirklich mit ihm zusammen."

Madeline zuckte mit den Schultern.

„Ich verstehe nicht …" Er nickte. „Okay. Nun, ich hoffe, dass ihr zusammen glücklich werdet."

Madeline zitterte leicht in Jonnys SUV. Er hatte die Heizung voll aufgedreht, aber draußen herrschten Minusgrade, und es schneite. Ihre leichte Stola war zwar hübsch, aber nicht wirklich warm.

Der Wein half. Und der Lemon Drop, den sie als Aperitif getrunken hatte. Trotzdem – es war Winter. Sie freute sich darauf, ihren wärmsten Pyjama anzuziehen und ins Bett zu krabbeln.

„Das war das seltsamste Dinner aller Zeiten", sagte sie. „Ich wusste überhaupt nicht, was ich denken soll."

„Du wirst nie wieder etwas von Ted hören."

„Meinst du?"

„Ja. Er wollte etwas beweisen, und nun weiß er, dass er das nicht kann."

„Glaubst du, wir haben ihre Gefühle verletzt?"

Jonny warf ihr einen Blick zu. „Wie lange kommen sie schon hierher?"

„Drei Jahre."

„Und am Ende eines jeden Treffens fühlst du dich schlecht und wünschst dir, du müsstest sie nie wiedersehen."

„Hm ..."

„Und trotzdem sorgst du dich wegen ihrer Gefühle?"

„Ich kann nicht anders."

„Das macht dich zu einem guten Menschen."

Sie schätzte, sie sollte es darauf beruhen lassen. Nicht dass sie ein guter Mensch war, sondern dass es Ted und Marigold zum ersten Mal nicht gelungen war, ihr ein schlechtes Gefühl zu geben. Natürlich könnte man argumentieren, dass sie es zugelassen hatte, was die ganze Sache noch verwirrender machte.

Sie lächelte. „Danke für den Abend. Dafür, dass du mich begleitet und so nette Sachen über mich gesagt hast."

Er fuhr vor ihrem Haus vor und schaltete den Motor aus. „Gern geschehen."

Sie stieg aus dem Wagen und ging auf ihre Haustür zu. Er begleitete sie.

„Du bist ein echt guter Schauspieler", merkte sie an. „Die arme Marigold. Ich glaube, sie hätte dich am liebsten mitgenommen. Beinahe tat sie mir sogar leid." Sie erreichten die Veranda, und Madeline wandte sich ihm zu.

„Es bringt Spaß, mit dir auszugehen", sagte sie grinsend. „Du kannst deinen Charme ganz schön aufdrehen. Ich weiß übrigens, dass es nur ihretwegen war. Also keine Sorge, dass ich anfange, dir nachzustellen oder so."

„Das hätte ich nie gedacht."

Seine Augen sind so schön, dachte sie, als sie ihn ansah. Und auch wenn das äußere Paket unglaublich ansprechend war, musste sie zugeben, dass ihr der Charakter des Mannes noch viel mehr gefiel. Je öfter sie mit ihm zusammen war, desto mehr mochte sie ihn.

Sie erschauerte.

„Du frierst", sagte er. „Komm, bringen wir dich rein."

Sie suchte nach ihrem Schlüssel und fragte sich erst da, warum Jonny sie zur Tür begleitet und nicht im Auto gewartet hatte. Mit zitternden Fingern schloss sie auf und trat ein. Dann drehte sie sich um, bereit, ihm eine gute Nacht zu wünschen. Nur hatte er nicht auf der Veranda gewartet, sondern war ihr ins Haus gefolgt.

Er schloss die Haustür, nahm Madeline die Handtasche ab und legte sie auf den kleinen Tisch in ihrem Flur. Dann schlang er die Arme um sie und zog sie an sich.

Bei jedem anderen Mann hätte sie gedacht, dass er sie nun küssen würde. Nur konnte es auf keinen Fall sein, dass Jonny Blaze …

Sein Mund war fest und warm und strich auf die köstlichste Art über ihren. Madeline kämpfte gegen die Überraschung und das Begehren an, als der Kuss zwei Herzschläge, dann drei andauerte. Sie hob die Arme, nicht sicher, was sie damit anstellen sollte. Sie auf seine Schultern zu legen, schien ihr das Natürlichste. Das tat man schließlich, wenn man sich küsste. Man umarmte einander.

Also ließ sie langsam die Hände sinken. Eine auf seine Schulter, die andere an seine Taille. Sie spürte die Muskeln und die Wärme seines Körpers. Zwar stand sie ein wenig wackelig auf ihren High Heels, aber das war okay, denn es war nett, sich an ihn zu klammern.

Sie mochte das Gefühl seiner Lippen auf ihren und wie gut

sie zusammenpassten. Ihr ganzer Körper fing an zu kribbeln, und selbst mit geschlossenen Augen sah sie die Lichtblitze um sie beide herum.

Das Charisma eines weltberühmten Schauspielers, ermahnte sie sich ernst, während seine Zunge leicht über ihre Unterlippe strich.

Sie öffnete sich ihm, ohne zu wissen, was sie erwartete. Er vertiefte den Kuss. Seine Zunge lockte ihre, und mit jedem Schlag ließ sie sich stärker an ihn sinken.

Ihre Lust wuchs, genau wie die Hitze. Mit einem Mal war ihr nicht mehr kalt. Sie zitterte und war bereit und entschlossen, sich nicht wie ein Dummkopf zu benehmen, auch wenn sie es so gern wollte.

Plötzlich zog er sich zurück und schaute ihr in die Augen. „Ich habe nicht geschauspielert", sagte er, bevor er sie losließ und zur Tür hinausging.

9. Kapitel

Jonny stemmte die Langhantel ein letztes Mal in die Höhe und zählte bis zehn. Er hätte gern bis zwanzig durchgehalten, aber seine Arme zitterten, und da er allein war, wollte er nicht riskieren, unter der Hantel begraben zu werden. Auch wenn das Video von meiner Rettung bestimmt die Klickraten von *TMZ* sprengen würde, dachte er amüsiert, als er die Hantel wieder ablegte und tief einatmete.

Er wusste, dass einige Schauspieler sich in ihren Drehpausen gehen ließen, nur um dann umso härter wieder gegen die angefutterten Kilos anzugehen, sobald der nächste Film anstand. Im Gegensatz dazu zog er einen etwas ausgewogeneren Ansatz vor. Es war leichter, fit zu bleiben, als es wieder zu werden. Zwar aß er gelegentlich Nudeln oder Kekse, aber meistens hielt er sich an seinen ausgeklügelten Fitnessplan. Zwei Monate vor Drehbeginn wurde er etwas disziplinierter, musste aber nicht fünf Stunden pro Tag ins Fitnessstudio, um wieder in Form zu kommen.

Er stand auf und schnappte sich seine Wasserflasche. Nachdem er sie zur Hälfte ausgetrunken hatte, ging er zum Laufband. Er würde erneut zwei Meilen laufen, bevor er duschte und in die Stadt fuhr, um weitere Ideen für die Hochzeit mit Madeline zu besprechen.

Während er das Programm auf dem Laufband auswählte, ließ er die Gedanken zu ihrem gemeinsamen Abendessen schweifen. Es war lustig gewesen mit ihr – was nicht weiter überraschend war. Er mochte es, Zeit mit ihr zu verbringen, und fühlte sich ausgesprochen wohl in ihrer Gegenwart. Sie war nett, fürsorglich und überaus sexy – alles Eigenschaften, die seine Fantasie beflügelten, was noch alles möglich wäre. Wenn die Situation eine andere wäre. Wenn *er* anders wäre.

Er konnte sich gut vorstellen, etwas Ernsthaftes mit ihr anzufangen. Ginger mochte sie, und das war ihm wichtig. In Madelines Nähe konnte er sich entspannen und er selbst sein. Was auch immer sie für Jonny Blaze, den Actionstar, empfunden hatte, war schnell verebbt. Nun war er einfach nur ein Mann, den sie kannte.

Das Problem lag darin, dass er eben nicht einfach irgendein Mann war. Mit ihm zusammen zu sein würde sie vor Herausforderungen stellen, die sie sich jetzt noch nicht einmal vorstellen konnte. Er hatte gesehen, was für eine Katastrophe eine Beziehung mit jemandem wie ihm sein konnte. Das war nichts, was man einem Menschen, den man wirklich mochte, antun wollte. Also blieb ihm nichts anderes übrig, als Verzicht zu üben, auch wenn es ihm noch so schwerfiel.

Nachdem er sie geküsst hatte, hatte er sie an der Haustür zurückgelassen wie ein Teenager. Natürlich hatte er sich nach mehr gesehnt. Gern hätte er sie gehalten, mit ihr geschlafen und sie nach allen Regeln der Kunst verwöhnt. Er hatte gewollt, was jeder Mann wollen würde, der Madeline küsste.

Frustriert drückte er auf den Startknopf des Laufbands. Er hatte sich für ein schweres Programm entschieden, in der Hoffnung, dass es ihn ablenken würde. Aber als er siebzehn Minuten später fertig war und keuchend und schwitzend abstieg, dachte er immer noch an Madeline.

Auf dem Weg ins Haus und unter die Dusche ging ihm durch den Kopf, was Ginger gesagt hatte. Dass er seinen Ruhm benutzte, um sich dahinter zu verstecken. Falls es stimmte, dass er sich eher davor fürchtete, eine Beziehung einzugehen, als dass er versuchte, die Person, die er mochte, zu beschützen, dann war die Lösung einfach. Er würde einfach weitermachen und sich zwingen, seinen Ängsten ins Auge zu blicken. Was, wie er vermutete, wesentlich leichter klang, als es war.

Das sind einfach zu viele Fragen, schalt er sich und entledigte sich seiner Sportklamotten. Fakt war, dass er Madeline sehen wollte und nur eine Möglichkeit kannte, um das in die Tat umzusetzen.

Keine Stunde später fuhr er in die Stadt. Der Schnee fiel stärker als in den letzten Tagen und sammelte sich auf der Straße. Doch er hatte in seinem Leben genügend Zeit in den Bergen verbracht, um mit diesen Wetterbedingungen klarzukommen. Er bog auf die Brian Lane ab und fand einen Parkplatz. Dann ging er zum Paper Moon.

Als er eintrat, sah er, dass Madeline gerade eine Kundin bediente. Die schlanke Brünette hatte die Hände in die Hüften gestemmt. Ihre Haltung war abwehrend, das Kinn gereckt. Madelines Schultern hingegen waren ganz entspannt, aber Jonny erkannte, dass ihr Lächeln gequält wirkte.

„Ich kann den Designer kontaktieren“, sagte sie gerade. „Aber Sie haben die Bestellung unterzeichnet, und da steht eindeutig drauf, dass der Schleier nicht zurückgegeben werden kann.“

„Das habe ich so nicht bestellt“, beharrte die Brünette beinahe schrill. „Warum kriegen Sie das nicht in Ihren Schädel?“ Sie seufzte schwer. „Alle sind immer so dumm. Ich kapier das nicht. Schließlich ist es doch ganz einfach. Ich will den Schleier, den ich bestellt habe."

Madeline nickte. „Natürlich wollen Sie das. Und wie Sie anhand des Fotos sehen, das der Bestellung beigefügt ist, ist das dieser Schleier. Bis hin zu dem Familienwappen, das Sie am Rand eingestickt haben wollten."

Die Braut schaute sich das Bild an und dann wieder den Schleier, der auf dem schmalen Tisch ausgebreitet lag. „Die sehen sich überhaupt nicht ähnlich."

Selbst Jonny konnte erkennen, dass die beiden Schleier vollkommen identisch waren. Er hatte keine Ahnung, warum die Brautzilla, wie er sie im Stillen getauft hatte, sich derart aufführte. Sie trug einen Verlobungsring, und den Papieren nach zu urteilen, die überall verstreut lagen, sah es so aus, als hätte sie ein Kleid gekauft. Langsam ließ er den Blick zu dem Bestellzettel für den Schleier gleiten. Er hatte achttausend Dollar gekostet. Das war ziemlich viel für ein bisschen Spitze und ein paar Seidenblumen. Er schätzte, daran war das handgestickte Familienwappen schuld. Vielleicht hatte die Familie der Braut nahegelegt, die Kosten herunterzuschrauben. Das könnte er verstehen. Aber zu versuchen, Madeline wegen eines Schleiers über den Tisch zu ziehen, den sie an niemand anderen verkaufen könnte, war falsch.

Er ging zu den beiden Frauen hinüber.

„Tut mir leid, dass ich zu spät bin", sagte er zu Madeline, auch wenn sie keinen Termin hatten. Er lächelte die Braut an. „Hi. Störe ich gerade? Ich bin Jonny Blaze." Er streckte ihr die Hand hin. „Schön, Sie kennenzulernen."

„Ella", sagte die Frau und riss die Augen auf. „Oh mein Gott. Haben Sie gesagt, Sie sind Jonny Blaze?"

Er zuckte selbstironisch mit den Schultern. „Ja, das bin wohl ich. Haben Sie hier Ihr Kleid gekauft?"

Ella nickte. „Ja."

„Gute Wahl. Meine Schwester ist hier ebenfalls Kundin." Er zwinkerte Madeline zu. „Aber das muss unser Geheimnis bleiben, okay? Wir wollen nicht, dass die Presse hier einfällt."

„Ich werde nichts sagen", versprach Ella, die immer noch fassungslos wirkte. „Ich kann nicht glauben, dass Sie hier sind. In dieser Stadt. Ich wohne in Sacramento, aber das Brautkleid bei Paper Moon zu kaufen, ist sozusagen eine Familientradition."

„Wie nett", sagte er und nahm ein paar Bilder in die Hand. „Ist das Ihr Kleid?"

„Hm."

„Wunderschön." Er legte die Fotos wieder auf den Tisch und nickte in Richtung des Schleiers. „Darf ich?"

„Sicher."

Sein Wissen über Brautschleier passte locker in eine Twitterbotschaft, aber er war Schauspieler und hatte in genügend Filmen mitgewirkt, um ein wenig von den Kostümbildnern gelernt zu haben. Er wusste, wie er sich durch beinahe jedes Modethema mogeln konnte.

„Umwerfend", erklärte er, nachdem er die Spitze eingehend betrachtet hatte. Auch wenn er diesen Schleier nicht für seine Schwester ausgesucht hätte, bewunderte er doch die Handwerkskunst. „Handgemacht. Man sieht sofort, dass er etwas ganz Besonderes ist." Er beugte sich vor. „Ist das ein Wappen da am Rand der Spitze?"

„Ja, das Familienwappen", murmelte Madeline.

Er sah Ella an. „Sie sind eine kluge Frau und haben sich für ein einzigartiges Detail entschieden, das niemand sonst haben wird. Sie haben ein sehr traditionelles, beinahe alltägliches Accessoire genommen und es auf eine Weise personalisiert, die nicht nur zu Ihrem Kleid passt, sondern auch eine Verbindung zu der Vergangenheit und der Gegenwart Ihrer Familie herstellt. Ihre Kinder werden es später lieben, die Geschichte Ihres Schleiers zu hören."

Ella errötete. „Das war nur so eine Idee. Ich musste ihn gesondert bestellen. Es hat Monate gedauert."

„Es war klug von Ihnen, auf Qualität zu setzen. Zu viele Menschen sind viel zu ungeduldig." Er ließ sein charmantestes Lächeln aufblitzen. „Ich gratuliere Ihnen." Damit legte er den Schleier wieder hin.

„Würde es Ihnen etwas ausmachen, ein Foto mit mir zu machen?", fragte sie.

„Aber nur zu gern. Wollen Sie dabei den Schleier tragen?"

„Was? Oh, das ist eine tolle Idee." Sie wandte sich an Madeline. „Können Sie mir dabei helfen?"

Madeline warf Jonny einen dankbaren Blick zu und half Ella dann, den Schleier zu befestigen. Jonny machte mehrere Fotos mit ihr und gab ihr dann ein Autogramm für ihren Verlobten. Zehn Minuten später verließen Ella und ihr Schleier den Laden, aber erst, nachdem die Braut sich bei Madeline dafür bedankt hatte, dass sie ihr geholfen hatte, genau das zu finden, was sie immer gewollt hatte.

Als die Tür hinter ihr zufiel, wandte Madeline sich Jonny zu. „Ich weiß nicht, ob du einfach nur begabt oder der Teufel persönlich bist."

„Kann ich beides sein?"

Seufzend lehnte sie sich an den Tisch. „Danke. Das lief echt aus dem Ruder."

Als sie nichts weiter sagte, erkannte Jonny, dass sie mit ihm nicht über ihre Kundin reden würde. Aber er hatte genug mitbekommen, um sich den Rest vorstellen zu können. Eine derart kostspielige Bestellung zurücknehmen zu müssen, hätte ein großes Loch in den Monatsumsatz gerissen. Vielleicht sogar in den des ganzen Quartals. Das Paper Moon war zwar erfolgreich, aber dennoch ein kleines Geschäft. Er schätzte, dass die Gewinnspanne nicht sonderlich hoch war.

„Ich verspreche dir, für Ginger keinen handgemachten Schleier zu bestellen."

„Die Zeit hätten wir sowieso nicht mehr, aber trotzdem danke." Sie sammelte die Papiere ein und machte sich auf den Weg in ihr Büro. „Was führt dich in die Stadt?"

Du.

Er dachte das Wort nur, anstatt es auszusprechen, aber es hallte trotzdem in seinem Kopf nach. Als sie sich in ihrem kleinen Büro gegenübersaßen, sah er, dass sie ihn kurz anschaute und dann den Blick abwandte. Ihre Wangen waren leicht gerötet. Während Ella da war, hatte Madeline sich komplett professionell verhalten. Doch jetzt, da sie allein waren, gefiel ihm der Gedanken, dass sie sich an das erinnerte, was am Vorabend zwischen ihnen passiert war.

Aber auch wenn es nett war, daran zu denken, musste er noch ihre Frage beantworten.

„Die Spielzeuge", nannte er das erste Thema, das ihm einfiel. „Ich möchte sie gern für die Sammlung spenden, aber sie sind noch nicht fertig. Sie müssen noch bemalt werden."

„Oh, das hatte ich ganz vergessen. Sie sind aus Holz?"

Er nickte. „Ich habe kindersichere Farbe, aber allein schaffe ich das in der Zeit nicht. Kennst du jemanden, den ich dafür engagieren könnte?"

Sie zog die Nase kraus. „So machen wir das hier nicht", erklärte sie ihm. „Du engagierst nicht einfach jemanden, sondern du schmeißt eine Anmal-Party."

„Eine *was*?"

„Eine Anmal-Party. Ich kündige sie an, und dann tauchen ein Dutzend Leute auf und helfen dir, den Job in wenigen Stunden zu erledigen. Wenn wir mehr Hände brauchen, rufe ich einfach mehr Leute an."

„Auf keinen Fall."

Sie lächelte. „Doch. Über wie viele Figuren sprechen wir?"

„Knapp fünfzig. Willst du mal vorbeikommen und sie dir ansehen? Du warst noch gar nicht bei mir zu Hause. Vermutlich solltest du eh mal kommen, um zu sehen, wo die Hochzeit stattfinden wird."

Klang er locker? Denn das wollte er. Sie sollte nicht wissen, dass seine Handflächen auf einmal ganz feucht waren. Er fluchte stumm vor sich hin und versuchte sich daran zu erinnern, dass er schon Staatsoberhäupter getroffen und mit Supermodels ausgegangen war, ganz zu schweigen von der einen oder anderen Prinzessin. Also warum machte es ihn so nervös, Madeline zu sich nach Hause einzuladen?

„Du hast recht", sagte sie lachend. „Ich kann nicht glauben, dass ich noch gar nicht gesehen habe, wo die Hochzeit stattfinden wird. Und ich dachte, ich mache meinen Job gut. Ja, ich muss dein Haus und die Spielzeuge angucken. Wann würde es dir passen?"

„Wie wäre es mit jetzt?“

Er erwartete zu hören, dass das nicht möglich sei. Doch sie stand einfach auf. „Ich habe heute Nachmittag frei. Lass mich nur kurz Rosalind Bescheid geben, dass ich jetzt weg bin.“

„Vergiss deinen Mantel nicht. Es schneit.“

Madeline saß auf dem Beifahrersitz von Jonnys SUV und sagte sich, dass der Schnee auf keinen Fall funkelnder sein könnte als sonst. Dieser Eindruck entsprang bloß ihrer Fantasie – die zu kontrollieren ihr bis zu dem Moment, an dem sie Jonny kennengelernt hatte, nie schwergefallen war.

Als sie nun den Berg hinauffuhren, beobachtete sie, wie die magischen Flocken tanzend und wirbelnd zur Erde fielen. Aus den Lautsprechern drang Weihnachtsmusik. Sie war allein mit einem attraktiven Mann, der sie zum Lachen brachte, und es schneite. Könnte ein Moment noch perfekter sein als dieser?

„Hast du viele Kundinnen wie Ella?“, fragte er plötzlich.

„Eigentlich nicht. Manchmal gefällt einer Braut ihr Kleid nicht, wenn es kommt. Wir versuchen dann, mit ihr zusammen daran zu arbeiten. Normalerweise drängt die Zeit, sodass es einfacher ist, das Kleid zu ändern, als noch einmal neu anzufangen. Du wärst überrascht, was eine gute Schneiderin alles hinbekommt. Ein Schleier ist allerdings etwas anderes.“ Sie sah ihn an. „Danke noch mal für deine Hilfe.“

Er zog eine Augenbraue hoch. „Ich habe keine Ahnung, wovon du redest.“

Sie lachte. „Doch, die hast du. Du warst super. Ich hatte beinahe erwartet, dass du anfängst, über Fürstin Gracia oder Kate Middleton zu reden.“

„Die beiden hatte ich noch in der Hinterhand. Die Prinzessinnenkarte zieht man niemals als Erstes. Glaubst du, dass sie mit dem Schleier glücklich wird?"

„Ich hoffe es. Falls sie ihre Meinung noch einmal ändert und ihn zurückbringt, muss ich mir überlegen, wie ich damit umgehe." Aber das war ein Problem für einen anderen Tag.

„Hast du noch mal was von Ted gehört?", erkundigte er sich.

Madeline bemühte sich, ein Kichern zu unterdrücken. „Heute Morgen hatte ich eine kurze Mail in meinem Posteingang. Er meinte, ich solle dir für das Essen danken, und er hat mir schöne Feiertage gewünscht. Ich habe das Gefühl, dass du recht hast. Ich werde in Zukunft nie wieder etwas von Ted hören."

„Ist das für dich in Ordnung?"

„Ich könnte nicht glücklicher sein."

„Also hängt dein Herz nicht mehr an ihm?"

Sie dachte darüber nach. „Vor einem Jahr hätte ich vielleicht noch gesagt, dass er der Richtige für mich war, aber heute nicht mehr. Ich glaube, du hast recht damit, dass er nicht loslassen konnte. Ich weiß allerdings nicht, warum. Er war nicht in mich verliebt. Denn sonst hätte er Marigold nicht geheiratet. Aber er hat sich geweigert, einfach aus meinem Leben zu verschwinden." Sie warf ihm einen Blick zu. „Ich gestehe, ich bin nicht gut darin, Kontakt zu meinen Exfreunden zu halten. Ich schätze, wäre ich ein besserer Mensch, könnte ich das."

„Nicht unbedingt. Einige Menschen lassen nicht gern los. Und andere können mit jedem befreundet sein."

Er bog von der Hauptstraße auf einen kleinen Weg ein. Der Schneefall wurde dichter.

„Ich war noch nie hier draußen“, sagte sie. „Allerdings war ich ein paar Mal auf der Ranch der Nicholsons.“ Sie grinste. „Zane war auf der Highschool ziemlich heiß.“

Jonny seufzte. „Ich habe gehört, dass er vier Mal in Folge zum Jungen gewählt wurde, an den die Mädchen ihre Jungfräulichkeit am liebsten verlieren würden.“

„Ich bin schockiert, dass du davon weißt.“

„Und ich bin schockiert, dass es überhaupt diese Wahl gab. Ernsthaft? Ich hätte Besseres von deinem Geschlecht erwartet.“

„Hast du Zane mal gesehen? Er ist der klassische schweigsame Cowboy. Stark und grüblerisch. Teenagermädchen lieben solche Typen.“

Kurz sah Jonny sie an. „Du weißt, dass er glücklich verheiratet ist, oder?“

„Ja, das weiß ich, und meine Schwärmerei für ihn ist längst Vergangenheit.“

„Bist du sicher?“

„Vollkommen sicher.“

Sie sagte sich, dass er sie nur aufzog. Oder vielleicht sogar ein wenig mit ihr flirtete. Aber auf keinen Fall machte er sich ernsthaft Sorgen. Oder war an ihr interessiert. Trotzdem, ein Mädchen durfte träumen, und sie hatte vor, eine sehr schöne Nacht mit diesen Träumen zu verbringen.

Sie fuhren eine lange Auffahrt hinauf. Der Schnee lag gute fünfzehn Zentimeter hoch und fiel noch immer stetig vom Himmel herab.

„Wie räumst du das alles frei?“, fragte sie. „Hast du einen Truck mit Schneepflug?“

Jonny schüttelte den Kopf. „Ich habe einen Schneeräumdienst beauftragt, der sich darum kümmert. Das ist die einzige Möglichkeit, die Auffahrt frei zu halten, während ich auf Reisen bin."

Er wurde langsamer und fuhr sehr vorsichtig. Madeline fiel auf, dass sie nicht einmal ins Schlingern kamen. Wie es aussah, konnte er mehr als nur Actionszenen auf der großen Leinwand spielen.

Sie erreichten das Haupthaus, und er stellte den Wagen davor ab. Das Gebäude im Ranchstil wirkte, als wäre im Laufe der Jahre immer mal wieder ein Teil angebaut worden. Es gab eine breite Veranda und eine große Flügeltür. Das Haus war nicht neu, sah aber sehr einladend aus. Vor allem wenn wie jetzt Schnee darauf lag.

„Die Spielzeuge sind draußen in einer der Scheunen", erklärte er ihr. „Warte, ich komme zu dir herum. Es ist bestimmt glatt."

Er wollte sie beschützen. Was für ein schöner Zug an einem Mann. Aber wenn sie ausrutschte, würde er sie dann auffangen? Sie könnten zusammen in den Schnee fallen. Im echten Leben wäre das verdammt kalt, aber das hier war ihre Fantasie. Sie brauchte sich nur darauf zu konzentrieren, wie es sich anfühlen würde, ihm so nah zu sein und …

„Bereit?", fragte er, als er ihr die Tür öffnete.

„Äh, sicher."

Sie stieg aus und versank sofort in einer zwanzig Zentimeter hohen Schneewehe. Es war kalt, aber auch wunderschön. Die Bäume sahen aus wie auf einer Weihnachtskarte.

„Hier entlang." Er nahm ihre Hand, und gemeinsam gingen sie an dem Haus vorbei.

Sobald sie den Bereich zwischen Haus und Garage erreicht hatten, fiel das Gehen leichter. Dann waren sie wieder auf freier Fläche, und der Schnee trieb stetig um sie herum. Madeline sah zwei große Scheunen.

„Meine Werkstatt befindet sich dort." Er zeigte auf die vordere Scheune. „In der anderen findet die Hochzeit statt."

„Dann lass uns erst die Spielzeuge angucken."

Er führte sie zu einer Seitentür. Sie betraten ein Foyer mit zwei weiteren Türen. Die rechte führte in ein großes Fitnessstudio, das jedem professionellen Club zur Ehre gereicht hätte. Es war mit allen nur erdenklichen Geräten ausgestattet, von denen sie bei einigen nicht den Hauch einer Ahnung hatte, wozu sie gut waren. Kein Wunder, dass Jonny so durchtrainiert war.

Die linke Tür war angelehnt. Jonny drückte sie auf und bedeutete Madeline vorzugehen. Als sie über die Schwelle trat, schaltete er das Licht an.

„Das war mal die Werkstatt der Ranch", erklärte er. „Sie ist größer, als nötig wäre, aber mir gefallen die Fenster."

Trotz des dichten Schneefalls war es hell in dem Raum. Es gab ein paar lange Werkbänke, zwei Tische und unzählige Schränke. Alles sah benutzt, aber sehr gepflegt aus. An einem Brett hingen ordentlich aufgereihte Werkzeuge. In den offenen Regalen drängten sich die Spielzeuge.

Sie hatte nicht gewusst, was sie erwarten würde. Vielleicht ein paar grob geschnitzte Bären oder Autos. Doch die Spielzeuge waren alle glattgeschmirgelt und sehr detailreich. Die Dinosaurier hatten geschnitzte Schuppen, und die Räder der Autos drehten sich nicht nur, sie hatten sogar ein Profil in den Reifen. Einer der Trucks konnte mit kleinen Bauklötzen befüllt werden. Fasziniert berührte sie die Wand eines Schlosses.

„Die sind unglaublich", flüsterte sie. „So wunderschön. Das muss Stunden gekostet haben."

„Am Filmset hat man viel Wartezeit."

„Offensichtlich." Sie schaute ihn an. „Du bist sehr talentiert."

„Ich hatte einen guten Lehrer, und er war sehr geduldig mit mir. Das hier ist nichts im Vergleich zu dem, was er macht. Aber mir gefällt's."

Er zeigte ihr die Farbe und die Pinsel, die er gekauft hatte. „Ich wusste nicht, wo ich anfangen sollte", gab er zu. „Und welche Farben ich nehmen soll. Das ist einfach nicht mein Ding."

Die Farbe trug ein offizielles Siegel, das bestätigte, dass sie ungefährlich für Kinder war.

„Ich kann ein paar Anrufe tätigen", schlug sie vor. „In der Stadt gibt es viele kreative Leute. Wenn wir alle für einen Nachmittag zusammenkriegen, könnten wir alles in wenigen Stunden bemalt bekommen. Bist du sicher, dass du die spenden willst?"

„Ja. Es ist besser, wenn Kinder damit spielen, als wenn sie einfach nur hier rumstehen."

„Sie werden wunderschön werden."

Sie gingen wieder nach draußen. Der Wind hatte ordentlich aufgefrischt. Jonny führte sie zur zweiten Scheune. Dort gab es zwei Badezimmer, aber ansonsten war es einfach nur ein großer, offener Raum. Madeline machte ein paar Fotos mit ihrem Handy.

„Die Tische und Stühle habe ich schon reserviert", sagte sie, während sie sich drehte, um den Raum aus jedem Winkel aufzunehmen. „Ausreichend Lichterketten haben wir auch.

Die Frau von Plants for the Planet meinte, sie hätte ein paar große Topfpflanzen, die wir ausleihen könnten. Ich werde ein paar Tage brauchen, um mit den Beteiligten zu besprechen, wie wir alles am besten arrangieren. Aber der Raum ist schön und groß, damit können wir gut arbeiten."

Sie ging ans andere Ende. „Hier könnte die Zeremonie stattfinden. Bei vierzig oder fünfzig Gästen brauchen wir …? Vielleicht fünf Reihen mit jeweils zehn Stühlen, die sich um einen Mittelgang gruppieren? Das nimmt nicht viel Platz ein. Ich frage mich, ob Dellina mir helfen kann, irgendwelche Paravents oder Ähnliches zu besorgen, um den Bereich ein wenig abzutrennen. Ich schicke ihr gleich mal eine Nachricht."

Sie schoss noch ein paar Fotos, bevor sie sich wieder Jonny zuwandte.

„Ich habe, was ich brauche. Danke, dass du mir alles gezeigt hast."

„Gern geschehen."

Er öffnete die Tür und wurde von einem Schwall Wind und Schnee begrüßt. Obwohl Madeline einige Schritte hinter ihm stand, spürte sie die Kälte.

Sie kämpften sich zum Haupthaus zurück. In der halben Stunde, die seit ihrer Ankunft vergangen war, waren mindestens vier Zentimeter Neuschnee gefallen. Bei seinem SUV angekommen, sah sie, dass der Wagen unter Schnee begraben war.

Jonny schüttelte den Kopf. „Den muss ich erst freischaufeln. Geh du doch rein, wo es warm ist." Er reichte ihr den Schlüssel für die Seitentür und ging zur Garage.

Madeline betrat das Haus durch einen Vorraum, der in die Küche führte. Auch wenn die Neugierde groß war, das Haus zu erkunden, zwang sie sich, hierzubleiben. Jonny vertraute ihr, und sie würde sein Vertrauen nicht ausnutzen.

Zwanzig Minuten später gesellte er sich zu ihr. Schnee bedeckte seinen Kopf und die Schultern seines Mantels.

„Der Schnee fällt schneller, als ich das Auto frei machen kann", sagte er. „Ich hätte mehr auf die Wetterbedingungen achten sollen, bevor ich dich mit hergenommen habe. Es tut mir leid. Du wirst hierbleiben müssen, bis der Sturm vorbei ist."

Die Worte hallten in ihrem Kopf wider. Anfangs ergaben sie keinen Sinn, dann aber doch. Hierbleiben. In seinem Haus. Nur sie beide.

Fröhliche Weihnachten, dachte sie und unterdrückte den Drang, einen Freudentanz aufzuführen.

Jonny zog seinen Mantel und die Handschuhe aus und stellte sich vor sie. „Ich habe das nicht geplant, Madeline."

„Das hatte ich auch nicht angenommen."

„Ich will nicht, dass du nervös bist. Ich werde dich nicht anmachen."

Verdammt. Das hättest du ja nicht so offen sagen müssen, dachte sie. Er hätte sie zweifeln lassen können … und hoffen. Außer, er wusste von ihrer Schwäche für ihn. Oh nein. Tat er das? Dachte er in dieser Sekunde gerade, dass sie sich darüber freute, mit ihm eingeschneit zu sein, und graute ihm vor der Zeit, die er gemeinsam mit ihr verbringen musste?

„Natürlich nicht", sagte sie fröhlich. „Wieso sollte ich das denken? Wir sind Freunde. Ich helfe dir mit der Hochzeit deiner Schwester. Mehr nicht."

Sie hoffte, aufrichtig zu klingen und so, als hätte sie überhaupt kein Interesse an ihm. Denn die Alternative war demütigend. Ehrlich, wenn draußen nicht ein halber Meter Neuschnee läge, würde sie sich sofort zu Fuß auf den Weg nach Hause machen.

Jonny bedeutete ihr, in die Küche voranzugehen, doch dann legte er eine Hand auf ihren Unterarm, um sie zurückzuhalten. Er drehte sie herum, bis sie ihn ansah, und lächelte schief.

„Heute Nacht wird nichts passieren", wiederholte er.

Sie bemühte sich, nicht zusammenzuzucken.

„Aber das bedeutet nicht, dass ich nicht in Versuchung bin."

10. Kapitel

Nichts versüßt einer Frau den Tag so sehr wie ein Mann, der sein wildes sexuelles Verlangen gesteht, dachte Madeline, während sie über eine geistreiche Antwort nachdachte. „Danke“ wäre zu lahm und „Ich auch“ wäre, nun ja, zu gefährlich. Denn auch wenn es ziemlich sicher war, ihn zu wollen, wusste sie nicht, was passieren würde, wenn sie ihn tatsächlich hätte. Trotz des Ted-Debakels war sie keine Frau, die durch alle Betten hüpfte. Mit jemandem intim zu sein bedeutete für sie, eine emotionale Schwelle zu übertreten. Vielleicht musste man dazu nicht unbedingt verliebt sein, aber doch ziemlich nah dran.

Sie mochte Jonny sehr, und ja, er löste Funken und Kribbeln in ihr aus. Aber die waren nicht real. Das konnten sie nicht sein. Nicht nur, weil er Schwierigkeiten hatte, sich fest zu binden, sondern vor allem, weil er berühmt war. Und sie war kaum mehr als eine kleine Verkäuferin.

„Ich weiß nicht, was ich sagen soll“, gab sie schließlich zu, als das Schweigen zu lange andauerte.

„Wie wäre es mit einer Führung durchs Haus? Das sollte uns ausreichend Gesprächsthemen geben.“

„Ich mag Männer mit Plänen.“

„Dann bist du hier genau richtig.“

Gemeinsam gingen sie in die Küche.

„Oh, hier war aber jemand fleißig“, sagte sie und bewunderte die hochmoderne Küche.

Es gab eine große Kochinsel mit einem eingebauten Weinkühlschrank an einer Seite sowie luxuriöse Arbeitsplatten aus Granit und wunderschöne Holzschränke, die sich bis zur Decke erstreckten. Vor dem Erkerfenster befand sich eine große, tiefe Spüle. Im Moment sah Madeline vor dem Fenster nur Dunkelheit und Schnee, aber sie würde wetten, dass der Ausblick bei schönem Wetter umwerfend war.

„Ich habe die gesamte Küche entkernen lassen", erzählte Jonny. „Sie war zwar noch original, aber auch wenn ich avocadofarbene Kacheln genauso mag wie jeder andere, dachte ich, es wäre an der Zeit für eine Veränderung."

„Du hast einen Inneneinrichter einfliegen lassen?"

Er nickte. „Aber die Handwerker waren hier aus der Stadt."

„Hendrix Constructions?"

„Kennst du die?"

„Die Hendrix gehören zu den Gründerfamilien der Stadt, also ja." Sie lächelte. „Und Hendrix Constructions leistet gute Arbeit."

„Da hast du recht."

Neben der Küche gab es ein Esszimmer mit einer aus unbehauenen Steinen gemauerten Wand und einem Kamin. Es war zu beiden Seiten hin offen, und dahinter lag das Wohnzimmer.

Hier hat sich nicht viel verändert, dachte sie, als sie die abgegriffenen Steine und die wunderschöne Kamineinfassung aus Holzbohlen betrachtete. Der Tisch und die zwölf Stühle sahen gebraucht, aber glücklich und zufrieden aus. Vielleicht war das eine seltsame Beschreibung für Möbel, aber Madeline blieb trotzdem dabei.

„Ein paar der Möbel habe ich mit dem Haus zusammen

erworben", sagte Jonny. „Das Esszimmer und viele der Sachen aus Holz."

Madeline wusste, dass der alte Reilly Konopka nach Florida gezogen war, um näher bei seinen Kindern und Enkeln zu wohnen. Aber bis zum Verkauf war die Ranch ungefähr fünfzig Jahre im Besitz seiner Familie gewesen.

„In diesem Haus stecken viele Erinnerungen", murmelte sie.

„Ich weiß. Das gefällt mir ja so. Die Geschichte. Hier herrscht ein gutes Gefühl. Ginger mag das Haus auch."

Er zeigte ihr das Wohnzimmer. Die meisten der Möbel waren neu, aber das beigefarbene Sofa und die Ledersessel passten sehr gut ins Ambiente. In einer Ecke stand ein großer Weihnachtsbaum. Er war künstlich und sehr professionell dekoriert. Wunderschön, dachte sie, aber ohne den besonderen Charme traditionell geschmückter Bäume.

„Zu den Gästezimmern geht's hier entlang."

Das Haus hatte einen u-förmigen Grundriss, in dem die Küche und das Wohnzimmer im unteren Teil des Us lagen. Sie gingen den rechten Flur entlang an einem Büro vorbei. Jonny öffnete eine Tür, die in ein gemütliches Zimmer mit einem Doppelbett, einer Kommode und einem angrenzenden Badezimmer führte.

Auf einer Bank im Bad lagen ordentlich gefaltete Handtücher, und auf dem Bett thronte ein Berg dicker Kissen.

„Ich habe einen Reinigungsservice", gestand er. „Er sorgt dafür, dass immer alles sauber und für Gäste bereit ist."

„Das Zimmer ist sehr schön." Sie fragte sich, wo wohl sein Schlafzimmer lag, traute sich aber nicht, zu fragen. Die Situation war ein wenig unangenehm. Interessant, aber seltsam. Sie war gleichzeitig nervös und aufgeregt, womit sie Gefahr lief, etwas Dummes zu tun, wie gegen eine Wand zu laufen oder etwas Albernes zu sagen.

Entspann dich, sagte sie sich. Sie und Jonny hatten schon viel Zeit miteinander verbracht. Wenn ihnen die Gesprächsthemen ausgingen, konnten sie immer noch auf die Hochzeit zurückgreifen und über Tischdecken und die Musikauswahl sprechen.

Sie kehrten in die Küche zurück. Er zeigte ihr die Vorratskammer. Neben Regalen und einer kleinen Spüle gab es einen großen Gefrierschrank. Sie öffnete ihn und lachte laut auf. Jonny kam näher und sah ihr über die Schulter.

„Einige Nachbarn haben ein paar Aufläufe vorbeigebracht“, erklärte er.

„Einige der Formen erkenne ich und weiß genau, was da drin ist. Wir sind in Fool's Gold ganz groß, was Aufläufe angeht. Es gibt sogar einen Auflauf-Wettbewerb.“

„An dem Wochenende muss ich unbedingt in der Stadt sein“, sagte er.

Sie zog die Augenbrauen hoch. „Im Ernst?“

„Hey, ich bin bei einem alleinerziehenden Vater aufgewachsen. Ich stehe auf Hausmannskost.“

„Ein Mann, der gutes Essen zu schätzen weiß. Erklär mir noch mal, warum die Frauen bei dir nicht Schlange stehen.“

Er lachte leise. „Ich lasse überall meine Socken rumliegen.“

„Oh, das erklärt es natürlich.“ Sie betrachtete die Auswahl. „Wie wäre es mit Lasagne?“

„Klingt gut.“

Sie holte die Auflaufform heraus, wickelte sie aus und stellte sie auf die Arbeitsplatte, um sie antauen zu lassen. Später würde sie sie noch einen Augenblick in die Mikrowelle stellen, aber zuerst kehrte sie in die Vorratskammer zurück, um nach weiteren Zutaten zu suchen.

Wer auch immer die Einkäufe erledigte, hatte dafür gesorgt, dass alle Grundnahrungsmittel vorhanden waren. Sie fand frisches Gemüse, Gewürze, Mehl und Zucker.

„Hast du einen Generator?“, fragte sie.

„Sicher. Wenn der Strom ausfällt, springt er innerhalb von zwanzig Sekunden an. Warum fragst du?“

„Ich dachte, dass ich vielleicht Kekse backe.“ Sie fand ein paar Tütchen mit Trockenhefe. „Und ein paar Knoblauchbrötchen. Oh, und einen Salat könnte ich auch machen.“ Es gab keine Zitronen, aber er hatte frischen Knoblauch und Essig. Sie könnte schnell ein Ranchdressing zusammenrühren. „Wenn du Milch hast.“

„Ich habe keine Rezepte.“

„Die brauche ich auch nicht, die habe ich im Kopf.“ Sie reichte ihm Essig, Knoblauch und Mehl. „Du hast doch meine Mutter kennengelernt. Sie kocht sehr gern und hat es mir beigebracht. Lehn dich zurück und lass dich beeindrucken.“

„Ich bin jetzt schon beeindruckt.“

Dreißig Minuten später befanden sich die Erdnussbutterkekse im Ofen. Madeline spannte Jonny in die Arbeiten mit ein und ließ ihn das süße, wie ein Elefantenohr geformte Keksglas ausspülen, das sie in der Kammer gefunden hatte.

Während er sich darum kümmerte, gab sie etwas Mehl zu den Zutaten in die Schüssel und rührte es unter. Dann ließ sie den Teig auf die Arbeitsplatte gleiten und fing an, ihn zu kneten.

„Wenn die Uhr klingelt, musst du das erste Blech mit den Keksen rausnehmen und das zweite reinschieben“, sagte sie.

„Dein Wunsch ist mir Befehl.“

„Du bist sehr umgänglich.“

„Ich habe kein Problem damit, deine Küchenhilfe zu sein. Selbst gekochte Mahlzeiten sind für mich etwas ganz Besonderes.“

Angesichts des Inhalts seines Gefrierschranks und der Take-away-Behälter im Kühlschrank wusste sie, dass das nicht gelogen war.

„Du könntest eine Köchin engagieren“, schlug sie vor.

Er stellte das Keksglas auf den Tresen. „Das ist nicht mein Stil. Ich bin nicht dafür gemacht, Personal zu haben.“

Auch das stimmte. Die meisten Schauspieler seines Kalibers hatten eine persönliche Assistentin, er nicht. Sie wusste, dass seine Managerin und deren Angestellte sich um einige von Jonnys Angelegenheiten kümmerten, aber den Rest erledigte er selbst.

„Im Sommer grille ich oft“, sagte er und setzte sich auf einen Hocker am Tresen. „Meine Steaks sind echt gut.“

„Du bist halt ein echter Kerl.“

Er zwinkerte ihr zu. „Das bin ich.“

„Mein Dad und mein Bruder lieben es auch zu grillen. Aber stell sie vor einen Herd, und sie sind total verloren. Was ich überhaupt nicht verstehe. Ein Gasherd hat doch auch eine offene Flamme.“

„Aber er steht drinnen. Das ist nicht das Gleiche.“

„Aha. Warum weiß ich nur, dass das ein Trick von euch ist, um die Frauen dazu zu bringen, für euch zu kochen?“

„Ist es gar nicht.“

„Ja klar."

Sie legte den gekneteten Teig in eine eingeölte Schüssel und bedeckte ihn mit einem Geschirrhandtuch. Dann stellte sie ihn in die Nähe der Lüftungsschlitze des Ofens, damit er in der Wärme schön aufgehen konnte.

„Deine Mom hat Robbie nicht beigebracht zu kochen?", fragte er, als sie sich die Hände wusch.

„Offensichtlich nicht. Oder falls sie es getan hat, hat er es nicht angenommen." Madeline sah auf die Küchenuhr und nahm die Topflappen in die Hand. Dann holte sie das erste Blech heraus und schob das zweite hinein.

„Ich war nicht da, als Robbie ein Kind war. Und als ich anfing, mir der Welt um mich herum bewusst zu werden, war er schon auf dem College. Ich war also quasi ein Einzelkind. Es wäre nett gewesen, wenn wir vom Alter her näher beieinander gewesen wären."

„Ich weiß, was du meinst. Ginger ist beinahe acht Jahre jünger als ich."

„Du hast dich um sie gekümmert."

Er zuckte mit den Schultern. „Ich habe mich oft beschwert, aber ich wusste, dass mein Dad so schon Schwierigkeiten hatte, sich um alles zu kümmern."

„Er hat nicht noch einmal geheiratet?"

„Nein. Zum einen sagte er, er würde nie jemanden finden, der so großartig wäre wie meine Mom. Und zum anderen lag es wohl daran, dass er zwei Kinder und keine Freizeit hatte."

„Musstest du deshalb mehr Verantwortung übernehmen, als du wolltest?" Sie nahm an, dass er sich seit der Geburt seiner Schwester um sie gekümmert hatte.

„Mach mich bloß nicht zu einem Heiligen", erklärte er. „Ich habe mich auf der Schule oft genug in Schwierigkeiten gebracht."

„Zum Beispiel?"

„Das Übliche. Unterricht schwänzen, mich mit meinen Freunden prügeln." Er lächelte bei den Erinnerungen. „Weil ich ständig zu spät kam, bin ich sogar aus dem Footballteam geflogen. Ich bin sicher, sie glaubten, ich wäre am Boden zerstört und würde mich deshalb ändern. Aber ich fand es viel unterhaltsamer, mit meinen Freunden abzuhängen, als Football zu spielen."

Madeline grinste ihn an. „Du weißt, dass wir hier in der Stadt mehrere ehemalige NFL-Spieler haben. Lass sie das nicht hören. Davon würden sie sich nie erholen."

„Na ja, ich habe so meine Zweifel, dass sie das sonderlich interessiert."

„Also würdest du es überleben, wenn ihnen deine Filme nicht gefallen?"

„Auf jeden Fall."

Sie lehnte sich gegen die Arbeitsplatte. „Wie bist du überhaupt zum Film gekommen?", fragte sie. „Bist du auf viele Castings gegangen?"

Eine Sekunde lang sah er sie fragend an, dann hob er beide Hände. „Du hast nicht im Internet nach mir gesucht? Mich nicht gegoogelt?" Er ließ die Arme sinken. „Ich würde gern fragen, warum, aber das wäre albern. Du bist normal. Das gefällt mir."

„Hätte ich dich online auschecken sollen?" Sie hatte daran gedacht, aber nachdem sie ihn kennengelernt hatte, hätte sich das wie ein Eingriff in seine Privatsphäre angefühlt.

„Nein. Du solltest genau das tun, was du getan hast.“ Er stützte die Ellbogen auf den Tresen und beugte sich vor. „Nachdem mein Dad gestorben war, hatte ich nicht viel Geld. Ich habe das College abgebrochen, um mich um Ginger zu kümmern. Ich habe verschiedene Jobs angenommen, um die Rechnungen bezahlen zu können – unter anderem das Reinigen von privaten Swimmingpools. Einer der Männer, für die ich gearbeitet habe, war Filmproduzent. Wir haben uns ein paar Mal unterhalten, und er hat mir die Möglichkeit gegeben, in einem seiner Filme mitzumachen.“

„Das war sehr nett von ihm.“

„Das war es. Die Bezahlung war besser als in meinen anderen Jobs.“ Er grinste. „Er hat mir das Versprechen abgenommen, dass ich seinen Pool weiter reinige, auch wenn ich mal Filmstar bin. Das sollte eigentlich ein Witz sein. Wie auch immer, ich bin ins Studio gegangen und hatte genau einen Satz aufzusagen. Was ich getan habe. Glaub mir, Schauspielerei ist keine Atomwissenschaft. Ich musste meistens nur dableiben, weil sie das Set umbauen wollten oder so. Dann kam der Anruf, dass der Kerl, der die Nebenrolle spielen sollte, sich beim Skifahren das Bein gebrochen hat.“

Madeline zuckte zusammen. „Das ist für niemanden schön.“

„Stimmt. Alle waren sauer. Sie wollten die Szene aber beibehalten, also haben sie mich gebeten, seinen Platz einzunehmen. Ich sollte einfach nur neben der Kamera die Zeilen vorlesen, damit der Hauptdarsteller einen Anspielpartner hatte, zu dem er sprechen konnte. Ich wusste damals nichts über das Geschäft, aber ich dachte, so müsste ich ein paar Stunden lang keine Pools reinigen, und habe zugestimmt. Als Nächstes haben sie mich dann weitere Szenen lesen lassen, und zwei Tage später bin ich als Ersatz engagiert worden."

„Und der Rest ist Geschichte?"

Jonny grinste. „So kann man sagen."

„Hast du den Pool deines Freundes weiter gereinigt?"

„Ein Jahr lang. Dann hat er mich gehen lassen."

Es gefiel Madeline, dass er sein Versprechen eingehalten hatte. Sie fragte sich, wie viele Menschen in seiner Situation es einfach gebrochen hätten.

„Gefällt dir dein Beruf?"

„Er ist besser als echte Arbeit." Sein Humor schwand. „Ich weiß, dass ich nur dazu da bin, Leute zu unterhalten. Ich rette keine Leben und verändere auch nicht die Welt, aber das ist keine Entschuldigung dafür, sich nicht anzustrengen. Ich will immer mein Bestes geben. Pünktlich auf dem Set sein und meinen Text können. Ich will in Form sein und alle Kampftechniken beherrschen, die ich für das aktuelle Projekt benötige."

„Du bist stolz auf deine Arbeit."

„Ja. Ist das blöd?"

Sie schüttelte den Kopf, obwohl sie am liebsten gesagt hätte: „Nein, das ist genau richtig." Aber das würde alles nur verkomplizieren. Das hübsche Gesicht ist schon anziehend genug, dachte sie amüsiert. Aber der Mann an sich stellte eine noch viel größere Verlockung dar – ein Problem, das sie nicht gebrauchen konnte und von dem sie nicht wusste, wie sie damit umgehen sollte.

„Drehst du überall auf der Welt?", wollte sie wissen.

„Bei einigen Filmen schon. Es ist immer seltsam, in ein fremdes Land zu reisen und trotzdem Teil eines Films zu sein.

Wir bringen beinahe alles mit, was wir benötigen. Es ist schon eine komische kleine Gemeinschaft."

„Hast du denn Zeit, dir etwas anzusehen?"

„Manchmal. Das kommt darauf an, was wir drehen und wie groß meine Rolle ist. Bei einigen Filmen gibt es eine Nebenhandlung, in der ich nicht auftauche, und in anderen bin ich in jeder Szene dabei."

„Wirst du überall erkannt?"

Er zuckte mit den Schultern. „Manchmal. Es ist komisch, wenn Menschen, die eine Sprache sprechen, von der ich noch nie gehört habe, auf mich zukommen und mit mir reden."

Sie schaute auf die Küchenuhr und nahm dann die Kekse mit einem Pfannenwender vom Blech. „Ich habe eine Freundin – Felicia. Sie ist superklug und weiß alles. Sie sagt, dass wir trotz des ganzen technologischen Fortschritts tief im Herzen immer noch primitive Menschen sind. Wir reagieren auf Angst genauso wie früher, nur besteht die Bedrohung nicht mehr aus einem großen Tiger, der uns fressen will. Ihrer Meinung nach ist es wichtig, die einflussreichste Person in einem Dorf zu kennen. Denn eine Verbindung zur Macht zu haben bedeutet, dass man Schutz genießt und genügend zu essen hat."

Sie legte den Pfannenwender beiseite. „Der Drang, dieser mächtigen Person nah zu sein, hat sich nicht verändert. Aber weil unsere Dörfer nicht mehr die gleichen sind wie früher, haben wir unsere Loyalität auf Prominente übertragen. Wir wollen ihnen nahe sein, sie kennenlernen, zu ihrem Leben dazugehören." Sie seufzte. „Ich glaube, ich erkläre das alles ganz falsch."

„Nein, gar nicht. Ich verstehe, was du sagen willst. Das

passiert mir oft. Die Leute glauben, mich zu kennen, weil sie meine Filme gesehen haben. Oder sie sagen mir, dass sie wüssten, dass wir gute Freunde sein könnten."

Oder die Frauen wollen mit ihm schlafen. Sie war dankbar, dass er das Thema nicht ansprach.

„Aber sie wissen gar nichts über mich", fuhr er fort. „Was sie auf der Leinwand sehen, ist nicht real. Ich bin kein Held, sondern nur ein normaler Mann."

„Ein guter Mann", sagte sie, bevor sie sich zurückhalten konnte.

Er lächelte sie an. „Ich verstecke meine dunkle Seite bis nach der Hochzeit."

Sie lachte. „Hat deine dunkle Seite einen Umhang? Denn das wäre echt cool."

Der Rest des Nachmittags verging wie im Fluge. Madeline meldete sich bei Isabel, die sie damit aufzog, dass sie eingeschneit war, und versprach, das Paper Moon nach Feierabend abzuschließen. Madeline wärmte die Lasagne zum Abendessen auf und freute sich, dass ihre Brötchen gelungen waren. Währenddessen holte Jonny eine Flasche Wein aus dem Keller und öffnete sie. Gegen halb acht fiel der Strom aus. Für zwanzig Sekunden saßen sie im Dunkeln, dann sprang der Generator an, und das Licht flammte wieder auf.

Nachdem sie die Küche aufgeräumt hatten, nahmen sie einen Teller mit Keksen und gingen ins Fernsehzimmer.

„Ich bin schon ganz aufgeregt", gab sie zu „Hast du deine ganzen Preise ausgestellt?"

„Keine Preise." Er öffnete die Flügeltür und schaltete das Licht ein.

„Ich weiß, dass du welche gewonnen hast“, beharrte sie. „Das habe ich irgendwo gelesen.“

„Ja, ja. Was auch immer das für Preise waren, sie stehen im Büro meiner Managerin. Annelise ist eine wesentlich bessere Verwalterin für solche Sachen als ich.“

Interessiert ließ Madeline den Blick durch den großen Raum schweifen. Eine Couchkombination aus schwarzem Leder war auf einen großen Flachbildfernseher hin ausgerichtet. Und auch wenn sie keine Lautsprecher sah, hatte sie das Gefühl, dass Jonny ein Soundsystem hatte, das das ganze Haus zum Erzittern bringen könnte. Seltsamerweise hatte er auch einen Plattenspieler und einen Stapel alter Schallplatten, die auf einem kleinen Tisch in der Ecke lagen.

Anstelle von Bildern zierten gerahmte Filmposter die Wände. Nicht von seinen Filmen, sondern von Klassikern aus den Dreißiger- und Vierzigerjahren. Die Rückwand nahm ein Regal ein, in dem Hunderte von DVDs standen.

„Nett“, sagte sie und stellte den Keksteller ab, um sich in Ruhe die Sammlung anzuschauen. „Gibt es einen Film, den du nicht hast?“

„Alle, in denen ich mitgespielt habe.“

„Wirklich?“

Er nickte. „Ich gucke mir nicht gern an, was ich gemacht habe. Außerdem sind meine Filme wie Zuckerwatte – sie lösen sich in Wasser auf.“

„Da stellst du dein Licht aber ganz schön unter den Scheffel. Deine Filme bieten den Menschen eine schöne Zuflucht. Sie haben Spaß daran. Sie erinnern sich an sie und zitieren sogar ganze Zeilen.“

„Es ist nicht Shakespeare.“

„Du weißt aber schon, dass man seine Arbeit damals auch als Schund abgetan hat, oder?“

Er hob eine Augenbraue. „Da sieh mal einer an, wie du hier keck mit literarischen Referenzen um dich wirfst.“

„Ein paar Dinge weiß ich auch.“

„Ja, das tust du.“ Er kam näher. „Es ist interessant, dass wir beide mit unserem Beruf Erinnerungen schaffen. Meine sind flüchtig, aber was du tust, hält ein Leben lang. Jede Braut erinnert sich an ihr Hochzeitskleid.“

Madeline dachte daran, wie Ted immer versucht hatte, ihr Schuldgefühle einzureden, weil sie ihren Job so oft gewechselt hatte. Es war ihr immer peinlich gewesen, nicht zu wissen, was sie mit ihrem Leben anstellen wollte. Selbst jetzt fragte sie sich noch manchmal, ob es falsch gewesen war, ihren Collegeabschluss nicht gemacht zu haben.

Nur liebte sie ihren Job. Sie liebte es, ein Teil von Paper Moon zu sein. Und sie liebte es, sich Stück für Stück in das Geschäft einzukaufen. Und obwohl sie Jonnys Lob nicht brauchte, war es schön, es zu hören.

„Du bist wirklich nett“, sagte sie impulsiv. „Damit hätte ich nicht gerechnet.“

Er lachte. „Die Menschen haben alle möglichen Beschreibungen für mich, aber ‚nett‘ ist normalerweise nicht dabei.“

„Ginger findet dich auch nett.“

„Das muss sie. Sie ist meine Schwester.“

„Nein, muss sie nicht. Vielleicht liegt es einfach daran, dass sie dich am besten kennt.“

Er kam auf sie zu und blieb einen Schritt entfernt vor ihr stehen. Einige Herzschläge lang ruhte der Blick aus seinen dunkelgrünen Augen auf ihr, dann drehte er sich um und zeigte auf die Regale.

„Du darfst heute entscheiden. Wir gucken, was immer du willst."

Sie würden gemeinsam einen Film anschauen? In dieser besonderen Stille, die es nur bei Schneefall gab? Sie hätte gern die sechsstündige Version von *Stolz und Vorurteil* gewählt, entschied sich dann aber für einen Film aus den Fünfzigerjahren namens *Traum meines Lebens*.

„Ausgezeichnete Wahl", lobte Jonny sie und nahm ihr die DVD ab. „Klug und sexy, mit einer starken weiblichen Hauptrolle. Angesichts der Zeit, in der er gedreht wurde, wurde die Geschichte einer alleinstehenden Frau, die nach Italien geht, um dort eine Affäre mit einem verheirateten Mann anzufangen, als ziemlich gefährlich eingestuft."

„Woher kennst du den Plot?"

„Ich habe den Film schon mal gesehen. Ich habe alle Filme hier schon gesehen." Er deutete auf die unzähligen DVDs. „Für mich ist es Recherche. Warum funktioniert die eine Storyline und die andere nicht? Welche Techniken nutzen die Schauspieler? Was kann ich von ihnen lernen?"

„Kannst du dich auch mal einfach nur entspannen und einen Film gucken?"

„Heute Abend werde ich genau das tun."

Sie ließ sich auf die Couch fallen, während er den Film in den DVD-Player schob. Als er zu ihr kam, hoffte sie, er würde sich ganz nah neben sie setzen, doch er hielt einen respektvollen Abstand ein. *Verdammt und zugenäht!*

Bald schon war sie gefangen von der Schönheit Venedigs und der wachsenden erotischen Spannung zwischen Jane und Renato. Und obwohl sie den Film sehr genoss, konnte sie den

Mann neben sich auf dem Sofa einfach nicht vergessen. Sie war sich seiner Präsenz in dem dämmrigen Licht nur allzu sehr bewusst – genauso wie der Tatsache, dass er so still dasaß. Als Jane in den Kanal fiel und sie beide laut lachten, verspürte sie den Drang, ein Stück näher an ihn heranzurücken. Einfach nur, um ihm nahe zu sein.

„Jane hätte bleiben sollen“, sagte sie, als der Film zu Ende war. „Sie hätten das hinbekommen.“

„Er wollte seine Frau nicht verlassen, und sie hatte ihr Leben in Ohio.“

„Ein trauriges, einsames Leben.“ Gemeinsam gingen sie durch den Flur in die Küche. „Aber du hast recht. Ich würde einer Freundin niemals raten, alles für einen Mann aufzugeben. Und ganz sicher nicht für einen, der verheiratet ist. Aber sie passten so gut zusammen. Vielleicht ist er doch noch nach Ohio gereist, und sie lebten glücklich bis ans Ende ihrer Tage.“

Er beugte sich vor und gab ihr einen Kuss auf die Stirn. „Es überrascht mich nicht, dass du eine Romantikerin bist.“

War das ein abwertender Kommentar? Der Kuss war traurigerweise eher freundschaftlich, dachte sie. Nun war sie hier eingeschneit mit einem sexy Kerl, für den sie eine große Schwäche hatte, und er betrachtete sie eher wie seine kleine Schwester. Oder schlimmer noch: Er sollte hin und weg von ihr sein, aber leider stand er einfach nur da und schien keineswegs interessiert. Das Leben war wirklich nicht fair.

„Danke für den Film“, sagte sie und legte die übrig gebliebenen Kekse in das Keksglas. „Gute Nacht.“

„Gute Nacht.“

Sie ermahnte sich, nicht zu zögern. Wenn Jonny seinen Zug machen wollte, wäre er fit und agil genug und könnte sie ganz sicher im Flur einholen. Obwohl sie so langsam ging, wie sie nur konnte, und bei jedem Schritt beinahe innehielt, blieb er in der Küche. Und außer ihren leisen Schritten und dem traurigen, einsamen Pochen ihres dummen Mädchenherzens herrschte absolute Stille.

Madeline schloss die Tür des Gästezimmers hinter sich und ging zum Bett. Eine Sekunde saß sie einfach nur da, dann atmete sie tief ein und schwor sich, wenn die Hochzeit vorüber wäre, würde sie sich ihr mangelndes Liebesleben einmal genau ansehen. Sie würde herausfinden, warum sie sich immer in Männer verliebte, die nicht verfügbar waren, und was sie tun könnte, um das zu ändern. Denn sie wollte nicht enden wie Katherine Hepburn in *Traum meines Lebens* – eine mittelalte Jungfer, die niemanden hatte. Sie wollte, was ihre Eltern hatten, was Robbie hatte. Sie wollte Liebe und eine Ehe und Kinder. Sie wollte alles.

Aber bis zu Gingers Hochzeit würde sie weiter mit ihrer Schwärmerei leben müssen und mit dem Wissen, dass etwas zu wollen nicht das Gleiche war, wie es zu haben. Und es sich zu wünschen führte leider auch nicht dazu, dass der fragliche Mann sie auf einmal als die Frau seiner Träume ansah.

Madeline starrte auf die gebundenen Seiten vor sich. Sie hatte nicht gewusst, was auf sie zukommen würde, als Jonny sie gebeten hatte, ein Drehbuch zu lesen, denn sie hatte noch nie zuvor eins gesehen.

„Ich dachte, das wäre heute in digitaler Form“, gab sie zu und betastete das Papier.

„Ich bin altmodisch. Ich lese Bücher aus Papier, und genau so will ich auch meine Drehbücher. So kann ich mir am Rand Notizen machen.“

Sie befanden sich im Wohnzimmer seines Hauses und waren immer noch eingeschneit. Auch wenn der Sturm vorbeigezogen war, waren die Straßen noch nicht frei. Rosalind hatte ihr am Morgen eine Nachricht geschickt, dass der Großteil der Stadt unpassierbar war. Madeline hatte eingewilligt, den Laden geschlossen zu lassen. Sie hatten keine Termine, und es war nah genug an Weihnachten, dass sich sowieso alle auf die Pläne für die Feiertage konzentrierten. Isabel blieb auch zu Hause. Ohne Zweifel hatte ihr liebevoller und besorgter Ehemann sie dazu überredet.

Und so musste Madeline nun eine weitere Nacht bei Jonny bleiben. Bislang hatten sie zusammen gefrühstückt, dann war er in sein nobles Fitnessstudio gegangen. Er hatte ihr zwar angeboten, ihn zu begleiten, aber sie hatte dankend abgelehnt. Zwar hätte sie ihm gern beim Schwitzen zugesehen, wusste aber nicht, wie sie das sagen sollte, ohne wie ein lächerliches Groupie zu klingen. Und von ihm dabei beobachtet zu werden, wie sie sich durch das Anfängerprogramm auf dem Laufband hechelte, war nicht das, was sie sich unter Freizeitvergnügen vorstellte.

Später hatten sie zu Mittag gegessen, und er hatte gefragt, ob sie sich einmal das Drehbuch anschauen würde, das ihm vorgeschlagen worden war.

„Worum geht es in dem Film?“, fragte sie nun.

„Lies es, und finde es heraus.“ Kurz wandte er den Blick ab. „Mich würde interessieren, was du davon hältst.“

Da war irgendetwas in seiner Stimme. Sie konnte nicht genau sagen, was, aber wenn sie raten müsste, würde sie auf Unsicherheit tippen. Bezüglich des Projekts?

„Okay. Gern. Ich habe noch nie ein Drehbuch gelesen."

„Man muss sich ein wenig an die Formatierung gewöhnen. Die Regieanweisungen kannst du ignorieren. Lies einfach nur die Dialoge, und stell dir vor, es wäre ein Hörbuch."

Sie nickte und machte es sich auf dem Sofa bequem. Innerhalb weniger Seiten hatte die Geschichte um Dean Woodley, einen Mann von der falschen Seite der Stadt, der entschlossen war, es an die Spitze zu schaffen, sie total in ihren Bann gezogen. Aufgrund einer Reihe unerwarteter Ereignisse fand Dean sich auf einmal als Pflegevater für drei Straßenkinder wieder, die sich verzweifelt nach menschlicher Bindung und Führung sehnten, obwohl sie ihn beklauten und er ihretwegen beinahe wegen Drogenhandels eingesperrt wurde.

Die Geschichte war düster und lustig und – als einer der Jungen bei einer Schießerei aus einem vorbeifahrenden Wagen getötet wurde – herzzerreißend. Madeline las bis zum Ende, an dem die beiden übrig gebliebenen Jungen ihren Highschool-Abschluss machten und Dean das Mädchen seiner Träume bekam. Dann kehrte sie zum Anfang zurück und las alles noch einmal. Als sie das zweite Mal fertig war, schaute sie auf und sah, dass inzwischen einige Lampen brannten und Jonny sie vom anderen Ende des Sofas her anschaute.

„Du weinst", sagte er und reichte ihr ein Taschentuch.

„Wirklich?" Sie wischte sich die Tränen fort. „Wie spät ist es?"

„Beinahe sechs."

„Ich habe den ganzen Nachmittag lang gelesen? Das tut mir leid."

„Das muss es nicht. Ich hatte dich ja darum gebeten. Was denkst du?“

Begeistert presste sie sich das Drehbuch an die Brust. „Ich liebe es. Normalerweise bin ich eine Schnellleserin, aber ich habe eine Weile gebraucht, um die Regieanweisungen, oder wie immer man das nennt, auszublenden. Das ist eine unglaublich tolle Geschichte.“

Sie dachte an *Amish Revenge* und all die anderen Filme, die er gedreht hatte. Jeder der Charaktere war eine Variation des gleichen Themas gewesen. Dean Woodley war jedoch ganz anders. „Denkst du darüber nach, den Film zu machen?“

„Keine Ahnung. Ich würde gern. Annelise hält es für eine gute Idee, aber sie hat schon immer mehr in mir gesehen, als ich bin. Es ist nicht das, was meine Fans von mir erwarten.“

„Das muss doch aber nicht schlecht sein.“ Sie legte das Drehbuch auf den Couchtisch. „Ich weiß nicht, wie das Filmgeschäft funktioniert, und glaube nicht, dass ich ein gutes von einem schlechten Drehbuch unterscheiden könnte. Ich kann nur sagen, dass es mitreißend und interessant war.“ Sie lächelte. „Es gefällt mir, dass er am Ende das Mädchen bekommt.“

„Natürlich gefällt dir das. Du verkaufst Brautkleider. Happy Ends sind dir wichtig.“

„Dir auch. Machst du dir Sorgen, dass es kein Jonny-Blaze-Film ist, wenn du nicht irgendeinem Fiesling den Hintern versohlst?“

„Ja. Das würde ich in diesem Film definitiv nicht tun.“

„Ich glaube, das wäre für die Zuschauer in Ordnung.“

„Danke“, sagte er. „Ich weiß deine Meinung sehr zu schätzen.“

„Warum?“, fragte sie, bevor sie sich zurückhalten konnte.

„Du hast einen guten Geschmack, und du bist ehrlich.“

Könnte sie nicht stattdessen lieber sexy sein? Sie unterdrückte ein Seufzen. Sie würde akzeptieren müssen, dass sie ihn als Frau nicht interessierte, und versuchen, damit glücklich zu werden.

„Wir müssen uns überlegen, was wir zu Abend essen wollen“, sagte sie. „Erinnerst du dich noch, welches Gericht wir heute Morgen zum Auftauen rausgenommen haben? Ich glaube, es war die Tamale-Pastete. Das wird lecker. Von gestern ist noch genügend Salat übrig – und Kekse. Denn ohne Kekse wäre es kein gutes Dinner.“

Sie hielt inne und wartete darauf, dass Jonny etwas sagte. Doch er schaute sie nur an. Sie hatte keine Ahnung, was er dachte. Es könnte alles sein – vielleicht zählte er stumm die Minuten, bis er sie endlich in die Stadt zurückbringen konnte, vielleicht schwelgte er aber auch in Erinnerungen an den köstlichen Geschmack der Erdnussbutterkekse. Was sie definitiv nicht erwartete, war, dass er zu ihr herüberrutschte, sie in die Arme nahm und küsste.

Sein Mund war so warm und sanft, und die Art, wie er ihre Lippen liebkoste, zeigte, dass er sie begehrte. Zumindest fühlte es sich für sie so an. Allerdings war sie so schockiert, dass sie das womöglich falsch interpretierte.

Trotzdem, seine Lippen fühlten sich gut an. Richtig. Und seine Hände, die sanft über ihren Rücken strichen, waren super. Madeline verstand nicht, was hier gerade passierte, aber irgendwie war das in Ordnung. Denn wenn man als Frau schon verwirrt sein musste, dann waren Jonnys Arme der beste Ort dafür.

Sie schloss die Augen und entspannte sich, ergab sich ganz seinen lockenden Zungenküssen. Wie von selbst legten sich ihre Arme um seinen Hals, sie lehnte sich vor und kam ihm begierig entgegen.

Als der erotische Tanz ihrer Zungen heftiger wurde, glaubte sie fast, in Flammen zu stehen. Obwohl sie saß, fingen ihre Oberschenkel an zu zittern.

Das Verlangen wuchs. Sie dachte daran, dass sie ganz allein waren und wie bequem das Sofa war. Außerdem schoss ihr durch den Kopf, dass beinahe Weihnachten war und sie sich noch nichts gekauft hatte. Sollte sie sich selbst eine magische Nacht mit diesem Mann schenken?

Er vertiefte den Kuss, und sie ließ sich darauf ein, genoss den Rhythmus, der ihr Blut zum Kochen brachte. Langsam ließ er die Hand von ihrem Rücken nach vorn gleiten und …

Plötzlich zog er sich zurück. „Sorry."

Sie blinzelte.

Er stand auf und ging ans andere Ende des Zimmers. „Madeline, es tut mir leid. Ich habe dir mein Wort gegeben und versprochen, dass nichts passieren wird. Dass du hier in Sicherheit bist. Es ist nur …" Er fluchte unterdrückt.

Sie verstand zwar nicht den genauen Wortlaut, hatte aber eine grobe Ahnung, was er gesagt hatte. Noch interessanter war nur der, nun ja, *Beweis*, dass dieser Kuss nicht nur bei ihr einen nachhaltigen Eindruck hinterlassen hatte.

Sie sagte sich, dass sie nicht hinsehen sollte. Dass es unhöflich war, die Erektion eines Mannes anzustarren. Aber Madeline konnte nicht anders. Denn sie mochte ihn, und zu wissen, dass er sie auch mochte, war wirklich gut. Außerdem war die Beule in seiner Hose sehr beeindruckend.

„Du hörst nicht zu", sagte er.

Sie richtete ihre Aufmerksamkeit wieder auf sein Gesicht. Es war wirklich ein sehr attraktives Gesicht, aber seine Erektion war im Moment wesentlich faszinierender.

„Madeline, ich meine es ernst. Ich habe gesagt, dass nichts passieren wird."

„Gestern Abend", platzte es aus ihr heraus. „Du hast gesagt, dass gestern Abend nichts passiert. Und das ist es auch nicht." Ihr verdrossenes Herz war der Beweis dafür.

„Du bist nicht sauer?"

„Warum sollte ich sauer sein? Werden die Frauen normalerweise sauer, wenn du mit ihnen rummachst? Denn wenn ja, machst du was falsch." Aus ihrer Sicht hingegen hatte er alles richtig gemacht.

In seinen Augen blitzte etwas auf. Sie konnte nicht erkennen, was, hoffte aber, dass es Verständnis war. Oder unkontrollierbare Lust. Ja, die wäre ihr sogar noch lieber.

Er machte einen Schritt auf sie zu und blieb wieder stehen. „Ich mag dich."

Die Worte ließen sie erzittern. „Ich dich auch."

„Du hängst wegen des Sturms hier fest. Ich will nicht, dass du dich unter Druck gesetzt fühlst. Oder verpflichtet. Ich will nicht, dass du glaubst, das hier wäre eine Szene aus einem Film."

Langsam dämmerte ihr, was er nicht hatte sagen können. Was er vielleicht sogar selbst nur auf einer instinktiven Ebene verstand. Er war ein berühmter Filmstar. Deshalb taten Frauen Dinge, die sie im normalen Leben niemals tun würden. Sie wollten nicht mit *ihm* zusammen sein, sie waren nur an dem Star interessiert. Er war einfach nur ein Mittel zum Zweck.

Und deshalb würde er niemals jemanden in eine Position bringen, in der derjenige glaubte, etwas leisten zu müssen. Denn genau das wurde immer von ihm erwartet.

Sie dachte an all die Menschen, die er geliebt und verloren hatte. Seine Mutter, seine erste Freundin, seinen Vater. Dann versuchte sie, sich vorzustellen, wie es wohl wäre, so berühmt zu sein, dass Frauen, die er nie zuvor getroffen hatte, verzweifelt versuchten, mit ihm zu schlafen, nur damit sie sagen konnten, sie seien mit Jonny Blaze im Bett gewesen. Kein Wunder, dass er misstrauisch war und sein Privatleben so heftig zu schützen versuchte.

Er mochte sie. Zumindest hatte er das gesagt. Sie waren Freunde. Er sah sie als Menschen und wusste, dass sie ihn genauso sah. Und was noch wichtiger war: Er wollte sie beschützen.

Diese Gedanken schossen innerhalb eines Herzschlags durch ihren Kopf, und dann war sie auch schon auf den Beinen und ging auf ihn zu. Als sie vor ihm stand, nahm sie seine Hände in ihre und lächelte ihn an.

„Ich denke, diese Filmstar-Sache ist echt toll. Und ich gebe zu, als wir uns das erste Mal getroffen haben, hat es mich total umgehauen."

Er beobachtete sie, ohne etwas zu sagen.

„Aber das ist ziemlich schnell verflogen", fuhr sie fort. „Ich mag, wie du dich um deine Schwester kümmerst. Und dass du Eddie und Gladys deinen nackten Hintern gezeigt hast."

Er verzog den Mund zu einem schiefen Grinsen. „Hattest du wirklich vor, diese beiden Dinge in einem Satz zu erwähnen?"

„Nein, aber lass mich weiterreden." Sie sah ihm in die Augen. „Du hast mir mit Ted geholfen. Du machst Spielzeuge für Kinder und hast einen fürchterlichen Geschmack, was Hochzeitstorten angeht. Ich fühle mich weder gefangen noch unter Druck gesetzt, und ich weiß, dass das hier keine Filmszene ist."

Sie wollte seine Erektion erwähnen, war sich aber nicht sicher, ob er verstehen würde, wie cool das war.

„Ich will dich", murmelte er.

Oh Gott. Sie fühlte sich gleichzeitig schwach und unglaublich stark. Der Hunger brannte in ihr, aber sie verspürte auch eine unerwartete Zärtlichkeit.

„Dann solltest du mich wohl auch haben."

Erneut lächelte er. „Ja?"

Bevor sie antworten konnte, zog er sie an sich und presste den Mund auf ihre Lippen.

11. Kapitel

Warmer Atem, der ihr über die Taille strich, weckte Madeline auf. Die Leuchtdioden des Weckers auf dem Nachttisch zeigten an, dass es 5.01 Uhr war. Irritiert betrachtete sie die kleinen Zahlen, als würden die sie davon überzeugen können, dass es wirklich passiert war. Sie hatte die Nacht mit Jonny verbracht.

Am liebsten hätte sie laut gejubelt, unterdrückte diesen Impuls jedoch. Der Mann war vermutlich erschöpft. Sie war es auch, aber dazu noch aufgeregt und nervös und verwirrt.

Mit ihm zusammen zu sein war magisch gewesen. Er war ein fürsorglicher, aufmerksamer Liebhaber, der mehr auf ihr Vergnügen bedacht war als auf sein eigenes. Sie hatten sich geliebt, dann zu Abend gegessen und noch einmal miteinander geschlafen. Nach dem zweiten Mal hatte er sie so fest an sich gezogen, als erwartete er, dass sie bei ihm im Bett bleiben würde. Und so hatte sie genau das getan. Was erklärte, warum sie sich morgens um 5.02 Uhr genau hier wiederfand.

Jonny bewegte sich im Schlaf und ließ sie los. Sie lauschte dem gleichmäßigen Klang seines Atems, bevor sie sich aufsetzte und nach dem geliehenen Morgenmantel griff. Schnell zog sie ihn über und verließ das Schlafzimmer, um über den langen Flur ins Gästezimmer zu gehen. Dort schloss sie die Tür und schaltete das Licht an.

Meine Hände zittern, bemerkte sie überrascht, als sie dort stand und versuchte, zu Atem zu kommen. Vermutlich waren das die Nerven. Die Reaktion auf das, was passiert war. Sie war zwar keine Jungfrau mehr gewesen, hatte aber auch nicht mit vielen Männern geschlafen. Ihre Beziehung mit Jonny war kompliziert, denn ihre anfängliche Schwärmerei war echten Emotionen gewichten. Jetzt waren sie intim geworden, und sie war nicht sicher, was das für ihr Herz bedeutete. Es war so leicht, mit ihm zusammen zu sein. Viel zu leicht. Sich in ihn zu verlieben wäre gefährlich. Nun, da sie miteinander geschlafen hatten, musste sie anfangen, sich Sorgen um ihr Herz zu machen.

Aber wie sollte sie ihm widerstehen können? Das war vorher schon schwierig gewesen, als sie noch nicht gewusst hatte, was für eine Verlockung er darstellte. Aber jetzt musste sie sich nicht nur damit auseinandersetzen, dass er lustig und süß und fürsorglich war, sondern außerdem akzeptieren, dass dieser Mann im Bett praktisch ein Gott war.

Wie er sie berührt hatte … sie geküsst hatte … jeden Zentimeter ihres Körpers. Wieder und wieder. Wie er ihre Brüste gestreichelt hatte. Und den Rest von ihr. Das Gefühl von ihm tief in ihr. Wie er sie gehalten, ihren Namen gehaucht hatte.

Sie ging zum Bett und setzte sich. In ihrem Kopf wirbelten Bilder von ihrer gemeinsamen Nacht herum. Sie war überwältigt. Sie kam sich dumm vor, hoffnungsvoll und fühlte noch tausend andere Dinge, die sie nicht benennen konnte.

Ihr Handy piepte. Wer könnte morgens um fünf Uhr etwas von ihr wollen? Sie schaute aufs Display und sah, dass die Stadtverwaltung eine SMS verschickt hatte, in der bekannt gegeben wurde, welche Straßen bereits geräumt waren. Neugierig scrollte sie die Liste durch und sah, dass die Straße an Jonnys Haus um Mitternacht freigegeben worden war. Sie könnte also gehen. Nur wollte sie das nicht. Und selbst wenn sie es gewollt hätte, sie hatte kein Auto.

Da sie wusste, dass sie durchdrehen würde, wenn sie sich nicht irgendwie ablenkte, ging sie schnell unter die Dusche und zog sich an. Doch es war noch immer keine halbe Stunde vergangen. Und nun? fragte sie sich irritiert.

Ihr Herz und ihr Körper wollten wieder zu Jonny ins Bett krabbeln und Runde drei einläuten. Ihr Verstand hingegen mahnte zur Vorsicht. War es nur eine einmalige Sache gewesen? Hatten sie jetzt eine Beziehung? Was würde passieren, wenn sie aufhören müsste, sich hinter der „Er ist ein Star"-Ausrede zu verstecken, und sich der Tatsache stellte, dass das Kribbeln und die Funken von ihm als Mann ausgelöst wurden?

Sie war die Tochter ihrer Mutter, und Loretta hatte oft von dem Blitzschlag gesprochen, der ankündigte, dass man sich verliebt hatte. Aber Kribbeln und Funken waren nicht das Gleiche … oder?

Madeline ließ sich rücklings aufs Bett fallen und schloss die Augen. Was nun? Was sollte sie beim Frühstück zu ihm sagen? Oder auf der Fahrt zurück in die Stadt? Schließlich mussten sie immer noch eine Hochzeit zusammen planen. Sie war sich ziemlich sicher, dass sie sich zusammenreißen könnte, wenn sie nur ein paar Stunden für sich allein hätte.

Entschlossen setzte sie sich auf und griff nach dem Handy. Es gab nur eine Person, von der sie wusste, dass sie um diese Uhrzeit wach war. Wach und gewillt, einer Freundin zu helfen. Sie wählte die Nummer.

„Hallo?", meldete sich Shelby Gilmore eine Sekunde später.

„Ich bin's, Madeline."

Shelby lachte. „Warum, um alles in der Welt, bist du um halb sechs Uhr morgens schon wach?"

„Das ist eine lange Geschichte. Ich brauche jemanden, der mich hier abholt."

Es entstand eine kleine Pause. „Von woanders als deinem Zuhause?"

„Hm."

„Und wo wäre das?"

Madeline biss sich auf die Unterlippe.

„Wenn du es mir nicht verrätst, wird es schwer, dich abzuholen. Es tut mir leid, aber meine telepathischen Fähigkeiten sind nicht mehr das, was sie mal waren."

Ein guter Punkt, dachte Madeline seufzend. „Die alte Konopka-Ranch", sagte sie schnell und wappnete sich für die Reaktion.

„Die alte *was*?"

Mist. Shelby lebte noch nicht allzu lang in Fool's Gold. Sie kannte die Ranch nur als … „Ich bin bei Jonny Blaze."

Stille.

„Ich weiß, was du denkst", sagte sie schnell. „Glaub mir, ich weiß es. Es ist nur … Keine Ahnung. Ich muss nach Hause. Bitte."

„Ist schon okay. Hör auf zu reden. Du musst dich nicht erklären." Shelbys Stimme klang liebevoll. „Während wir reden, bin ich schon auf dem Weg zum Auto. In ungefähr dreißig Minuten bin ich da."

„Danke."

Madeline legte auf und sammelte ihre Sachen zusammen. Das war nicht viel – nur die Kleidung, die sie anhatte, und ihre

Handtasche. Sie zog sich in die Küche zurück und verbrachte fünfzehn Minuten damit, eine Nachricht zu formulieren. Beim dritten Versuch wusste sie, dass sie es nicht hinkriegen würde, weil sie keine Ahnung hatte, was sie schreiben sollte. Am Ende entschied sie sich für: „Die Straßen sind wieder frei, und ich habe eine Mitfahrgelegenheit in die Stadt ergattert. Danke für alles."

Sie wollte mehr sagen, erwähnen, wie glücklich er sie gemacht hatte, als er sie in seinen Armen hielt. Dass seine Mischung aus Sanftheit und Leidenschaft ihr das Gefühl gegeben hatte, wertvoll und besonders zu sein. Dass sie beim ersten Mal mit einem Mann normalerweise nicht in der Lage war, einen Höhepunkt zu erreichen, sie sich bei ihm aber total entspannen konnte. Dass es ihr gefiel, wie er sie danach gehalten hatte, und dass sie beim Abendessen zusammen gelacht hatten und … nun ja, alles.

Kribbeln, ermahnte sie sich. Es war nur ein Kribbeln. Keine Liebe. Sie weigerte sich, sich in einen Mann zu verlieben, der so große Angst davor hatte, wieder jemanden zu verlieren, dass er niemals mehr sein Herz verschenken würde.

Langsam ging sie ins Wohnzimmer und sah aus dem vorderen Fenster. Als ein vertrauter Subaru vorfuhr, lief sie zur Tür und verließ das Haus.

Sie eilte zum Wagen und stieg ein. Shelby, eine zierliche Blondine mit dem zarten Knochenbau einer Märchenprinzessin, sah sie an.

„Sollte ich mir Sorgen machen?", fragte sie.

„Noch nicht."

Shelby nickte und fuhr zurück zur Hauptstraße. Dort angekommen, bog sie links ab in Richtung Stadt.

„Du weißt, dass ich dich liebe", sagte Shelby ein paar Minuten später.

„Du hast die Bäckerei geschlossen und bist um halb sechs am Morgen hier rausgefahren, ohne nach dem Grund zu fragen", sagte Madeline. „Also ja, ich weiß, dass du mich liebst."

„Magst du den Kerl?"

„Ich bin mir nicht sicher."

Das brachte ihr ein Augenrollen ein.

Madeline seufzte. „Ja, ich mag ihn."

„Danke, dass du es zugibst. Du bist nicht der Typ, der mit einem Mann schläft, ohne ihn zu mögen."

„Woher weißt du, dass wir miteinander geschlafen haben?"

Shelby stöhnte. „Erwartest du darauf ernsthaft eine Antwort?"

Erneut seufzte Madeline. „Ich bin verwirrt."

„Du läufst weg."

„Nein. Ich kehre in die Stadt zurück, damit ich …" Da sie nicht zum dritten Mal innerhalb von zehn Sekunden seufzen wollte, ließ sie einfach den Kopf hängen. „Ich bin weggelaufen."

„Du bist vor jemandem weggelaufen, an dem dir etwas liegt. Nachdem du in seinem Haus eingeschneit warst. Zur Weihnachtszeit."

„Ich bin ein schrecklicher Mensch."

„Ich liebe dich trotzdem. Aber du solltest dir eine Erklärung überlegen. Also, wenn du ihn wiedersehen willst."

Oh nein! Den Teil hatte Madeline nicht durchdacht. Eine Sekunde lang überlegte sie, ob sie Shelby bitten sollte, umzudrehen, aber dann entschied sie sich dagegen. Sie wollte nachdenken, brauchte ein wenig Ruhe und musste sich wirklich dringend umziehen.

„Ich schicke ihm eine Nachricht“, sagte sie.

„Wie romantisch.“

„Hey, ich dachte, du bist auf meiner Seite.“

Shelby fuhr nach Fool’s Gold hinein. „Immer schön vorsichtig, Fräuleinchen. Ich habe die Bäckerei geschlossen und bin für dich den Berg raufgefahren. Vergiss das nicht.“

Madeline lächelte sie an. „Das werde ich nicht. Niemals.“

Erneut las Jonny die Nachricht. Sie war schlicht und auf den Punkt gebracht. *Ich habe Panik bekommen. Es tut mir leid. Können wir später reden?*

Er schätzte, er sollte sauer sein, aber ehrlich gesagt gefiel ihm, dass Madeline aufrichtig war. Die letzte Nacht war unerwartet gewesen – für sie beide.

Er hatte bereits geduscht und gefrühstückt. Jetzt wanderte er durch sein Haus und versuchte, herauszufinden, wie es sich so leer anfühlen konnte. Madeline war keine achtundvierzig Stunden bei ihm gewesen. Auf keinen Fall konnte sie so einen Einfluss auf ihn oder das Haus gehabt haben. Und doch lief er hier herum wie ein verlorener Welpe.

Er checkte seine E-Mails und blätterte dann in dem Drehbuch, das Madeline am Vortag gelesen hatte. Es wäre eine Veränderung für ihn. Etwas, das niemand erwartete. Er redete sich ein, dass es gut wäre, seine Komfortzone zu verlassen. Und wenn es schieflief, könnte er immer noch *Amish Revenge 3* drehen.

Gegen Mittag ertrug er seine eigene Gesellschaft nicht mehr. Er fuhr in die Stadt und parkte beim Paper Moon. Entschlossen ging er auf den Laden zu, erreichte die Tür – und wandte sich ab. Madeline arbeitete. Was sie einander zu sagen hatten, konnte warten. Immerhin war er kein Sechzehnjähriger nach seinem ersten Date.

Was alles total logisch klang, aber den Drang, sie zu sehen, nicht minderte. Schließlich drehte er sich in die andere Richtung und ging los.

Überall lag hoch aufgetürmt der Schnee. Die Straßen und Bürgersteige waren geräumt worden, und die Temperaturen waren weit genug gestiegen, dass das stete Tropfen von schmelzendem Schnee die Hintergrundmusik zu den Geräuschen von Musik, Motoren und Unterhaltungen bildete.

Er ging zum See, schaute kurz bei Morgan's Books hinein und landete schließlich bei Plants for the Planet. Obwohl er wusste, dass er ein Idiot war, trat er ein.

Zehn Minuten später ging er den gleichen Weg wieder zurück, aber dieses Mal mit zwei Dutzend roten Rosen in der Hand. Was für ein Klischee. Schlimmer noch, er wusste, dass er wie ein Trottel grinste, konnte aber nicht aufhören. Und es war ihm eigentlich auch egal.

Er zog die Tür zum Paper Moon auf. Madeline bediente gerade eine Kundin, und das Erste, was er hörte, war ihr Lachen. Sie und die Braut probierten verschiedene Schuhe zu dem auf Figur geschnittenen Kleid an, dessen Rock nach unten weit ausgestellt war. Die Braut, eine hübsche Brünette, wackelte auf den zwölf Zentimeter hohen Absätzen, während Madeline ihr ihren Arm zum Festhalten anbot.

„Ich wäre gern größer“, sagte die Braut lachend.

Madeline grinste. „Das verstehe ich, aber wie wichtig ist es dir, gehen zu können?“

„Du meinst, ich muss mich entscheiden?“

„Entweder das, oder du musst die Hochzeit nach Happily Inc verlegen. Dort gibt es eine Kleopatra-Zeremonie, bei der du in einer Sänfte heiraten kannst.“

„Wirklich?“

„Ja. Sie besteht aus einem Sessel, der von vier Männern getragen wird.“ Madeline grinste.

Die Braut wackelte wieder und drohte umzufallen. Jonny eilte zu ihr und fing sie in dem Moment auf, in dem sie kippte. Dabei achtete er sorgfältig darauf, die Rosen mit dem anderen Arm festzuhalten.

Sowohl die Braut als auch Madeline starrten ihn an.

„Wow“, stieß die Braut aufgeregt hervor. „Sie sehen aus wie ein Schauspieler … Mir fällt sein Name gerade nicht ein.“

Jonny zwinkerte ihr zu. „Das höre ich ständig.“ Er half ihr wieder auf die Füße. „Macht es Ihnen etwas aus, wenn ich Madeline für eine Sekunde entführe?“

„Nein, gar nicht. Ich werde hier stehen und mich per Gedankenkraft dazu zwingen, sechs Zentimeter zu wachsen.“

Madeline zögerte, dann nickte sie. „Ich bin gleich zurück.“

„Lass dir Zeit. Ich werde noch mal alle Schuhe anprobieren und meine Favoriten aussuchen.“

Madeline sah ihn an. „Gib mir eine Sekunde.“

Sie eilte in den Raum, in dem die Hochzeitskleider gelagert wurden, und kehrte mit einem hochlehnigen Stuhl zurück, den sie neben die Braut stellte.

„Halt dich daran fest. Ich will nicht, dass du umkippst.“

„Du bist so süß. Danke.“

Madeline lächelte sie an und wandte sich an Jonny. „Mein Büro?“, fragte sie.

Er folgte ihr den Flur hinunter in ihr Büro. Dort schloss er die Tür und sah Madeline an. In dem Moment wurde ihm bewusst, dass er keine Ahnung hatte, was er sagen sollte. Aber das war auch egal, denn in manchen Augenblicken wurde Reden vollkommen überbewertet.

Er legte die Rosen auf den Schreibtisch, zog Madeline an sich und küsste sie. Erleichtert registrierte er, dass sie die Arme um ihn schlang und sich an ihm festhielt, als wollte sie ihn nie wieder gehen lassen. Sein Mund verschmolz mit ihrem, und die vertraute Hitze und das Verlangen erfassten ihn.

Was ist das nur, wenn ich mit ihr zusammen bin? dachte er. Sein Blut sammelte sich in seinen Lenden, und seine Gedanken glitten von dem Grund seines Besuchs zu dem, was sie auf dem Schreibtisch alles anstellen könnten. Es war so eine sexy Mischung – Madeline machte ihn an, und gleichzeitig war er unglaublich gern mit ihr zusammen, egal, was sie taten.

Aber das hier war ihr Büro, und vorn wartete eine Kundin auf sie, also zog er sich widerstrebend zurück.

„Es tut mir leid“, sagte sie schnell und musterte ihn mit ihren blauen Augen. „Was heute Morgen passiert ist, meine ich.“

„Du hast Panik bekommen“, murmelte er in Erinnerung an ihre Nachricht.

„Ja. Ich bin aufgewacht, und wir waren nackt, und ich wusste nicht, was ich denken sollte. Mit dir zusammen zu sein war großartig.“ Sie biss sich auf die Unterlippe. „Aber auch verwirrend.“

Sie hat Angst bekommen, dachte er, und mit einem Mal verstand er ihre Reaktion. Sie waren Freunde, und sie half ihm mit der Hochzeit seiner Schwester. Aber sie hatten das, was sie füreinander waren, nie definiert. Sie waren kein Paar, also war das letzte Nacht nicht der nächste logische Schritt gewesen.

„Ich bin mit keiner anderen zusammen“, erklärte er ihr. „Aber ich würde gern mit dir zusammen sein.“

Ein zögerliches Lächeln breitete sich auf ihrem Gesicht aus, und ihre Wangen röteten sich. Sie sah ihn an, als hätte er gerade eine ganze Galaxie von Eindringlingen abgewehrt.

„Wirklich?“

Erneut küsste er sie. „Ja, wirklich.“

„Das möchte ich auch“, flüsterte sie.

Seine Brust wurde ein bisschen eng. Es war lange her, dass jemand mit ihm zusammen sein wollte, der ihm wichtig war. Aber es gefiel ihm, zu spüren, dass dieser Teil seines Herzens nicht komplett abgestorben war.

„Ich habe dir Rosen mitgebracht“, sagte er und zeigte auf die Blumen. „Ich habe mich für etwas Traditionelles entschieden.“

Sie nahm den Strauß und atmete den Duft der Rosen tief ein. „Sie sind wunderschön. Ich danke dir.“ Ein sehnsüchtiger Ausdruck huschte über ihr Gesicht. „Ich würde zu gern weiter mit dir reden, aber ich muss die Blumen ins Wasser stellen und mich dann wieder um meine Kundin kümmern.“

„Ich weiß. Sehen wir uns später?“

„Gern, ja.“

Er ging zur Tür und drehte sich noch einmal um. „Wir sind jetzt zusammen. Du und ich – ganz offiziell.“

„Das habe ich verstanden.“ Sie strahlte.

„Ich wollte es nur noch mal betonen. Nicht dass irgendein Tourist hier reinschneit und dich mir wegschnappt.“

„In meinen Laden kommen nicht gerade viele Singlemänner."

„Das ist nicht der einzige Grund, warum ich mir Sorgen mache."

Sie seufzte. „Du machst es mir sehr schwer, dir zu widerstehen."

„Gut."

Er verließ das Paper Moon. Die Sonne schien, und der Schnee funkelte hell. Überall, wo er hinschaute, sah er Weihnachtsschmuck und glückliche Menschen. Jemand rief ihm einen Gruß zu. Lächelnd erwiderte er ihn. Heute würde ein großartiger Tag werden.

Madeline hob ihr Glas mit Eistee. „Wir trinken auf dich", sagte sie lachend.

Noelle kicherte, als alle auf ihren Gewinn des jährlichen Wettbewerbs für die schönste weihnachtliche Schaufensterdekoration anstießen. „Wir haben es tatsächlich geschafft", sagte sie. „Gabriel und ich planen das Fenster schon seit August. Josh war uns dicht auf den Fersen, aber wir haben durchgehalten."

Jedes Jahr konkurrierten die Geschäfte in der Stadt um die schönste Festdekoration. Nun, nicht alle Geschäfte. Madeline und Isabel hatten darüber diskutiert, ob sie an dem Wettbewerb teilnehmen sollten, waren sich dann aber einig gewesen, dass keine von ihnen sonderlich großes Interesse daran hatte. Noelle und Josh hatten sich einen harten Wettkampf geliefert, und sich zwischen die beiden zu stellen hätte viel zu viel Aufwand bedeutet.

Stattdessen hatten sie sich im Paper Moon für eine stimmungsvolle, der Jahreszeit entsprechende Beleuchtung und ein paar glitzernde Schneeflocken entschieden. Ihre Kundinnen schienen damit glücklich zu sein, die Festtage wurden entsprechend gewürdigt, und sie gerieten nicht ins Kreuzfeuer des Wettbewerbs.

Bailey stellte ihr Glas ab. „Ich hatte ja keine Ahnung, dass du so ehrgeizig bist. Das kannst du gut verbergen."

Noelle seufzte. „Das bin ich normalerweise auch nicht. Aber irgendetwas an diesem Schaufensterwettbewerb hat mich total angespornt. Vielleicht liegt es daran, dass es ihn nur an Weihnachten gibt und ich den Weihnachtsladen der Stadt betreibe."

„Ich glaube, du verbirgst einen echten Killerinstinkt. Du musst ihn auf sichere Weise kanalisieren, sonst kriegen wir alle noch Probleme." Taryn zog eine Augenbraue hoch. „Ich weiß es! Isabel erwartete Drillinge. Du könntest versuchen, damit zu konkurrieren."

Abwehrend hob Noelle beide Hände. „Nein, danke. Ich gebe auf. Isabel gewinnt. Ein Kind zurzeit reicht mir völlig."

Isabel berührte ihren schnell wachsenden Bauch. „Ich bin nicht sicher, ob das ein Sieg ist oder nicht eher eine Form von Ausdauersport. Ständig schwanke ich zwischen der Vorfreude darauf, nicht mehr schwanger zu sein, und der Panik davor, wie das Leben mit Drillingen so sein wird."

Madeline wusste, dass Isabels Mutter und Schwiegermutter rund um die Uhr für sie da sein würden, sollten sie und ihr Mann das wollen, aber sie verstand auch das Dilemma ihrer Freundin. Drei Babys gleichzeitig? Wann sollte sie denn jemals schlafen?

Shelby beugte sich zu ihr. „Diese ganzen Gespräche über

Babys wecken in mir den Wunsch, nur noch Wasser aus Flaschen zu trinken. Irgendetwas stimmt doch nicht mit der Geburtenrate in dieser Stadt."

Madeline lachte leise. „Du weißt, dass es nicht am Wasser liegt, oder? Ich meine, müssen wir ein weiteres Gespräch über Bienen und Blumen führen?"

„Sehr lustig." Shelby sah auf Madelines Handy. „Oh, sieh nur, du hast eine neue Nachricht."

Madeline spürte, dass sie errötete. Sie hatte ihr Handy auf dem Tisch liegen lassen, aber den Ton ausgeschaltet. Es war wirklich albern, doch Jonny schrieb ihr Dutzende Nachrichten am Tag. Lustige kleine Botschaften, dass er gerade an sie dachte oder wie die Verhandlungen bezüglich des Dean-Woodley-Projekts liefen. Es war erst der zweite Tag als offizielle Freundin von Jonny Blaze, und sie musste sagen: Bisher war es ziemlich umwerfend.

Am Vorabend waren sie zusammen essen gegangen, und dann war er bei ihr geblieben. Es war magisch gewesen. Jetzt schaute sie sich um, ob irgendjemand auf sie achtete.

„Niemand weiß etwas", versicherte Shelby ihr leise. „Ich habe nichts gesagt."

Madeline sah, dass Shelby recht hatte. Alle unterhielten sich angeregt, und niemand hatte die Nachricht oder den Kommentar ihrer Freundin gehört.

„Ich bin einfach noch nicht bereit, damit an die Öffentlichkeit zu gehen", gab Madeline zu. „Ich weiß nicht, was die Leute sagen werden."

„Sie werden sich für dich freuen."

Madeline nickte, aber insgeheim fragte sie sich, ob sich nicht alle wundern würden, was Jonny wohl an ihr fand. Sie war weder berühmt noch schön noch exotisch. Sie war eine normale Frau, die in einer Kleinstadt lebte.

Larissa stürmte ins Restaurant und gesellte sich zu ihnen. „Sorry, dass ich zu spät bin", sagte sie und ließ sich auf den Stuhl neben Taryn fallen.

Taryn sah sie an. „Lass mich raten. Du hast etwas für Jack erledigt." Erneut richtete sie ihre Aufmerksamkeit auf die um den Tisch versammelten Frauen. „Es gefällt mir, dass Jack seine wahre Liebe als Trainer gefunden hat, aber wenn man ihn reden hört, könnte man meinen, er rettet die Welt."

„Ein Footballprogramm an der Universität von Fool's Gold auf die Beine zu stellen ist eine große Sache", verteidigte Larissa ihn. „Aber das ist nicht der Grund für meine Verspätung." Sie griff in ihre große Handtasche und holte einen Stapel Postkarten heraus. „Ich habe die hier abgeholt."

Sie reichte Taryn eine, dann verteilte sie die anderen.

Madeline sah, dass es eine Einladung für die Überraschungsparty war, die Larissa für ihren Ehemann gab. „Nächstes Jahr am Valentinstag", las sie laut vor.

„Was für ein Wochentag ist das?", fragte Shelby.

„Ein Sonntag", antworteten Larissa und Madeline im Chor.

Shelby schüttelte den Kopf. „Ich schätze, Larissa muss das wissen, weil sie da ihre Party schmeißt. Aber warum weißt *du* das?" Mit einem Mal strahlte sie. „Oh, das hat was mit Hochzeitskleidern zu tun, oder?"

„Ganz genau. Der Valentinstag ist bei Bräuten sehr beliebt. Ich kenne das Datum jedes wichtigen Feiertags im nächsten Jahr, ganz zu schweigen von jedem Samstag zwischen Mai und September."

„Die Frauen in meinem Leben sind alle so beeindruckend."

Taryn seufzte glücklich und wandte sich an Larissa. „Große Party?“

Larissa grinste. „Für Jack nur das Beste.“

„Guter Gott, du wirst ein Stadion anmieten, oder?“ Taryn beugte sich vor und umarmte ihre Freundin. „Wenn es dich glücklich macht, macht es mich auch glücklich.“

Madeline beobachtete, wie sich alle mit Larissa unterhielten. Die Gespräche wandten sich anderen Hochzeiten und anstehenden Feiern zu. Taryn sah Madeline an.

„Also“, sagte sie. „Wegen Jonny Blaze …“

Madeline erstarrte. Wie hatte Taryn das so schnell herausgefunden? Sie wusste, dass Shelby nichts gesagt hatte. Was genau *was* bedeutete? Waren sie zusammen gesehen worden? Hatte Madeline das verräterische Strahlen nach dem Sex mit einem unglaublichen Mann?

„Er hat sich heute Morgen bei mir gemeldet“, fuhr Taryn fort. „Er sagt, er will einen Batzen Spielzeug für die Sammlung spenden, aber sie seien noch nicht fertig, und du wüsstest davon. Irgendetwas darüber, dass sie noch bemalt werden müssen?“

Madelines Erleichterung wurde sofort von Schuldgefühlen und Panik erstickt. In der ganzen Aufregung über die Entwicklungen zwischen ihr und Jonny hatte sie das Spielzeug total vergessen. Die Welt wusste zwar nicht, dass sie miteinander schliefen, aber sie war ein schrecklicher Mensch, weil sie sich nicht um die Weihnachtsgeschenke für Kinder in Not gekümmert hatte.

„Das habe ich ganz vergessen.“ Sie presste sich die Hand auf ihr Herz. „Oh nein. Meinetwegen werden die Kinder nun kein Spielzeug bekommen.“

Taryn holte ihr Handy heraus und gab ihr Passwort ein. „Sei nicht albern. Niemandem wird das Weihnachtsfest verdorben. Wir werden einfach eine Anmal-Party schmeißen. Lass mich eben den Terminkalender der Schösslinge checken, um zu sehen, was ansteht. Wir haben bereits einen gemeinsamen Aktionstag geplant. Der ist zwar nur wenige Tage vor dem Ende der Spielzeugsammlung, aber so lange kann es ja nicht dauern, bis die Farbe trocknet."

Shelby tippte bereits eine SMS. „Ich frage mal bei Destiny und Starr nach. Die können sicher helfen."

Bailey hatte ihr Handy ebenfalls gezückt. „Ich schicke mir selbst eine Erinnerung. Taryn, sobald du Datum und Uhrzeit hast, verbreite ich die Nachricht. Madeline, lass mich wissen, wie viele Leute du brauchst."

Madeline schluckte gegen den Kloß in ihrer Kehle an. Natürlich, dachte sie erleichtert. Sie stand nicht allein da. Auf keinen Fall würde ihre Stadt die Kinder an Weihnachten hängen lassen. Sie könnte es noch so sehr vermasseln, es wäre immer jemand da, der ihr helfen würde, es wieder zu richten. Trotzdem musste sie sich der Tatsache stellen, dass sie das Spielzeug vergessen hatte. Aber das konnte warten. Im Moment mussten wichtigere Probleme gelöst werden.

Sie versprach, mit Jonny über die Werkstatt zu reden, damit sie entscheiden konnten, wie viele Leute noch hilfreich waren und ab wann es zu viele wären, um effizient arbeiten zu können. Dann wandte sich die Unterhaltung persönlicheren Themen zu. Isabel zog Taryn damit auf, welches Designerstück Angel ihr wohl dieses Jahr zu Weihnachten schenken würde, während Noelle und Bailey die besten Aufläufe für den ersten Weihnachtstag diskutierten.

Nach dem Lunch verließen Shelby und Madeline gemeinsam das Restaurant.

„Ist alles in Ordnung?“, fragte sie, als sie die Straße überquerten.

„Ich fühle mich immer noch schrecklich, weil ich das mit den Spielzeugen vergessen habe.“

„Du weißt, dass das Problem gelöst werden wird, oder? Du bist nicht der Grinch.“

„Ich war so mit Jonny beschäftigt, dass ich etwas Wichtiges vergessen habe.“

Shelby wartete, bis sie auf dem Bürgersteig angekommen waren, bevor sie sich ihr zuwandte. „Hör auf, dich selbst zu geißeln. Ehrlich, wann warst du das letzte Mal so verrückt nach jemandem?“

„Ich kann mich nicht erinnern.“

„Ganz genau. Also genieß jede Minute. Die Feiertage stehen vor der Tür. Du darfst Spaß haben. Die Spielzeuge werden angemalt, die Kinder werden glücklich gemacht, und du wirst weiter heißen Sex mit Du-weißt-schon-wem haben.“

Madeline umarmte ihre Freundin. „Du bist ein sehr netter Mensch.“

„Ja, so sagt man.“

Sie gingen weiter. Madeline öffnete ihre Jacke. „Mir ist so warm. Ich kann nicht glauben, dass wir vor zwei Tagen noch einen Schneesturm hatten. Es müssen mindestens zehn Grad sein.“

„Ja, ein sehr seltsames Wetter“, bestätigte Shelby. „Laut Vorhersage bleibt es noch bis morgen warm, dann werden wir von einem Polarwirbel getroffen. Es bestehen also noch Chancen auf eine weiße Weihnacht.“

„Ich hoffe, wir bekommen wenigstens ein bisschen Schnee. Die Kinder lieben das." Ganz zu schweigen davon, wie schön Gingers Hochzeit dadurch würde.

Sie erreichten das Paper Moon. Shelby lächelte. „Alles okay? Ich muss mir keine Sorgen machen, dass du dich den ganzen Nachmittag kasteien wirst?"

„Ich habe ein paar Termine, also habe ich keine Zeit für großartige Schuldgefühle. Aber vermutlich werde ich mich ein wenig hassen."

„Solange es nicht zu lange dauert. Du bist auch ein guter Mensch. Es ist okay, es ab und zu mal zu vermasseln. Wir lieben dich trotzdem."

„Danke."

Madeline betrat den Laden und ging in ihr Büro. Nachdem sie ihren Mantel aufgehängt hatte, setzte sie sich an ihren Schreibtisch. Neben ihrer Tastatur lag eine kleine goldene Schachtel. Sie sah, dass sie von dem örtlichen Süßwarenladen stammte.

Darin lag eine perfekte Trüffelpraline aus dunkler Schokolade. Ihre Lieblingssorte. Es gab auch eine kleine Nachricht, aber sie wusste schon, wer ihr die Süßigkeit geschickt hatte. Denn wenn Jonny eines war, dann aufmerksam.

Wie soll ich dem nur widerstehen? dachte sie und legte das Kästchen in ihre Schublade. Wie sollte sie die Sache leicht nehmen, wenn es jedes Mal, sobald sie mit ihm zusammen war, besser und besser wurde?

Wenn er nur … Wenn er nur mehr wollen würde. Aber das ist nur ein unrealistischer Wunschtraum, ermahnte sie sich ernst. Selbst wenn bald Weihnachten war und damit die Zeit für Wunder.

12. Kapitel

„Du weißt, dass du nicht hier sein musst, oder?“, fragte Madeline leise.

Jonny grinste sie an. „Ich kann nicht anders. Das ist besser als eine Realityshow.“

„Es ist ein Treffen wegen der Krippenszene. Wie kann das mit einer Fernsehsendung auch nur ansatzweise mithalten?“

„Ich will die Diskussion miterleben, welche Tiere zugelassen werden. Außerdem, wer weiß schon, was Eddie und Gladys noch so für einen Trumpf im Ärmel haben?“

„Du musst dringend wieder arbeiten.“

Er zwinkerte ihr zu. „Du würdest mich vermissen, wenn ich nicht da wäre.“

Das ist wahrer, als er ahnt, dachte sie, entschlossen, positiv und hoffnungsvoll zu bleiben.

In diesem Moment betraten Eddie und Gladys den Konferenzraum. Sie schauten sich um, sahen Jonny und setzten sich ihm gegenüber.

„Draußen ist es viel zu warm“, meinte Gladys und zog ihren Mantel aus. „Wir haben bald Weihnachten, und der Schnee schmilzt.“

„Es soll bald wieder kalt werden“, erklärte Madeline ihr.

„Ich hoffe, du hast recht. Die Jahreszeiten gibt es ja nicht ohne Grund.“

„Achte gar nicht auf sie“, warf Eddie ein. „Sie erlebt gerade einen persönlichen Sommermoment.“

Madeline war nicht sicher, was sie darauf antworten sollte, und konnte sich nicht vorstellen, was Jonny wohl dachte. Aber er hatte bleiben wollen, also geschah es ihm ganz recht.

„Nette Shirts“, sagte er.

Madeline sah, dass die beiden alten Ladys ihre schicksten Bowlinghemden trugen. Die pinken, auf die in bunten, großen Lettern der Name ihres Teams eingestickt war.

„Heiße junge Dinger“, las er laut vor. „Gutes Marketing.“

Stolz plusterte Eddie sich auf. „Sind die nicht schick? Gideon und sein Radiosender sponsern uns.“ Ein verschlagener Ausdruck stahl sich auf ihr Gesicht. „Wenn du allerdings daran interessiert wärst, uns zu unterstützen, können wir gern darüber reden.“

„Sie müssten darum ringen“, sagte Gladys ausdruckslos. „Nackt.“

„Nackt wäre schön.“ Eddie schaute Jonny an. „Interessiert?“

„Lasst mich darüber nachdenken. Das Angebot ist sehr verlockend.“

Eddie wirkte nicht überzeugt. „Du ziehst uns auf, oder? Du hast überhaupt nicht vor, nackt zu ringen.“

„Oder angezogen“, gab er zu. „Aber euch das Bild einzupflanzen, ist mein Weihnachtsgeschenk an euch.“

Die alten Ladys schauten einander an, dann wieder ihn. „Das ist gut“, gab Gladys zu.

Das Meeting begann. Dr. Galloway setzte ihre Lesebrille auf und schlug die Mappe vor sich auf.

„Wir werden sowohl das Hängebauchschwein als auch die in Ohnmacht fallende Ziege bei der Krippenszene dabeihaben", sagte sie. „Außer, es wird für die Ziege zu viel. Niemand will sie so verängstigt sehen, dass sie ständig umkippt."

„Ich schon", murmelte Eddie.

„Wird jemand vor Ort sein, um die Ziege im Zweifelsfall nach Hause zu bringen?", fragte Madeline.

„May Stryker hat angeboten, die Ziege zu händeln." Dr. Galloway runzelte die Stirn. „Ist das das richtige Wort? Oder macht man mit Ziegen etwas anderes?"

„In einigen Teilen der Welt gibt man sie in einen Eintopf", schlug Gladys vor.

„Ich ignoriere dich", sagte Dr. Galloway, ohne von ihren Papieren aufzusehen.

„Das tust du immer."

Jonny beugte sich zu Madeline. „Das muss man doch einfach lieben", murmelte er. „Es ist großartig."

„Irgendwann wird sich das alles gegen dich wenden und dir in den Hintern beißen", erwiderte sie flüsternd. „Das kann ich dir quasi garantieren."

Dreißig Minuten später waren die letzten Einzelheiten für das Krippenspiel besprochen. Jonny und Madeline gingen nach draußen. Es war immer noch ungewöhnlich warm. Überall schmolz der Schnee, und die Straßen waren nass und matschig.

„Wenn es wieder friert, wird das die reinste Rutschpartie", bemerkte Madeline.

Jonny beugte sich vor und küsste sie. „Dann sollten wir sichergehen, dass du bei mir bist. Du weißt schon, damit du wieder festsitzt."

„Deine Art zu denken gefällt mir."

Bevor sie noch mehr sagen konnte, wurden sie beide vom Geräusch durchdrehender Reifen abgelenkt. Sie wandten sich um und sahen, dass Eddie und Gladys im Schneematsch feststeckten und die Reifen ihres Wagens keinen Halt fanden.

Eddie ließ das Fenster auf der Fahrerseite hinunter und winkte sie zu sich.

„Jonny, du musst schieben", sagte sie. „Sag, wann du so weit bist, dann gebe ich Gas."

Madeline kämpfte gegen das Gefühl drohenden Unheils an. Sie wusste einfach, dass das nicht gut enden würde.

„Sei vorsichtig", sagte sie zu Jonny.

Er nickte und ging einmal um den alten Wagen herum, um sich die Reifen anzusehen. Als er sich tief über das Vorderrad auf der Fahrerseite beugte, hielt Eddie ihr Handy aus dem Fenster und machte ein Foto.

„Ernsthaft?", rief Madeline. „Kannst du ihm nicht mal eine Pause gönnen?"

„Ich habe seinen nackten Hintern gesehen", rief Eddie zurück. „Der ist schon das eine oder andere Foto wert."

Madeline war nicht sicher, ob Jonny den Schlagabtausch mitbekam oder nicht. Vermutlich war er es gewohnt, angestarrt zu werden. Er kam zu ihr zurück, zog sich die Jacke aus und zeigte auf das Auto.

„Kannst du dafür sorgen, dass sie sich konzentriert? Ich werde ihren Wagen nicht anschieben können, wenn sie nicht etwas Gas gibt."

„Ich werde mich bemühen."

Sie legte seine Jacke über ihren Arm und ging auf Eddie zu. „Du musst jetzt aufpassen."

„Nein. Muss ich nicht. Er ist ein attraktiver Mann."

„Ihr steckt fest, und wenn ihr nicht hierbleiben wollte brauchen wir deine Hilfe."

Eddie schaute von ihr zu Jonny und seufzte dann schwer. „Okay. Wir müssen zur Weihnachtsfeier von unserer Bowlingliga."

Gladys nahm ihr das Handy ab, und Eddie winkte Jonny zu. Madeline trat zurück.

„Sie sind bereit", rief sie ihm zu.

Inzwischen hatten sich ein paar Zuschauer versammelt. Mehrere Männer gesellten sich zu Jonny an das Heck des Wagens. Gemeinsam wollten sie das Auto anschieben. Madeline trat einen Schritt zurück, dann noch einen und rutschte genau in dem Moment in einer Matschpfütze aus, als Eddie aufs Gas trat und die große Limousine nach vorn und scharf nach links schoss. Madeline sah sie kommen und wusste, dass sie aus dem Weg springen sollte, aber sie war immer noch im Fallen begriffen.

„Sofort bremsen!", rief Jonny und eilte zu ihr.

Er packte sie, während sie versuchte, auf den Beinen zu bleiben, aber der Wagen kam immer weiter auf sie zu, und dann schubste Jonny sie hart zur Seite. Sie rutschte und schlingerte, bevor sie in einem feuchten Schneehaufen landete. Ihr Körper registrierte die Kälte und Feuchtigkeit, doch sie ignorierte es. Stattdessen wirbelte sie herum und sah Jonny halb unter dem schweren Wagen liegen.

„Nein!" Sie krabbelte auf ihn zu.

Eddie hatte bereits angehalten und war dabei, die Tür zu öffnen. Die Männer, die beim Schieben geholfen hatten, eilten an Jonnys Seite.

„Mir geht es gut", sagte er und fing an, unter dem Wagen hervorzurutschen.

„Du solltest auf den Krankenwagen warten“, sagte einer der Männer.

„Braucht er eine Mund-zu-Mund-Beatmung?“, fragte Gladys, als sie vorn um den Wagen herumkam.

Inzwischen war Madeline bei ihm angekommen. „Geht es dir gut?“

Er nickte. „Es ist nichts gebrochen.“ Er wollte aufstehen, zuckte dann aber zusammen und stieß einen Fluch aus.

„Was ist?“, wollte Madeline wissen. Sie hatte panische Angst, dass ihm etwas Ernsthaftes zugestoßen war. „Dein Rücken? Deine Beine? Blutest du?“

In der Ferne ertönte das Heulen einer Sirene. Jemand hatte den Notruf gewählt.

Jonny stöhnte. „So schlimm ist es nicht. Wirklich.“

„Zu spät“, erklärte sie ihm. „Die Kavallerie ist bereits auf dem Weg, und du wirst dich einfach damit abfinden müssen.“

Die gute Nachricht war, dass die Sanitäter sich einverstanden erklärt hatten, Jonny ohne Sirenengeheul ins Krankenhaus zu fahren. Eddie und Gladys hatten angeboten, vorauszufahren, doch zum Glück hatte Madeline ihnen erklärt, dass sie bereits genug Unheil für einen Tag angerichtet hatten. Die beiden alten Ladys hatten sich zu ihrer Weihnachtsparty der Bowlingliga aufgemacht und Jonny der demütigenden Erfahrung überlassen, sich vor der halben Stadt in den Krankenwagen schieben zu lassen.

„Mir geht es gut“, versicherte er Madeline zum vierten Mal, seitdem er vom Röntgen zurückgekommen war. Er ignorierte den pochenden Schmerz und das Blut, das in das Handtuch sickerte, das man ihm gegeben hatte. „Nur ein paar Kratzer und eine Verstauchung, mehr nicht."

Sie wirkte nicht überzeugt. „Es sieht schlimm aus."

Seine linke Hand hatte es ziemlich böse erwischt. Die Prellung breitete sich immer weiter aus, dazu gab es ein paar tiefe Schnitte, die genäht werden mussten, und sein Handgelenk war geschwollen. Es tat außerdem höllisch weh, aber das würde er nicht erwähnen. Sie machte sich so schon genügend Sorgen.

„Ich hätte nicht ausrutschen dürfen", sagte sie.

Sie hatte auf dem einzigen Besucherstuhl des kleinen Behandlungszimmers Platz genommen. Er saß im Bett, weil er sich weigerte, sich hinzulegen. Das käme einer Niederlage gleich.

„Hattest du denn geplant auszurutschen?", fragte er.

„Nein."

„Bist du absichtlich ausgerutscht?"

„Natürlich nicht."

„Dann ist es nicht deine Schuld. Schieb's aufs Wetter. Oder darauf, dass ich darauf bestanden habe, dich zu dem Treffen zu begleiten."

„Du gibst nicht Eddie und Gladys die Schuld?"

„Nein, die beiden fühlen sich so schon schlecht genug."

Die alten Damen hatten bereits zweimal angerufen, um zu fragen, wie es ihm gehe.

Der Arzt trat ein und zog sich einen Hocker heran. „Gabriel Boylan", stellte er sich vor. „Sie sind Rechtshänder?"

Jonny hob seine verletzte linke Hand und nickte. „Glück gehabt, was?"

„Noch mehr Glück wäre es gewesen, wenn Sie sich gar nicht erst verletzt hätten. Hey, Madeline."

Jonny schaute zwischen ihnen hin und her.

„Gabriel ist mit meiner Freundin Noelle verheiratet. Seinem Bruder gehören ein paar örtliche Radiosender." Sie presste die Lippen zusammen, als fürchtete sie, schon wieder draufloszuplappern. „Geht es ihm gut?"

Gabriel sah Jonny an. „Habe ich die Erlaubnis, vor ihr über Ihren Gesundheitszustand zu sprechen?"

„Sicher."

Gabriel tippte auf seinem Tablet herum, dann drehte er es so, dass sie beide die Röntgenaufnahmen sehen konnten. „Sie haben sich nichts gebrochen, sondern sind nur ein wenig durchgeschüttelt worden. Die nächsten paar Tage werden Sie noch Schmerzen haben, aber das wird alles wieder. Einige der Schnitte müssen wir nähen, damit sie besser heilen."

Der Arzt fuhr fort, ihm Anweisungen für die Versorgung und Pflege seiner Hand zu geben. Dann unterhielten sie sich kurz über Schmerzmittel und darüber, wie lange Jonny die Hand kühlen sollte.

„Ich habe so was schon mal gemacht", sagte er, ohne nachzudenken, und bereute es sofort. Das Letzte, was er wollte, war, über seine Verletzungen bei den verschiedenen Dreharbeiten zu sprechen. Seine Hand tat immer stärker weh, und auch wenn er wusste, dass sie heilen würde, verstand er doch, dass es erst einmal schlimmer würde, bevor der Schmerz irgendwann nachließ.

„Was? Sie haben schon mal ein fahrendes Auto mit den Händen aufgehalten?" Gabriel wandte sich an Madeline. „Bist du von dem Auto getroffen worden?"

„Nein. Ich war zu sehr damit beschäftigt, in den Schneematsch zu fallen."

„Hast du dir den Kopf gestoßen? Deine Hüfte? Die Knie?“

Sie hob beide Hände, wie um zu zeigen, dass alles gut war. „Ich bin nur nass. Die Landung war weich, und das Einzige, was mich quält, ist mein Schuldgefühl.“

Gabriel richtete seine Aufmerksamkeit wieder auf Jonny. „Okay, ich komme gleich wieder, um Sie zusammenzuflicken, dann stelle ich Ihnen noch ein Rezept aus. Lassen Sie es die nächsten ein bis zwei Tage ruhig angehen. Nicht mehr den Helden spielen.“ Er stand auf und ging zu Madeline, um ihr die Schulter zu tätscheln. „Und du hältst dich besser auch aus Ärger raus.“

„Ich werde mich bemühen.“

Nachdem der Arzt das Zimmer verlassen hatte, wandte Madeline sich an Jonny. „Du hast mich gerettet. Das weiß ich. Du hast dich in Gefahr gebracht, damit ich nicht von einem Auto angefahren werde.“

Tränen stiegen ihr in die Augen.

Er war ein typischer Mann, der eine Frau nicht weinen sehen konnte, aber vor allem nicht die, mit der er zusammen war. Sicher, es war schön, dass sie sich um ihn sorgte, aber Tränen? Er würde beinahe alles tun, um die Flut aufzuhalten. Zum Glück klingelte in dem Moment ihr Handy.

„Da solltest du rangehen“, sagte er.

„Dadurch werde ich aber auch nicht vergessen, was du für mich getan hast“, versprach sie und nahm den Anruf entgegen. „Hallo?“

Er beobachtete sie, während sie telefonierte. Madeline runzelte leicht die Stirn, dann schüttelte sie den Kopf. „Ich habe keinen Platz. Vier Hunde? Ich weiß, es ist nur für ein paar Tage, aber ich arbeite. Ich kann sie nicht den ganzen Tag allein in meinem Haus lassen, und ich glaube nicht, dass ich es schaffe, zwischendurch nach Hause zu kommen, um mit ihnen spazieren zu gehen." Sie hörte eine Sekunde zu und errötete. „Nein. Das werde ich ihn nicht fragen. Du weißt schon, dass wir gerade in der Notaufnahme sind, oder? Ja, er ist von einem Auto angefahren worden." Es folgte eine weitere Pause. „Eddie und Gladys. Nein, es geht ihm gut, es ist nur …"

Sie seufzte. „Es muss doch jemanden geben, der sie nehmen kann. Ich helfe auch gern und übernehme einen Spaziergang oder so."

„Was ist los?", fragt er.

„Eine Sekunde", sagte sie ins Telefon und nahm es dann vom Ohr.

„Am Samstag ist der Tag des Gebens."

„Noch ein Fool's-Gold-Festival?"

„Ja. Die örtlichen Wohltätigkeitsvereine stellen ihre Programme vor. Außerdem gibt es eine große Tiervermittlung. Die ist immer sehr erfolgreich, also bringen sie Tiere aus dem ganzen Staat hierher. Gerade sind ein paar Hunde angekommen, die bis Samstag einen Platz brauchen."

Jetzt ergab ihre Unterhaltung einen Sinn. „Du hast recht", sagte er. „Du kannst dich auf keinen Fall um vier Hunde kümmern. Dazu ist dein Haus nicht groß genug, und du musst ja auch tagsüber im Paper Moon sein."

„Ich weiß. Ich fühle mich trotzdem schlecht."

„Sie können bei mir bleiben."

Verwirrt starrte sie ihn an. „Wie bitte? Du bist verletzt."

„Ich habe mir die Hand verstaucht und nicht das Bein gebrochen. Ich komme schon mit ein paar Hunden klar." Er dachte an die große, weite Fläche um das Haus herum. Die wäre für Hunde doch geradezu ideal.

„Es sind vier. Wie willst du sie alle an der Leine halten, um mit ihnen spazieren zu gehen? Das ist zu viel."

„Du könntest mir helfen."

Er hatte das Gefühl, dass Madeline auch so nichts dagegen hätte, Zeit bei ihm zu verbringen, aber ein paar Schuldgefühle wegen der armen Hunde würden sicher nicht schaden. Und wenn sie sich um ihn kümmerte, während sie ein paar flauschige Vierbeiner mit Liebe überschüttete, umso besser. Denn mit Madeline zusammen zu sein war der beste Teil seines Tages, und er hatte keine Skrupel, ein paar heimatlose Tiere auszunutzen, um seine Freundin zu ermutigen, in seiner Nähe zu bleiben.

„Es ist Weihnachten", fügte er noch hinzu. „Haben diese armen Hunde denn nicht auch eine Chance verdient, eine Familie zu finden?"

Misstrauisch beäugte sie ihn, dann seufzte sie. „Gut. Aber wenn du nicht schläfst, weil du von zu vielen Vierbeinern überwältigt bist, sag nicht, dass ich dich nicht gewarnt hätte."

„Werde ich nicht."

Obwohl er es Madeline gegenüber abgestritten hatte, erwartete Jonny, dass ihm vier Hunde im Haus zu viel sein würden. Er hatte seit seiner Kindheit kein Haustier mehr gehabt, und von null auf vier war ein ganz schöner Sprung. Hinzu kam, dass er nicht damit gerechnet hatte, dass neben den vier Hunden auch noch die halbe Stadt bei ihm auftauchen würde.

Nachdem seine Wunden genäht worden waren, war er aus dem Krankenhaus entlassen worden. Madeline hatte darauf bestanden, ihn zu fahren, doch erst hatten sie noch sein Rezept einlösen müssen. Als er endlich zu Hause ankam, standen bereits drei Autos auf seinem Hof. Zwei gehörten den ehrenamtlichen Mitarbeitern des Tierheims, die die Hunde abgeben wollten. Das andere gehörte einer Frau, die er noch nie getroffen hatte, die aber ein paar Kekse und einen Obstsalat vorbeibringen wollte.

„Für die Zeit Ihrer Rekonvaleszenz", sagte sie und gab Madeline das Essen, bevor sie wieder in ihren Wagen stieg. „Alles Gute."

„Danke, Maeve", rief Madeline ihr hinterher.

„Wer war das?", fragte Jonny.

„Isabels Schwester."

„Isabel vom Paper Moon? Woher weiß sie, dass ich verletzt bin?"

Madelines Miene wirkte mitleidig. „Das weiß jeder, Jonny. Und das ist nur der Anfang."

Sie hatte recht. Kaum war er seinen vorübergehenden Pflegehunden vorgestellt worden, tauchten Eddie und Gladys auf. Sie rauschten ins Haus und bestanden darauf, sich seine Wunden anzusehen. Eddie umarmte ihn fest. Sie war dünn und fühlte sich so schmal und zerbrechlich an. Wenn sie normalerweise kess daherquasselte und seinen Hintern abcheckte, wirkte sie immer überlebensgroß, aber nun kam sie ihm winzig und alt vor.

„Es tut mir leid", sagte sie mit zitternden Mundwinkeln, während ihr die Tränen in die Augen stiegen. „Ich wollte dich nicht verletzen und fühle mich schrecklich." Sie schniefte und schluckte schwer. „Wir werden deinen Hintern nicht in unserer Sendung zeigen. Das wäre nicht richtig."

Er hatte ihre Sendung ein paar Mal gesehen und wusste, dass der Wettbewerb mit den nackten Hintern das beliebteste Segment war. Er nahm Eddies Hand in seine unverletzte und schüttelte den Kopf.

„Ihr werdet meinen Hintern aber so was von zeigen, und ich werde den Wettbewerb gewinnen, hörst du?"

„Dann bist du nicht böse?", fragte Gladys.

„Nein, bin ich nicht." Es war ein Unfall gewesen. Er war eher erleichtert, dass Madeline nichts passiert war, als böse über seine Verletzungen.

„Wir gehen mit den Hunden spazieren", sagte Eddie. „Das ist das Mindeste, was wir tun können. Ich habe Erfahrung. Schließlich habe ich selbst einen kleinen Hund. Marilyn. Nach Marilyn Monroe. Sie ist ein Chiweenie."

„Ein was?"

„Eine Mischung aus Dackel und Chihuahua. Sie ist sehr süß. Es ist nett, Gesellschaft zu haben. Okay, sammeln wir die Hunde ein."

Jonny war nicht sicher, ob zwei über Siebzigjährige mit vier Hunden spazieren gehen sollten, aber bevor er seine Sorge zum Ausdruck bringen konnte, tauchten drei Teenager auf. Sie erklärten, dass sie gekommen sein, um zu helfen, schlossen sich Eddie und Gladys an und verließen gemeinsam mit ihnen und den Hunden das Haus.

Jonny schaute sich in seinem Wohnzimmer um, in dem große Hundekissen, Körbchen und Futterbeutel lagen. Er konnte in die Küche sehen, wo Madeline das Essen sortierte, das die vielen Menschen abgegeben hatten. Zusätzlich zu den traditionellen Aufläufen gab es Teller mit Keksen, Torten und Kuchen sowie einige Sixpacks Bier.

„Na, erschöpft?“, fragte sie fröhlich.

„Ein bisschen.“

Sie bestand darauf, dass er eine Schmerztablette nahm, damit die Hand nicht so wehtat, doch plötzlich war er nach all der Aufregung unsagbar müde. Lächelnd klopfte er auf das Sofakissen neben sich. Madeline kam aus der Küche und setzte sich.

„Wie geht es dir?“, fragte er. „Immer noch keine Nachwirkungen?“

„Nein, keine einzige. Wie schon gesagt, ich habe mich nicht verletzt.“ Sie musterte ihn. „Geht es dir wirklich gut?“

„Ich schwöre.“ Vor allem wenn sie so nah war. Langsam beugte er sich vor und küsste sie.

Plötzlich ging die Haustür auf, und Eddie und Gladys kamen herein. Sie hatten einen der Hunde bei sich.

„Sie ist fertig“, verkündete Eddie. „Die anderen wollten herumtoben, aber sie hier hat nur ihr Geschäft verrichtet und wollte wieder rein.“

Madeline stand auf und nahm ihr die Leine ab, dann las sie das Schild am Halsband. „Sie heißt Raven.“

Jonny musterte den schwarzen Labrador. Die Hündin war dünn, hatte einen kleinen weißen Fleck an ihrem Kinn und gütige braune Augen. Als sie sich umschaute, wirkte sie zugleich traurig und zögerlich, als wäre sie nicht sicher, was als Nächstes passieren würde.

Er hatte die Papiere von allen vier Hunden. Mit seiner unverletzten Hand schlug er die Mappe auf.

„Raven ist beinahe acht. Ihre Familie konnte sie nach dem Umzug in eine Wohnung nicht behalten, und nun ist sie seit beinahe sechs Monaten in einer Pflegefamilie.“

Um Madelines Mund zuckte es. „Das ist schrecklich.“ Sie streichelte Raven. „Ist schon gut, mein Mädchen. Wir finden ein neues Zuhause für dich. Darum geht es am Samstag ja.“

Ravens Blick war ruhig, aber sie wedelte nicht mit dem Schwanz. Nach ein paar Minuten trottete sie zu einem der Körbchen und legte sich hinein.

Eddie und Gladys versprachen, am nächsten Tag wieder vorbeizukommen, um mit den Hunden zu helfen. Madeline begleitete sie zum Wagen. Als sie wegfuhren, kamen die Teenager mit den anderen Hunden zurück. Sie halfen ihr, das Futter für alle zuzubereiten. Jonny fiel auf, dass Raven sich sehr zurückhielt. Als sie keine Anstalten machte, sich ihrem Futternapf zu nähern, ging einer der anderen Hunde darauf zu.

„Nicht so schnell“, sagte er und hob die Schüssel hoch, um sie in die Vorratskammer zu tragen. Dann kehrte er in die Küche zurück, führte Raven in die Kammer und schloss die Tür.

Die Hündin schaute von ihm zur Schüssel und wieder zurück.

„Ist schon gut“, sagte er. „Komm, Raven, du musst doch Hunger haben. Ich setze mich zu dir.“

Er zog sich einen Hocker heran und nahm Platz. Dann tippte er mit dem Finger gegen den Metallrand der Schüssel. Die Hündin machte einen zögerlichen Schritt darauf zu, dann noch einen. Schließlich war sie nah genug, um mit dem Fressen anfangen zu können.

Jonny saß schweigend dabei, während sie auffraß. Als sie fertig war, streichelte er ihr den Rücken, dann ihr Gesicht. In ihren braunen Augen war keine Hoffnung mehr zu sehen.

„Du hast alle verloren, hm?“, sagte er leise. „Sie sind weggegangen, und du verstehst es bis heute nicht.“

Er wusste nicht, welche Umstände die vorherigen Besitzer dazu gebracht hatten, den Hund abzugeben. Sie könnten völlig verstört gewesen sein – oder es hatte sie nicht im Geringsten interessiert. Wie auch immer, Raven hatte ihr Rudel verloren. Sie war an einen fremden Ort gebracht worden und hatte ihre Tage vermutlich damit verbracht, auf die Rückkehr ihrer Familie zu warten.

Sie war dünn und untergewichtig. Er fragte sich, ob die anderen Hunde, mit denen sie sich die Pflegefamilie geteilt hatte, den Großteil ihres Futters gefressen hatten. Er glaubte nicht, dass es viel bedurfte, um sie von ihrem Napf zu vertreiben.

„Alles wird gut“, versicherte er ihr.

Sie drehte sich weg, als verstünde sie ihn, glaubte es aber nicht. Er schätzte, damit lag sie nicht falsch. Wie konnte er wissen, was bei der Vermittlungsaktion am Samstag passieren würde?

„Manchmal muss man einfach etwas Vertrauen haben“, erklärte er der Hündin und erkannte sofort, dass er selbst nicht allzu viel davon besaß. Die Worte seiner Schwester schienen in dem kleinen Raum nachzuhallen. Ihre Behauptung, dass er so viel Angst davor hatte, wieder jemanden zu verlieren, dass er es gar nicht erst riskierte, sich auf diese Person einzulassen. Dass er sich zurückhielt, weil die Alternative war, eine Verbindung einzugehen und womöglich wieder enttäuscht zu werden.

Er tätschelte Ravens Kopf, und sie wedelte zaghaft mit dem Schwanz. Dann blieb sie wieder ganz ruhig stehen. So als wäre der Preis, an eine bessere Zukunft zu glauben, einfach zu hoch.

13. Kapitel

„Ich hätte doch helfen können“, grummelte Jonny auf seinem Barhocker am Küchentresen, als Madeline den letzten Teller in die Geschirrspülmaschine stellte.

„Du hast keine Gummihandschuhe“, bemerkte sie. „Und dein Verband darf nicht nass werden. Außerdem sind es ja nur ein paar Teller.“

Was sie nicht sagte, war, dass sie es mochte, in seiner Küche herumzuwerkeln. Sie war so schön groß und hell. Die Oberlichter ließen viel Tageslicht herein. Die Armaturen waren neu und effizient. Ich könnte mich an so eine Küche gewöhnen, dachte sie amüsiert.

Und die visuellen Vorzüge waren auch nicht zu verachten. Jonny sah gut aus – wie immer. Ein wenig zerzaust vielleicht. Vor dem Dinner hatte sie versucht, ihn zu überreden, noch eine Schmerztablette zu nehmen. Er hatte sich jedoch widersetzt, und als sie nun die Linien um seinen Mund betrachtete, fragte sie sich, ob er Schmerzen hatte. Seine Hand war zwar nicht gebrochen, aber dennoch ziemlich mitgenommen. Und die Schnitte mussten wehtun.

Sie wusch sich die Hände und trocknete sie an einem Geschirrhandtuch ab. Dann ging sie zu seinen Medikamenten und schüttete sich eine Tablette in die Hand, die sie ihm reichte.

„Ich will nicht …“, setzte er an.

Sie ging zur Spüle und füllte ein Glas mit Wasser. „Bitte sei vernünftig."

„Aber ich …"

Sie stellte das Glas vor ihn und stemmte die Hände in die Hüften. „Lass es lieber. Ich kann sehr energisch werden. Vertrau mir, das ist eine Seite an mir, die du lieber nicht kennenlernen willst."

Er lächelte. „Ja, ich zittere vor Angst." Er nahm die Tablette und spülte sie mit einem Schluck Wasser herunter. „Aber diese herrische Art ist schon ein wenig sexy."

„Du magst es laut? Das überrascht mich."

„Du hast es ja nur angedroht. Ich habe es nicht wirklich gehört." Er stand auf. „Wollen wir noch mal mit den Hunden raus, bevor wir uns einen Film ansehen?"

„Klar."

Es war immer noch warm draußen. Warm und matschig, dachte sie, als sie die Leinen einsammelte. Allein das Klimpern der Karabinerhaken reichte, damit die Hunde angelaufen kamen. Alle außer Raven, die zwar den Kopf hob, aber nicht aufstand.

„Komm schon, Raven", rief Jonny fröhlich. „Wir gehen auch ganz langsam."

Die ältere Hündin erhob sich und trottete auf ihn zu.

„Sie tut mir so leid", gestand Madeline. „Die anderen Hunde sind freundlich und aktiv, was bedeutet, dass es keine Probleme geben wird, sie zu vermitteln. Ich hoffe, dass jemand sich die Zeit nimmt, um zu erkennen, dass Raven eigentlich ein ganz süßes Mädchen ist."

„Ich auch." Jonny streichelte der Hündin den Rücken, bevor er die Leine an ihrem Halsband befestigte.

Gemeinsam gingen sie nach draußen.

Madeline bestand darauf, die anderen drei Hunde zu nehmen, sodass Jonny sich nur um Raven kümmern musste. Sie wollte nicht, dass er seine verletzte Hand benutzte.

Sie gingen die Auffahrt hinunter und drehten an der ersten Scheune um. Der Abend war klar und der Himmel voller Sterne.

„Zu schade, dass du keinen Blick auf die Stadt hast“, sagte sie. „Das wäre heute Abend sehr hübsch.“

„Bestimmt.“

„Wenn wir nur hören könnten, was sie über dich flüstern.“

Er lachte leise. „Ich bezweifle, dass sie sich die Mühe geben zu flüstern.“

„Hast du deiner Managerin erzählt, was passiert ist?“

„Nein. Annelise würde sich nur Sorgen machen, und das muss sie nicht. In ein paar Tagen bin ich wieder so gut wie neu.“

„Das Ganze wäre eine gute Gelegenheit gewesen, um aus dem Hinternwettbewerb rauszukommen. Eddie hat sich wirklich schuldig gefühlt.“

„Aber das wollte ich nicht. Glaubst du, ich überlasse den Sportlern die ganze Ehre? Auf keinen Fall.“

Eine interessante Einstellung, dachte sie. Jonny schätzte seine Privatsphäre. Er war ganz hier herausgezogen, um seinem Starstatus zu entfliehen. Und doch war er gewillt, seinen nackten Hintern von ein paar alten Ladys im Fernsehen zeigen zu lassen.

Sie war nicht sicher, was das über ihn aussagte. Offensichtlich hatte der Geist der Stadt ihn schon ergriffen. Ihr gefiel, dass er dazugehören wollte. Aber der ehrgeizige Zug war auch interessant. Und irgendwie sexy.

„Bevor du dichs versiehst, bietest du dich noch an, dich auf dem Máa-zib-Festival opfern zu lassen."

„Ich weiß gar nicht, was das ist."

„Es ist ein Fest zu Ehren der ersten Siedler in der Gegend. Vor Hunderten von Jahren hat eine Gruppe Maya-Frauen ihr Dorf verlassen und ist gen Norden gezogen. Sie haben sich hier niedergelassen und eine matriarchalische Gesellschaft gegründet. Jedes Jahr reitet eine Kriegerin auf einem Pferd durch die Stadt. Das Pferd tanzt, und dann schneiden sie dem männlichen Opfer das Herz heraus. Natürlich nur im übertragenen Sinne."

„Gut zu wissen. Und dafür bietest du mich an? Ich dachte, du magst mich."

„Das tue ich, aber du versuchst, hier dazuzugehören. Ich will dir dabei helfen."

Er lachte. „Auf diese Hilfe verzichte ich lieber."

„Angsthase."

„Ich würde mein Herz gern behalten und nicht auf dem Teller irgendeiner Kriegerin sehen."

„Sie schneiden es nur raus, aber sie essen es nicht."

„Trotzdem."

Sie gingen den Kiesweg entlang. Die Hunde erledigten ihr Geschäft und hielten immer wieder an, um zu schnüffeln. Der Abend war so still. Madeline spürte einen kalten Lufthauch auf den Wangen. Als sie sich in die Richtung drehte, fühlte sie den Temperatursturz.

„Die Kaltfront", flüsterte sie. „Sie ist genau hier."

Sie blieben stehen und atmeten die kalte Luft ein. Raven drängte sich näher an Jonny, als bereitete ihr die Temperatur Sorgen. Als sie beide anfingen zu zittern, kehrten sie ins Haus zurück.

„Lebt der Geist der Máa-zib hier noch weiter?“, fragte er.

„Natürlich. Die Spielzeugsammlung für die Kinder gehört zu den Traditionen der Zukünftigen Kriegerinnen der Máa-zib. Das ist ein wenig wie die Pfadfinder, aber mit dem typischen Fool's-Gold-Dreh.“ Sie lächelte ihn an. „Wie der Name schon sagt, sind die Kriegerinnen alle Mädchen.“

„Warum weiß ich, dass Eddie mal eine war?“

Madeline lachte. „Oh ja, da bin ich mir sicher.“

„Du auch?“

„Ja. Ich habe als Eichel angefangen und bin als Mächtige Eiche entlassen worden.“

Sie erreichten das Haus. Jonny drückte die Tür auf und wartete, bis sie eingetreten war. Dann lösten sie die Leinen der Hunde, die sofort ins Haus liefen. Raven ging am langsamsten, und als sie halb durch den Raum war, drehte sie sich um, als wollte sie überprüfen, ob die Menschen noch da waren.

„Eine Mächtige Eiche?“, fragte Jonny.

„Eicheln, Setzlinge, Schösslinge, Himmelsgreifer und Mächtige Eichen. Das hat Spaß gebracht. Ich habe gelernt, Knoten zu machen und handwerklich tätig zu sein. Meine Mom war eine Forstwächterin.“

Sein Blick ruhte auf ihrem Gesicht. „Und wenn du mal eine Tochter hast?“

Sie erschauerte, was allerdings nichts mit der Temperatur zu tun hatte. Im Haus war es warm genug. „Ich hoffe, dass sie sich dann auch den ZKM anschließen und die Tradition fortführen wird.“

„Wirst du dann Forstwächterin?“

„Vermutlich. Es macht Spaß, sich einzubringen.“

„Wenn ich ehrlich bin, so habe ich mich noch nie von etwas vereinnahmen lassen“, sagte er. „Und nun stehe ich hier mit einer verstauchten Hand und vier Hunden, die nicht mir gehören.“

„Das ist der Weihnachtszauber von Fool’s Gold.“

„Bist du eine Elfe?“

Plötzlich begann ihr Körper zu prickeln. „Wenn du das gern hättest.“

„Sehr, sehr gern sogar.“ Er kam näher. „Hmm, ich habe allerdings ein kleines Problem … Meine bandagierte Hand.“

„Ich denke, dafür finden wir eine Lösung.“

Sie ließ sich in seine Arme fallen, und er küsste sie. Das Gefühl seiner Lippen auf ihren war magisch. Erregend, köstlich und unerwartet zärtlich. Genau wie der Mann.

Madeline erwachte irgendwann mitten in der Nacht. Sie war nicht sicher, was ihren Schlaf gestört hatte. Jonny atmete tief und gleichmäßig. Als sie ihm vor dem Zubettgehen noch eine Schmerztablette gegeben hatte, hatte er nur wenig Widerstand geleistet. Auf dem weißen Verband waren keine Anzeichen von Blutungen zu sehen, und er hatte geschworen, dass die Hand kaum noch wehtat, also glaubte sie nicht, dass er sie geweckt hatte.

Sie stand auf und griff nach dem Morgenmantel, den Jonny ihr geliehen hatte. Sie zog ihn an und verließ das Zimmer. Die Nacht war still und dunkel. Im Flur brannten ein paar Nachtlichter.

Leise ging sie ins Wohnzimmer, um nach den Hunden zu sehen. Sie hatten sie kurz vor Mitternacht noch einmal hinausgelassen, also glaubte sie nicht, dass einer von ihnen musste.

Sie schaltete eine Lampe an und sah, dass alle ruhig in ihren

Körbchen lagen. Es gab … Sie schaute sich im Wohnzimmer um. Drei Körbchen. Nicht nur Raven fehlte, sondern auch ihr Korb.

Madeline überprüfte, ob die Hündin ihn hinters Sofa gezogen hatte, aber auch da gab es kein Anzeichen von dem Hund oder seinem Bett. Sie zog sich zurück und überlegte, was sie nun tun sollte. Vermutlich das Haus durchsuchen, bevor sie Jonny weckte. Mit der heraufziehenden Kaltfront würde der Hund draußen nicht lange überleben. Nicht, dass er irgendwie hätte hinauskommen können, aber trotzdem.

Sie kehrte ins Schlafzimmer zurück und hörte, dass sich irgendetwas bewegte. Als sie sich umdrehte, sah sie Raven auf ihrem karierten Hundekissen in dem Körbchen liegen, das auf Jonnys Seite neben dem Bett stand. Der schwarze Labrador hob den Kopf und sah Madeline an, als wollte er fragen, ob er nun Probleme bekäme.

Madeline ging zu der Hündin und kniete sich neben sie. Dann streichelte sie ihr sanft den Kopf. Erst da sah sie, dass Raven zugedeckt war. Auch wenn es durchaus möglich war, dass die Hündin ihr Körbchen ins Schlafzimmer geschleppt hatte, konnte sie sich auf keinen Fall selbst zugedeckt haben. Was bedeutete, irgendwann in der Nacht war Jonny aufgestanden, um nach Raven zu sehen.

„Wie es aussieht, hast du einen heimlichen Bewunderer“, flüsterte sie.

Ravens Schwanz schlug gegen den dicken Stoff.

Madeline steckte die Decke um sie fest und kehrte ins Bett zurück. Als sie sich neben Jonny legte, drehte er sich zu ihr herum und nahm sie in den Arm.

„Alles okay?“, fragte er schläfrig.

„Ja. Pst. Schließ die Augen."

Er zog sie an sich und seufzte. Sie spürte, wie er sich entspannte und wieder einschlief. Doch sie lag im Dunkeln und war wacher als zuvor. Ihre Gedanken rasten. Je besser sie Jonny kennenlernte, desto mehr mochte sie ihn. Die Art, wie er sich um einen alten, einsamen Hund kümmerte, war einfach unwiderstehlich. Und wenn sie dafür schon so empfänglich war, lief sie dann nicht ernsthaft Gefahr, ihr Herz zu verlieren?

Madeline starrte auf die Tabletts mit den Speisen. Es gab Probierteller mit Vorspeisen, Suppen und Salaten sowie verschiedenen Hauptgängen und acht verschiedene Desserts. Einiges davon entsprach dem, was Ginger vorgeschlagen hatte, aber der Rest war – wenn auch vermutlich köstlich – ein wenig übertrieben.

„Drei verschiedene Austernzubereitungen?", fragte sie. „Ginger mag Austern nicht einmal."

„Aber andere Leute", sagte Jonny leichthin. „Sie passen zum Meeresfrüchtebuffet. Dazu gibt es Shrimps und Krebse sowie verschiedene Sorten Sushi."

Bevor sie ihn anschreien konnte, kehrte Ana Raquel, ihre Cateringexpertin, in den kleinen Probierraum zurück.

„Das ist der Rest", sagte die Köchin fröhlich. „Ich muss sagen, es hat Spaß gemacht, bestellen zu können, ohne auf den Preis achten zu müssen. Ich schwöre, in meinem nächsten Leben werde ich dafür sorgen, dass das immer so ist."

Ana Raquel war eine zierliche Blondine Mitte zwanzig mit großen braunen Augen und einer fröhlichen Ausstrahlung. Madeline kannte sie zwar, hatte aber noch nie mit ihr zusammengearbeitet. Aber alle Bräute, die sie engagierten, schwärmten von ihr. Madeline schätzte, ihre Fähigkeit, das Positive in allem zu sehen, würde helfen, wenn Jonny die Bestellung verdoppelte und zwei Tage vor dem Fest noch schnell fünfzig weitere Speisen bestellte.

Ana Raquel setzte sich ihnen gegenüber und schaltete ihr Tablet ein. „Ich muss die Bestellungen für die Meeresfrüchte heute aufgeben. Einiges davon erfordert spezielle Zutaten. Nicht für ein Sushi-Restaurant, aber für mich. Mein Fischhändler braucht ein paar Tage, um alles zu organisieren. Immerhin stehen die Feiertage vor der Tür."

„Klingt logisch", murmelte Madeline, während sie schnell eine SMS an Ginger schrieb. Die Nachricht war schlicht: „Magst du Sushi, und willst du es auf deiner Feier?" Sie drückte auf Senden und wartete.

„Die Bar ist einfach", fuhr Ana Raquel fort. „Wir werden die üblichen Verdächtigen anbieten, dazu Champagner. Zum Essen servieren wir Wein. Sollen wir für jeden Gang einen anderen anbieten?"

„Ja", sagte Jonny.

„Nein", erklärte Madeline gleichzeitig. Sie wandte sich ihm zu. „Die Gäste müssen danach wieder aus den Bergen nach unten fahren. Nachts. Sie werden total betrunken sein. Wenn du nicht vorhast, fünfzig Leute bei dir schlafen zu lassen, kannst du nicht so viel Alkohol anbieten."

„Ich habe einen Shuttleservice organisiert."

„Wie bitte?"

„Ein paar der Busse von Mitchell Adventure Tours. Diese Zeit ist bei ihnen ziemlich ruhig, und sie haben ein paar große Vans und einen Bus. Außerdem gibt es einen Limousinenservice in der Gegend, aber der ist nur für die unmittelbare Hochzeitsgesellschaft.“ Er wandte sich wieder an Ana Raquel. „Wein zu jedem Gang.“

Madeline überlegte, mit dem Kopf gegen den Tisch zu hauen, aber bevor sie damit anfangen konnte, antwortete Ginger auf ihre Nachricht. „Igitt! Und nein.“

„Tja, das ist mal eindeutig.“ Sie zeigte Jonny ihr Handy und lächelte dann die Köchin an. „Kein Sushi.“

„Wirklich? Ich hatte mich schon so darauf gefreut, es zuzubereiten.“

„Die Braut mag es nicht.“

„Tja, das ändert natürlich alles.“ Sie gingen das gute Dutzend Vorspeisenvorschläge durch und engten die Auswahl auf vier Gerichte ein, die zu ihrem tropisch-mexikanischen Thema passten.

„Das Essen reicht nicht“, beschwerte Jonny sich.

„Oh doch“, erklärte Ana Raquel ihm. „Ehrlich gesagt ist es sogar viel zu viel, aber solange der Scheck nicht platzt, ist mir das recht.“

Jetzt probierten sie die Suppen. Madeline musste zugeben, dass Ana Raquel und ihr Mann sich selbst übertroffen hatten. Jeder Vorschlag war besser als der vorherige. Die Zwiebelsuppe war herzhaft, und die Käsehaube schmolz im Mund. Dagegen hatte die Champignonrahmsuppe einen erdigen, rauchigen Abgang und war so cremig, dass Madeline sich fragte, wie viel Sahne sie wohl enthielt, bevor sie sich sagte, dass das egal war. Sie probierte nur, und wie jeder wusste, zählten die Kalorien von Probierportionen nicht.

Als sie die Salate kosteten, fiel ihr auf, dass Jonny seine verletzte Hand immer noch schonte. Sie wusste, er wollte in wenigen Wochen mit einem neuen Film loslegen, und hoffte, dass die Verletzungen bis dahin ganz verheilt sein würden.

Der Gedanke an den Film erinnerte sie daran, dass er die Stadt verlassen würde, sobald der Dreh begann. Und auch wenn er ein Haus in Fool's Gold besaß, war sie nicht sicher, ob er als dauerhafter Einwohner der Stadt gelten konnte.

Was würde aus ihnen werden, wenn er ging? Wären sie weiterhin zusammen? Zumal sie ehrlich gesagt nicht einmal wusste, ob sie das im Moment waren. Sie hatten zwar gesagt, dass sie miteinander ausgingen, und sie planten gemeinsam Gingers Hochzeit, doch würden sie einander weiterhin sehen, wenn die Feiertage vorüber waren?

Sie schätzte, der logischste Schritt wäre, mit Jonny darüber zu sprechen. So machten das die meisten Leute. Bei jedem anderen Mann hätte sie auch genau das vorgeschlagen, aber nicht bei ihm. Denn sie wusste, er würde ihr Fragen bezüglich ihrer Gefühle stellen, und sie war nicht gewillt, so tief in sich hineinzuhorchen, um die Antworten darauf zu finden.

Als Nächstes kamen die Hauptgerichte. Madeline musste zugeben, dass die Filets köstlich waren, vor allem mit der würzigen Salsa dazu. Ana Raquel sagte, dass sie auch einen Fischgang anbieten könnten.

„Gibt es unter den Gästen Vegetarier?", fragte sie. „Oder Veganer?"

„Du klingst ja beinahe so, als würdest du dir das wünschen", zog Madeline sie auf und schickte wieder eine SMS an Ginger.

„Ich habe noch nicht oft vegan gekocht. Mein Motto lautet, im Zweifel einfach Butter dazugeben. Aber das kann man bei veganen Gerichten nicht. Ich denke, es wäre eine lustige Herausforderung."

„Unsere Definition von lustig unterscheidet sich definitiv", erklärte Jonny und beugte sich zu Madeline. „Was sagt meine Schwester?"

Sie warteten, bis die Nachricht eintraf.

„Keine Vegetarier oder Veganer, außer, Jonny hat das Fleischessen aufgegeben. In dem Fall sollte er sofort zum Arzt."

Madeline lächelte. „Steak und Fisch sind perfekt."

„Lachs", sagte Jonny entschlossen. „Wildlachs aus Alaska."

Ana Raquel seufzte. „Ich könnte mich glatt in dich verlieben. Wie wär's mit einer cremigen Dillsoße dazu, die die Gäste dahinschmelzen lässt?"

„Warum nicht?", gab Jonny lachend zurück.

Sie wandten sich den Desserts zu. Verzückt schloss Madeline die Augen, als sie die dekadente dunkle Mousse au Chocolat und Ana Raquels berühmte S'more- Riegel probierte. Außerdem gab es zwei verschiedene Kuchen und eine Schichttorte.

„Wir werden eine Hochzeitstorte haben", rief Madeline ihm in Erinnerung. „Ich denke, ein Nachtisch ist absolut ausreichend."

Jonny schüttelte den Kopf. „Das ist das Dessert. Wir brauchen zwei Optionen. Die Mousse und noch etwas. Niemand isst Hochzeitstorte."

Sie dachte an die Kekse, die auf jedem Platz liegen würden, und an die Unmengen an Essen, die sie bereits bestellt hatten. Ehrlich, was machte da ein Gang mehr schon noch aus?

„Entscheide du", sagte sie und griff nach ihrem Handy. „Das Menü steht. Niemand wird hungrig nach Hause gehen", schrieb sie an Ginger.

Ginger schickte ein Smiley zurück.

Ana Raquel notierte sich das letztendliche Menü. Jonny unterzeichnete den Auftrag und reichte seine Kreditkarte über den Tisch. Sobald er unterschrieben hatte, gingen sie zu seinem Auto.

„Danke, dass du dich hier mit mir getroffen hast", sagte er.

„Kein Problem. Aber jetzt muss ich in den Laden zurück. Ich habe heute Nachmittag einen Termin mit einer neuen Braut."

Er nickte und trat näher. Nachdem er seine gesunde Hand an ihre Wange gelegt hatte, beugte er sich vor und gab ihr einen Kuss.

„Sehen wir uns später?", fragte er.

„Ja. Ich komme nach der Arbeit vorbei."

„Um mit den Hunden zu helfen", sagte er grinsend. „Ich habe immer noch zweimal am Tag Teenager vor meiner Tür stehen."

„Das hat morgen ein Ende." Am Tag des Gebens, an dem auch die Tiervermittlung stattfinden würde. „Oh, ich muss morgen arbeiten. Kannst du alle vier Hunde zum Veranstaltungsort bringen, oder soll ich …"

Er legte ihr einen Finger an die Lippen. „Ich kümmere mich darum. Du bist nicht für mich verantwortlich."

Sie zuckte zusammen. „Mische ich mich zu stark ein?"

„Du kümmerst dich. Das ist etwas anderes, und es gefällt mir. Aber du hast einen Laden zu führen. Überlass die Hunde mir." Erneut küsste er sie, diesmal leidenschaftlicher, bis sie nur noch sehnsüchtig an zerknitterte Laken und diesen Mann denken konnte, der ihr sagte, dass er sie wollte.

„Heute Abend“, flüsterte er.

„Ich werde da sein.“

Jonny fuhr alle vier Hunde und ihre Sachen zur großen Tiervermittlung, die am Tag des Gebens im Kongresszentrum stattfand. Die Freiwilligen der Tierheime trugen fröhliche rote Westen über ihren Mänteln. Es war zwar wieder kälter geworden, hatte aber nicht geschneit. Daher hoffte er, dass viele Besucher zu den beiden Veranstaltungen kommen würden.

Eine Frau checkte ihn ein und überprüfte, welche Hunde er mitgebracht hatte. Die ehrenamtlich helfenden Teenager griffen nach den Leinen.

Raven stand neben ihm. Sie lehnte sich zwar nicht wirklich an ihn, rührte sich aber auch nicht von seiner Seite. Er hatte sie als Letzte hineingebracht und sah sie nun an.

Sie erwiderte den Blick. Ihre dunkelbraunen Augen schauten traurig und wissend drein. Ein weiteres Mal würde sie einem Menschen anvertraut werden. Seufzend senkte sie den Kopf und drehte sich zu dem Teenager, der ihre Leine genommen hatte.

Jonny dachte an die logistischen Schwierigkeiten, die damit einhergingen, wenn er in einem fremden Land drehte. Daran, wie ein Hund ihn einschränken würde. Es gab ein Dutzend Gründe, jetzt zu gehen.

„Warte“, sagte er, als der Teenager hineingehen wollte. „Sie nicht. Ich werde Raven behalten.“

Das Mädchen schaute von ihm zu dem Hund. „Sind Sie sicher? Sie ist schon ziemlich alt. Wir haben drinnen Welpen, die sind wesentlich aktiver.“

„Ich will sie.“ Er nahm ihr Ravens Leine ab. „Welche Papiere muss ich ausfüllen?“

Jonny erledigte den Papierkram, gab der Organisation eine großzügige Spende und trug dann Ravens einzigen Besitz – ihr kariertes Hundebett – zu seinem SUV. Nachdem er es auf den Rücksitz gelegt hatte, hockte er sich neben die Hündin.

„Wir sind jetzt zusammen“, erklärte er ihr und massierte ihre Ohren. „Ich bin deine neue Familie.“ Er hielt kurz inne und überlegte, was er ihr noch sagen könnte. „Ich bin im Filmgeschäft, also wirst du mit mir zu den Drehs reisen. Ich hoffe, das gefällt dir. Das Studio engagiert immer einen Assistenten für mich, wenn ich drehe. Ich werde dafür sorgen, dass es nur welche sind, die Hunde mögen. Oh, und in ein paar Wochen fliegen wir nach Italien.“

Er war nicht sicher, wie er Raven dorthin mitnehmen sollte. Die Idee, sie während eines so langen Fluges in den Frachtraum zu sperren, gefiel ihm gar nicht. Aber andererseits – er war Jonny Blaze. Normalerweise stellte er keine großen Forderungen, aber vielleicht war es an der Zeit, um einen Privatjet zu bitten. Dann könnte Raven mit ihm in der Kabine fliegen.

Er lachte, als er sich vorstellte, was Annelise sagen würde, wenn er sie bäte, das mit dem Studio zu arrangieren. Da er wusste, wie sehr sie Tiere liebte, würde sie vermutlich dafür sorgen, dass Raven einen erstklassigen Service bekäme.

„Komm“, sagte er und stand auf. „Lass uns in den Laden gehen und alles besorgen, was du brauchst.“

Raven trat auf ihn zu und lehnte sich für einen kurzen Moment an sein Bein. Er tätschelte ihren Kopf, bevor er sie zum Wagen führte und ihr half hineinzuspringen.

14. Kapitel

Madeline betrat die Tierhandlung und schaute sich um. Kurz zuvor hatte Jonny ihr eine Nachricht geschickt, dass er Raven behalten würde und nun für sie einkaufen sei. Sie hatte geantwortet, dass sie gerade Mittagspause habe, und zugestimmt, ihn hier zu treffen.

Sie fand ihn in dem Gang mit dem Hundefutter, wo er die Etiketten studierte.

„Hey", sagte er, als er sie sah. Er lächelte und gab ihr einen Kuss, bevor er ihr eine Dose Hundefutter reichte. „Die Dame bei der Vermittlungsveranstaltung sagte, das hier käme dem, was Raven bisher gefressen hat, am nächsten. Sie bekommen ihr Futter von einer großen Firma gespendet. Wenn ich Ravens Ernährung umstellen will, muss ich das langsam tun, weil sie sonst Magenprobleme bekommt, meinte sie."

„Klingt logisch."

Er legte eine Dose in den Einkaufswagen, in dem bereits ein großer Futtersack und verschiedene Näpfe lagen.

„Was weißt du übers Barfen, also übers Füttern mit rohem Fleisch?", fragte er.

„Für Hunde?"

„Ja. Ich habe gehört, das soll echt gesund sein. Allerdings frage ich mich, ob ich ihr Futter dann selbst zubereiten muss."

„Wäre das auf Reisen nicht schwierig?"

„Ich könnte einen Koch engagieren."

„Für deinen Hund?“

Er runzelte die Stirn. „Wäre das übertrieben?“

„Ein bisschen?“

Er ist bezaubernd, schoss es ihr durch den Kopf. Und genauso besorgt um Raven wie um seine Schwester. Das hier ist kein Mann, der nicht lieben kann, dachte sie sehnsüchtig. Er zeigt seine Gefühle offen. Hätte sie die Wahl zwischen der Option, Gefühle zu zeigen, und der, sie auszusprechen, würde sie sich auch immer für Ersteres entscheiden. Anstatt jedoch zu versuchen, etwas in sein Verhalten ihr gegenüber hineinzudeuten, wandte sie sich lieber wieder dem Hundefutter zu.

„Warum gibst du Raven nicht erst mal für ein paar Wochen ihr gewohntes Futter? Sie hat schon genügend Stress in ihrem Leben, wenn sie sich an ein neues Heim gewöhnen und lernen muss, dir zu vertrauen. Das gibt dir Zeit, die beste Ernährung für sie zu recherchieren.“

„Gute Idee.“ Er tätschelte Ravens Kopf. „Okay, wir haben Futter. Sie hat ein Hundebett, aber sie braucht noch ein paar mehr fürs Wohnzimmer und den Fernsehraum. Vielleicht auch ein neues Halsband und eine Leine. Was hältst du von einem Mantel? Es ist kalt. Und Spielzeuge. Wir brauchen viele Spielzeuge.“

Gemeinsam schlenderten sie durch den Laden. Jonny wählte ein paar Halsbänder und Leinen aus und besorgte sich ein Buch über die Grundlagen der Hundeerziehung.

„Ich will ihr beibringen, ohne Leine zu gehen“, sagte er. „Die Ranch ist so groß, da soll sie herumlaufen können, so viel sie will.“

Madeline sah zu, als er an Raven mehrere Hundemäntel ausprobierte. Die Hündin ließ es geduldig über sich ergehen.

Er entschied sich für einen warmen Mantel mit wasserfester Außenseite und kariertem, warmem Futter. Mein Gott, ist er süß, dachte sie. Er war so sanft und geduldig mit der zögerlichen Raven.

Sie nahmen noch ein paar weiche Hundekissen mit, darunter eines mit einem speziellen orthopädischen Innenleben für alternde Knochen. Als Nächstes kam der Spielzeuggang dran.

Raven zeigte sich völlig unbeeindruckt von allem, das quietschte, und zeigte auch kein sonderliches Interesse an Bällen, aber als Jonny ihr ein dickes Seil zeigte, leuchteten ihre braunen Augen auf. Sie schob den Kopf vor und nahm es vorsichtig zwischen die Zähne. Sobald sie es im Maul hielt, fing sie an, mit dem Schwanz zu wedeln.

Jonny grinste und warf zwei weitere Seile in den Wagen, dazu ein paar Bälle und ein paar andere Spielzeuge. Danach holten sie Kauknochen und Leckerchen und gingen dann zur Kasse. Auf dem Weg kamen sie an einem Regal mit Weihnachtsverkleidungen für Hunde vorbei. Er schnappte sich ein Geweih und setzte es Raven auf.

Sie sah ihn an und seufzte dann, als wollte sie sagen: „Ist das wirklich nötig?" Aber sie wehrte sich nicht dagegen.

Madeline spürte, wie ihr Herz mit jeder Minute, die verging, ein klein wenig mehr dahinschmolz. Sie griff in ihre Handtasche und holte eine Visitenkarte heraus.

„Cameron McKenzie ist ein sehr guter Tierarzt hier in der Stadt. Du hast heute Nachmittag einen Termin bei ihm."

Jonny nahm die Karte. „Heute ist Samstag. Ist der da nicht schon ausgebucht?"

„Vermutlich, aber ich habe angerufen und gebettelt. Ich dachte, du willst Raven bestimmt so schnell wie möglich durchchecken lassen. Cameron ist ein Freund. Seine Frau Rina kenne ich schon ewig."

„Danke."

Langsam rückten sie in der Schlange vor. Jonny legte die Einkäufe aufs Warenband, während Madeline die Leine von Raven hielt. Die Hündin hatte ihren Tampen noch immer im Maul und trug ihr Geweih. Nachdem Jonny bezahlt hatte, gingen sie zu seinem Wagen.

Jonny umarmte sie. „Danke, dass du mir geholfen hast. Und für den Termin. Ich will sichergehen, dass es Raven gut geht, und hätte sonst gleich Montag dort angerufen."

„Du wirst Cameron mögen. Er ist wirklich nett."

„Kommst du heute Abend vorbei?"

„Ja."

„Gut." Er küsste sie. „Ich besorge einen Baum."

„Du hast schon einen Baum."

„Ja, aber nur einen künstlichen, den ein Inneneinrichter aufgestellt hat. Ich will einen echten. Wirst du mir helfen, ihn zu schmücken?"

Sie nickte, weil ihr die Kehle so eng war, dass sie nicht sprechen konnte. Sie tätschelte Raven den Kopf und stieg in ihren Wagen. Nachdem sie durchgeatmet hatte, ermahnte sie sich, dass ein Kloß im Hals nicht das Gleiche war wie ein Blitzschlag und dass sie an der Jonny-Blaze-Front vollkommen sicher war.

Das einzige Problem war: Sie war sich ziemlich sicher, dass sie sich da gerade selbst belog.

„Lass mich das doch machen", protestierte Madeline, wusste aber, dass es zu spät war. Jonny hatte die Eisenbahn aus ihrem

Kofferraum geholt, bevor sie ihn aufhalten konnte. „Du weißt schon noch, dass du eine verletzte Hand hast, oder?“

„Mir geht’s gut“, versicherte er und trug die Kiste ins Haus.

Es war bereits dunkel und kalt. Die Wettervorhersage hatte immer noch keinen Schnee angekündigt, was bedeutete, sie hatte keine Entschuldigung, morgen früh nicht zur Arbeit zu gehen. Was schade war, denn noch einmal eingeschneit zu sein, klang im Moment sehr verlockend.

Jonny hatte sein Versprechen gehalten und einen echten Baum besorgt. Irgendwie war es ihm gelungen, den professionell geschmückten Kunstbaum in eine Ecke des Esszimmers zu ziehen und den neuen Baum im Wohnzimmer aufzustellen. Die Lichterketten hingen bereits in den Zweigen – was keine leichte Aufgabe gewesen sein konnte, wenn man bedachte, dass er eine verletzte Hand hatte. Auf dem Boden stapelten sich Kisten mit Schmuck, und daneben lag eine noch eingepackte Weihnachtsbaumdecke.

„Du warst fleißig“, merkte Madeline an.

„Das war ich. Nach der Tierhandlung haben Raven und ich die Lichter und den Baumschmuck gekauft und sind dann zum Tierarzt gefahren. Dann waren wir noch einmal kurz beim Tag des Gebens und haben schließlich auf dem Weg aus der Stadt raus beim Weihnachtsbaumhändler angehalten.“

Bei der Erwähnung des Hundes schaute Madeline sich nach Raven um. Sie lag zusammengerollt auf ihrem neuen Hundekissen und sah müde und zufrieden aus. Ihr Zerrseil hatte sie unter einer Pfote liegen.

Madeline zog sich den Mantel aus und legte ihn über die Rückenlehne des Sessels, dann schlüpfte sie aus ihren Stiefeln. „Was hat Cameron zu Raven gesagt?“

„Dass sie eine gesunde achtjährige Labradorhündin ist. Sie hat ein wenig Untergewicht. Er meinte, sie hätte zu wenig gefressen, weil sie entweder depressiv ist oder weil die anderen Hunde sie von ihrem Napf verdrängt haben. Ich soll sie ordentlich körperlich auslasten, das wäre das Beste, um sie gesund und fit zu halten."

Während er sprach, beugte er sich vor und streichelte die Hündin. Ravens Schwanz schlug auf das Kissen.

„Dann hast du ja einen Plan", sagte Madeline und fand, dass der Mann und der Hund sehr gut zusammen aussahen.

„Den habe ich. Willst du mir helfen, den Baum zu schmücken?"

„Aber gern."

Sie überlegten, welche Farben sie nehmen wollten. Jonny hatte natürlich wieder viel zu viel eingekauft, daher gab es ausreichend schimmernde und glitzernde Ornamente für drei Bäume. Schnell entschieden sie sich für traditionelles Rot, Grün und Gold. Madeline packte die Kisten aus, und Jonny hängte die Ornamente an den Baum.

Nach einer guten halben Stunde ging Madeline in die Küche, um einen Auflauf in den Ofen zu schieben. Dann zog sie sich schnell um, sie hatte Jeans und ein Sweatshirt mitgebracht. Jonny holte den Champagner aus dem Kühlschrank und ließ den Korken trotz seiner verletzten Hand knallen.

„Um meine neue feste Beziehung zu feiern", sagte er und schenkte ihnen je ein Glas ein.

Sie wusste genau, was er meinte – dass er Raven zu sich genommen hatte. Doch eine Sekunde lang erlaubte sie sich zu glauben, dass es mehr bedeutete. Dass er sie beide gemeint hatte.

Insgeheim fragte sie sich, wann er von Jonny Blaze, dem Actionstar, zu dem Mann geworden war, in den sie sich langsam, aber sicher verliebte. Zwar hatte sie beinahe sofort angefangen, ihn als Menschen zu sehen, aber mit seiner Fürsorge hatte er sich endgültig in ihr Herz geschlichen.

Ihr gefiel, wie sehr er seine Schwester liebte und wie leicht er sich dem Leben in der Stadt anpasste, und sie genoss es, Zeit mit ihm zu verbringen. Ihnen gingen nie die Gesprächsthemen aus. Sie teilten die gleichen Werte und lachten über dieselben Witze. Mit ihm zusammen zu sein war … einfach schön.

„Ich bin noch mal zum Tag des Gebens zurück“, sagte er, nachdem sie am Champagner genippt hatten. „Hier in der Gegend gibt es unglaublich viele Wohltätigkeitsorganisationen.“

„Einige von ihnen kommen sogar aus Sacramento und San Francisco hierher“, erklärte sie. „Um diese Jahreszeit haben wir viele Touristen in der Stadt, und die Organisationen hoffen, viele Interessenten zu gewinnen. Hast du etwas Interessantes gefunden?“

Er nickte. „Ich will noch ein wenig recherchieren, aber ich denke, jetzt, wo ich hier lebe, sollte ich mich irgendwie einbringen.“

„Du könntest jeder von ihnen unglaubliche Aufmerksamkeit verschaffen.“

Er lehnte sich gegen die Arbeitsplatte. „Das gefällt mir zwar eigentlich gar nicht, aber du hast recht.“ Er lächelte schief. „Ich schätze, es ist an der Zeit, meinen Bekanntheitsgrad und meinen Einfluss für etwas Gutes einzusetzen.“

„Im Gegenteil zu dem Bösen, das du bisher so angerichtet hast?“, zog sie ihn auf.

„Ganz genau.“ Er nickte in Richtung Wohnzimmer.

„Komm, erzähl mir von der Eisenbahn, die ich mir von dir leihen durfte. Ich will die Familiengeschichte dazu hören."

„Dann erzähle ich sie dir. Sie gehörte meinem Urgroßvater mütterlicherseits."

„Ich wusste, dass es etwas in der Art ist."

Jonny hatte keine Ahnung gehabt, was ihn bei der Anmal-Party erwartete. Madeline hatte ihm ausreichend Helfer versprochen und dass die Spielzeuge alle rechtzeitig zur Spielzeugsammlung bemalt sein würden. Im offenen Bereich der Scheune, wo auch Gingers Hochzeit stattfinden würde, hatte er Tische und Stühle aufgestellt und die Farben und Pinsel verteilt.

Pünktlich auf die Minute kamen die ersten Autos seine Auffahrt hinauf. Eddie und Gladys waren die Ersten. Beide umarmten ihn fest zur Begrüßung. Eddie war den Tränen nahe, als sie sich nach seiner Hand erkundigte.

„Es ist alles super", versicherte er ihr. „Beinahe so gut wie neu."

Sie wirkte nicht überzeugt, und es gefiel ihm gar nicht, dass dieser dumme Unfall ihrer fröhlichen Art einen solchen Dämpfer verpasst hatte. Da er nicht wusste, wie er ihre Laune sonst heben sollte, drehte er sich um und kehrte ihr seinen Hintern zu.

„Komm schon", erklärte er ihr. „Tätschel meinen Hintern. Du weißt, dass du es willst."

Er hätte erwartet, dass die beiden zögern würden, aber da hatte er sich geirrt. Sofort spürte er die Hände der alten Ladys auf seinem Hinterteil. Eine verweilte ein wenig zu lang, und er sah sich gezwungen wegzutreten.

Als er sich wieder zu ihnen umwandte, schüttelten sie die Köpfe.

„Wir hätten ein Foto machen sollen", sagte Gladys.

„Und ein Video." Ein schelmischer Ausdruck stahl sich in Eddies Augen. „Können wir das noch mal machen, Jonny?"

„Keine Chance. Das war eine einmalige Sache."

„Dann müssen wir uns später noch mal anschleichen", erwiderte Eddie.

Jonny grinste. Ins Universum war wieder Ordnung eingekehrt.

Um halb elf war ein gutes Dutzend Freiwilliger schon bei der Arbeit. Er sah zu, wie seine schlichten, geschnitzten Holzfiguren mit Farbe zum Leben erweckt wurden. Die Autos und Trucks wirkten interessanter, die Tiere echter.

Madeline tauchte mit Snacks und Getränken auf, darunter gute zehn Liter Tee. Jemand hatte eine Dockingstation in Form eines Stachelschweins mitgebracht und ein Smartphone angeschlossen. Nun erfüllten Weihnachtslieder den Raum und konkurrierten mit den Unterhaltungen und dem Gelächter. Jonny erzählte Madeline von dem Vorfall mit Eddie und Gladys. Sie lachte.

„Ich wünschte, ich hätte das gesehen", gab sie zu. „Du hast Stil und bist echt kein Spielverderber."

Schneller, als er es für möglich gehalten hätte, waren seine Spielzeuge angemalt und zum Trocknen aufgestellt.

„Geht es dir gut?", fragte Madeline, als sie zu ihm kam und ihm ein Glas Tee anbot. „Bist du traurig, deine Arbeiten wegzugeben?"

„Überhaupt nicht", gab er ehrlich zurück. „Es ist nicht der

Sinn von Spielzeug, auf einem Regal rumzustehen. Wie der Name schon sagt, soll damit gespielt werden. Außerdem inspiriert mich das, wieder zu schnitzen, wenn ich das nächste Mal auf einem Set bin.“ Er beugte sich vor und kraulte Ravens Kopf. „Ich kann ja nicht den ganzen Tag damit verbringen, dich zu streicheln.“

„Raven fragt, warum nicht“, zog Madeline ihn auf.

Sie trug Jeans und einen roten Pullover mit einem großen Weihnachtskranz vorne drauf. Die Haare hatte sie zum Pferdeschwanz gebunden, und sie war ungeschminkt. Sie sah gut aus. Glücklich. Hübsch. Sexy.

Er hatte Glück, sie gefunden zu haben. Noch etwas, wofür er Ginger zu danken hatte. Denn wenn seine Schwester nicht heiraten würde, hätte er Madeline nie kennengelernt.

Er wusste nicht, wo das mit ihnen beiden hinführen würde. Er wollte …

Schnell schob er den Gedanken beiseite. Auf keinen Fall würde er das ruinieren, was sie hatten, indem er darüber sprach.

„Hast du was von Ginger gehört?“, erkundigte er sich.

„Ja. Sie wird übermorgen herkommen. Ich kann es kaum erwarten, ihr die Kleider zu zeigen, die gekommen sind. Ein paar davon werden sie wirklich umhauen, glaube ich. Sie wird eine wunderschöne Braut werden. Ich bin schon ganz aufgeregt.“

Jonny wandte den Blick ab. „Ich auch.“

„Was?“, wollte sie wissen. „Was verschweigst du mir? Was hast du bestellt?“

Er hob die Hände. „Nichts.“

Sie stemmte die Hände in die Hüften. „Oh doch. Was ist

es? Du lässt doch nicht die Wiener Sängerknaben einfliegen, oder?"

„Nein. Die hatten keine Zeit." Er zuckte mit den Schultern, weil er ihr nichts von der speziellen Lieferung erzählen wollte, die am Donnerstag eintreffen würde. „Ich habe die Blumenbestellung ein wenig erweitert. Aber wirklich nur ein bisschen."

„Ich bin nicht mal überrascht. Mach einfach nicht noch mehr, okay? Wir haben alles geplant. Das Essen und die Blumen stehen. Wir haben den Raum." Sie zeigte auf die Scheune. „Sie wird Ende der Woche dekoriert, also keine spätabendlichen Partys mehr für dich. Ich will, dass die Lichterketten fest an ihrem Platz bleiben."

„Machst du dir ernsthaft Sorgen, ich könnte an den Lichterketten rumhantieren?"

„Nein, nicht wirklich." Sie schaute sich um. „Ich freue mich schon darauf, zu sehen, wie es wirkt, wenn alles fertig ist."

„Ich auch. Morgen kommen die Jungs, die die Eisskulpturen machen. Das Wetter spielt zum Glück mit, es soll kalt genug bleiben."

„Du ziehst das mit den Skulpturen wirklich durch?"

„Hast du daran gezweifelt?"

„Ich erinnere mich an die gigantische Hochzeitstorte, also nein. Okay, ich muss eine Liste der Spielzeuge erstellen. Du kannst hierbleiben und alles im Blick behalten. Oh, und komm Eddie und Gladys nicht zu nah. Jetzt, wo sie das Gelobte Land betreten haben, werden sie mehr wollen."

„Keine gute Tat bleibt ungesühnt?", fragte er.

„Nicht, was die beiden betrifft. Sie werden dich gnadenlos verfolgen."

„Und du wirst ihnen dabei helfen, indem du sie auf dem Laufenden hältst, wo ich mich gerade aufhalte."

„So ungefähr." Sie lachte.

Madeline hängte das letzte der Kleider auf. Am Nachmittag hatte sie zwei feste Termine und einige Kundinnen gehabt, die einfach so hereingekommen waren. Letztere hatten sich nur umgeschaut und nichts gekauft, aber das machte ihr nichts. Viele spätere Käufe hatten mit einem Nachmittag voller Spaß am Verkleiden angefangen.

Zwei der Muster waren in traurigem Zustand angekommen, ganz plattgedrückt und zerknittert. Sie würde sie über Nacht aushängen lassen und morgen früh aufbügeln. Oder vielleicht würde sie Rosalind darum bitten. Die Geschäfte liefen gut, und sie musste lernen zu delegieren.

Nachdem sie einige Schleier gerichtet hatte, ging sie in den Hauptraum zurück. Dort betrachtete sie die hohe Decke und die großen Spiegel. Das Licht war gut, aber die Wände könnten ein wenig aufgepeppt werden. Sie hatte schon ein paar Farbideen im Kopf. Die Tapete war noch in einem guten Zustand, wirkte aber ein wenig blass. Zu gern hätte sie sie abgerissen und durch Farbe ersetzt. Das wäre billiger als eine neue Tapete und zudem leichter, immer mal wieder umzugestalten.

Zu Beginn des neuen Jahres würde sie sich mit Isabel zusammensetzen und über die Hochzeitsseite des Paper Moon sprechen. Ihre Geschäftspartnerin konzentrierte sich nun schon seit ein paar Jahren ausschließlich auf Designermode. Die letzte Musterbestellung hatte Madeline ganz allein durchgeführt. Je mehr Anteile sie an dem Laden erwarb, desto mehr

Verantwortung übernahm sie auch. Sie hatte viele Pläne, und es war an der Zeit, sie zu teilen.

Ihr Handy klingelte. Sie holte es aus der Tasche und lächelte, als sie das vertraute Bild auf dem Display sah.

„Hi, Mom."

„Madeline, wie geht es dir? Dein Vater und ich haben gerade von dir gesprochen, also dachte ich, ich ruf dich mal an."

„Mir geht's gut. Ich habe heute zwei Kleider verkauft. Beide an ganz zauberhafte Bräute."

„Ich kann es kaum erwarten, die Bilder zu sehen. Bist du schon in Weihnachtsstimmung?"

„Ja. Ich habe alle Geschenke und bin schwer mit Gingers Hochzeit beschäftigt. Sie kommt morgen. Ich freue mich schon darauf, wenn sie die Kleider anprobiert, die ich ausgewählt habe. Seid du und Dad bereit für die Kreuzfahrt?"

„Das sind wir."

„Ihr werdet eine tolle Zeit haben."

„Ich weiß, aber ich mache mir Sorgen." Ihre Mutter hielt inne. „Darling, kommst du allein wirklich klar? Was machst du denn nur ohne uns und Robbie?"

„Mom, du bist süß, aber entspann dich. Wir haben doch darüber gesprochen. Dad und du, ihr werdet so viel Spaß haben. Und ich habe mit der Vorbereitung für Gingers Hochzeit alle Hände voll zu tun. Und an Weihnachten habe ich genügend Einladungen. Ehrlich, mach dir keine Sorgen. Ich bin erwachsen. Du hast das mit meiner Erziehung sehr gut gemacht."

„Ich kann einfach nicht anders. Wir lieben dich."

„Ich liebe euch auch. Jetzt entspann dich und vertrau darauf, dass ich klarkomme."

Sie plauderten noch ein paar Minuten und legten dann auf. Madeline ging an ihren Computer, um nach ihren E-Mails zu sehen, bevor sie nach Hause fuhr. Als sie hinter dem Schreibtisch saß, dachte sie an ihre Familie und daran, wie gern sie Zeit mit ihr verbrachte. Innerhalb einer Sekunde zog sich ihre Kehle zu, und ihre Augen begannen zu brennen.

„Sei nicht albern", ermahnte sie sich. „Dir geht es gut. Du hast ausreichend zu tun."

Nur wäre das ihr erstes Weihnachtsfest allein. Vielleicht war das ein Übergangsritual oder so, aber es fühlte sich auch ein wenig einsam an. Sicher, ihre Eltern würden sie anrufen und Robbie sicher auch, aber das war nicht das Gleiche.

Sie schniefte und dann noch einmal. Schließlich verlor sie den Kampf gegen die Tränen. Tief atmete sie ein und versuchte sich zusammenzureißen, während sie sich die Wangen abwischte.

„Was ist los?"

Erschrocken sah sie auf und sah Jonny in der Tür zu ihrem Büro stehen. Raven war an seiner Seite. Die Hündin trug ihr Zerrseil im Maul und hatte das Weihnachtsgeweih auf dem Kopf.

„Warum tust du diesem süßen Hund das an?", fragte sie und hoffte, eine fröhliche, glückliche Stimme würde ihn von ihren lächerlichen Tränen ablenken.

Innerhalb einer Sekunde war er bei ihr, zog sie auf die Füße und wischte ihr die Tränen ab.

„Sag es mir."

Sie schaute in diese grünen Augen. Seltsam, je besser sie ihn kennenlernte, desto weniger fiel ihr auf, wie gut er aussah. Sogar umwerfend. Aber irgendwie war das nicht mehr wichtig. Jetzt war er nur noch Jonny für sie.

„Es ist nichts passiert“, gestand sie. „Meine Mom hat angerufen. Sie macht sich Sorgen, weil ich über die Feiertage allein bin. Ich habe ihr gesagt, dass ich damit zurechtkomme, was ich auch werde. Dann haben wir uns noch ein bisschen unterhalten und schließlich aufgelegt, und ich habe angefangen zu weinen. Ich weiß nicht, warum.“

„Doch, das tust du.“

Sie versuchte, sich wegzudrehen, doch er ließ es nicht zu.

„Ich bin an Weihnachten noch nie allein gewesen“, sagte sie. „Ich weiß, ich weiß. Ich benehme mich wie ein Baby. Ich habe Einladungen. Freunde. Es ist keine große Sache.“

Er lächelte und küsste sie dann. „Feier Weihnachten mit mir.“

„Was? Nein. Du hast deine Familie da.“

„Ich wär aber auch gern mit dir zusammen. Es gibt ausreichend zu essen. Ich habe einen Koch engagiert.“

Sie lachte. „Natürlich hast du das. Ich bin zum Essen bei Freunden.“

„Dann komm danach. Und bleib bei mir.“

Bleib bei mir, und sei mein Lieb’, allen Freuden dich hingib.

Das war so ziemlich das einzige Gedicht, das sie je auswendig gelernt hatte, und sie war ziemlich sicher, dass sie die Worte nicht mehr ganz richtig zusammenbekam, aber die Bedeutung war klar.

Lächelnd schlang sie ihm die Arme um den Hals und lehnte den Kopf an seine Brust. Sie spürte seine Wärme, die Sicherheit seiner Nähe. Das sind die Momente, dachte sie. Die Momente, in denen sie glauben konnte, dass alles gut werden würde. Dass ihr Herz nicht brechen und niemals etwas Schlimmes passieren würde.

15. Kapitel

Der große Karton wurde um neun Uhr morgens geliefert. Madeline las das Etikett zweimal, da sie wusste, dass sie von diesem Designer nichts Handgefertigtes bestellt hatte. Der einzige Mensch, den sie kannte, der sich diese Preise leisten konnte, war Taryn, doch die hatte bereits geheiratet. Und doch war die Schachtel an sie adressiert. Nicht an das Paper Moon, sondern an sie persönlich.

Sie betrachtete sie ein paar Sekunden, bevor ihr dämmerte, was sich darin befand. Irgendein lächerlich teures Designerkleid, das Jonny für seine Schwester gekauft hatte, weil er einfach nicht anders konnte.

„Rosalind, kannst du den Dampfglätter auffüllen?", rief sie nach hinten. „Wir haben ein neues Kleid bekommen."

Auch wenn die Schachtel größer war als die meisten, wusste Madeline, was zu tun war. Hochzeitskleider wurden immer in unglaublich kleinen Verpackungen geliefert. Sie mussten aufgeschüttelt und dann mit Dampf geglättet werden. Die Kleider, die sie für Ginger beiseitegelegt hatte, hingen bereits in der größten Umkleidekabine. Es würde ein paar Stunden dauern, dieses Kleid hier in die richtige Form zu bringen.

„Oder länger", murmelte sie, als sie die umwerfende Robe aus dem Karton hob.

Sie musste zugeben, dass Jonny die Farbe richtig gewählt hatte. Genau wie sie hatte er sich für ein blasses Elfenbein entschieden, das sehr gut zu der zierlichen Braut passte. Der wärmere Ton würde Gingers Haut und Haarfarbe schmeicheln. Aber anstelle einer schmalen, glatten Silhouette war an diesem Kleid alles voluminös.

Die winzigen angeschnittenen Ärmel waren aus Spitze, und unter der auf Figur geschnittenen Korsage bauschte sich ein mächtiger Rock. Bahnen aus Spitze und Seide flatterten zu Boden. Die Schleppe war mindestens drei Meter lang. Das Kleid war schwer, und auch wenn die Größe für seine Schwester richtig war, würde es an ihr nicht funktionieren. Sie würde aussehen wie ein Kind, das sich als Erwachsene verkleidet hatte. Das Kleid würde sie vollkommen erdrücken. Keine noch so geschickte Schneiderin könnte es so abändern, dass es zu ihrem zierlichen Körperbau passte.

Kopfschüttelnd hängte Madeline das Kleid auf einen Bügel und dann an den Rollständer. Sie würde es eine Stunde lang aushängen lassen, bevor sie mit dem Dämpfen begann. Neugierig nahm sie den Umschlag in die Hand, in dem sich die Rechnung befand, und wurde beinahe ohnmächtig, als sie den Preis des Kleides sah: achtundzwanzigtausend Dollar.

„Du solltest wirklich lernen, wie man ‚Ich liebe dich' sagt", flüsterte sie und hoffte, dass Jonny darauf geachtet hatte, dass er das Kleid zurückgeben konnte, bevor er seine Kreditkarte gezückt hatte.

Drei Stunden später trafen Jonny und Ginger pünktlich im Laden ein. Madeline lächelte Ginger an.

„Und, bist du schon aufgeregt?", fragte sie. „Oder nervös?"

„Beides", gab Ginger lachend zu. „Ich kann nicht glauben, wie schnell die Zeit verflogen ist. Oliver und ich waren so mit unserer Forschung beschäftigt. Danke für alles, was du für uns getan hast. Ohne so viel Hilfe hätten wir niemals heiraten können."

Madeline umarmte sie. „Es hat mir Spaß gebracht."

„Mir auch", warf Jonny ein. „Auch wenn niemand danach gefragt hat."

Ginger zog die Nase kraus. „Ich habe mich bereits vierzehn Mal bei dir dafür bedankt, und das weißt du auch." Sie presste die Hände zusammen. „Ich kann es kaum erwarten, die Kleider anzuprobieren. Ich liebe die Fotos, die du mir geschickt hast." Lächelnd hielt sie einen kleinen Stoffbeutel hoch. „Ich habe auch die Schuhe und die Unterwäsche dabei, die ich kaufen sollte."

Ginger machte sich auf den Weg zu den Umkleidekabinen. „Wir hatten die Wahl auf zwei Kleider eingeschränkt, oder?"

Madeline sah Jonny an, der sich unschuldig umschaute. Als er nichts sagte, schüttelte sie den Kopf.

„Du erwartest, dass ich es ihr sage?"

„Was?", fragte Ginger.

„Du hast noch ein drittes Kleid von deinem Bruder."

Ginger seufzte. „Was hast du besorgt?"

„Nichts. Es ist nichts. Nur ein weiteres Kleid, das du anprobieren sollst. Es ist wunderschön. Sag ihr, dass es schön ist", flehte Jonny.

Da Madeline gerade zwei Stunden damit zugebracht hatte, es zu dämpfen, war sie mit dem Designerkleid aufs Intimste vertraut. „Es ist zauberhaft. Handgemacht. Und die Spitze ist wirklich exquisit."

Ginger wirkte nicht überzeugt. „Aber?"

„Du solltest es genauso anprobieren wie die anderen beiden. Außerdem habe ich das Kleid von deinem letzten Besuch da, bei dem du dir noch unsicher warst."

„Okay. Ich denke, dann sollte ich mal anfangen", meinte Ginger und betrat die Umkleidekabine.

Madeline wollte ihr folgen, aber Jonny packte ihren Arm.

„Bist du böse?"

Sie lächelte. „Nein. Nicht mal überrascht."

„Ach ja?"

„Du bist konsequent und bezaubernd. Du weißt, dass das Kleid nichts für sie ist, oder? Es wird sie erdrücken."

„Aber es ist wirklich hübsch."

„Was übersetzt so viel bedeutet wie, dass ich dich nicht überzeugen kann. Also wirst du es selbst sehen müssen, um dir eine eigene Meinung zu bilden."

Er küsste sie. „Es gefällt mir, dass du so klug bist."

„Ja, klar."

Madeline ging zu den Umkleidekabinen und klopfte.

„Komm rein", sagte Ginger.

Madeline trat ein und sah, dass die zukünftige Braut sich schon einen hautfarbenen BH angezogen hatte. Dazu trug sie nur einen schlichten Slip und sonst nichts. Das mächtige Designerkleid hing an einer Stange mitten im Raum.

„Das ist riesig!" Ginger stöhnte.

„Stimmt."

Madeline half ihr, die bauschige Krinoline anzuziehen, dann kam Rosalind, und gemeinsam zogen sie Ginger das Kleid über. In der Sekunde, in der es ihren Körper bedeckte, schien sie zu schrumpfen.

„Wie viele Knöpfe sind das?", fragte Ginger.

„Ungefähr fünfhundert."

Ginger lachte. „Mach nur die oberen beiden zu. Und dann hol bitte meinen Bruder. Ich kann nicht nur nicht damit gehen, sondern es sollte auch niemand gezwungen sein, alle Knöpfe zu schließen.“

Madeline schloss ein paar der Knöpfe und sicherte den Rest des Rückenteils mit Klammern. Dann ging sie in den Wartebereich und bedeutete Jonny, ihr zu folgen.

„So schlimm?“, fragte er.

„Ich habe nichts gesagt.“

„Das musstest du auch nicht. Du hast so einen selbstgefälligen Ausdruck im Gesicht. Das ist deine Art, mir zu sagen, dass ich mich geirrt habe.“

Sie drehte sich zu ihm um. „Ich habe keinen selbstgefälligen Ausdruck, und selbst wenn, du hast dich nicht geirrt. Du liebst sie und möchtest, dass sie ein wunderschönes Kleid trägt. Das ist wirklich süß.“

„Selbst wenn es nicht das richtige ist?“

Madeline lächelte. „Ich hoffe wirklich, dass du es zurückgeben kannst.“

Sie öffnete die Tür zum Umkleidebereich. Jonny warf einen Blick auf seine Schwester und seufzte.

„Das ist fürchterlich“, gab er zu. „Woran liegt es? Ist es zu groß?“

„Es ist zu viel Kleid“, erklärte Madeline. „Ginger ist zierlich. Sie braucht ein Kleid, das ihr schmeichelt und sie nicht erdrückt. Setz dich. In ein paar Minuten wird sie rauskommen.“

Er zog sich zurück, und sie schloss die Tür. Ginger starrte sie an.

„Das war gut“, sagte sie. „Du hast die Situation so gehandhabt, dass er sich nicht schlecht fühlt.“

„Es war eine süße Geste von ihm. Er liebt dich wirklich."

Langsam nickte Ginger. „Ja, das tut er. Ich habe wirklich Glück. Es ist schön, dass du ihn verstehst."

Madeline war ein wenig nervös, wohin diese Unterhaltung führen würde, also beschäftigte sie sich schnell damit, Ginger aus dem großen Kleid zu helfen. Anschließend brachte Rosalind es weg, während Madeline eines der Modelle nahm, die sie für Ginger bestellt hatte.

„Dies ist mein Favorit", gab sie zu. „Wenn es dir so gut steht, wie ich hoffe, wirst du umwerfend aussehen."

Das Modell bestand aus einem Unterkleid aus weißer Seide und wunderschöner elfenbeinfarbener Spitze. Der zweifarbige Effekt verlieh ihm eine schlichte Eleganz. Sowohl vorn als auch hinten hatte es einen tiefen V-Ausschnitt, keine Ärmel und war im Meerjungfrauen-Stil geschnitten, sodass es bis zur Mitte der Oberschenkel eng anlag und dann in einen ausgestellten Rock überging. Dieser Schnitt verlieh dem Kleid einen modernen Look und sorgte dafür, dass es die Trägerin nicht erdrückte. Hinten bauschte sich der Stoff zu einer wunderschönen kleinen Schleppe.

„Ich liebe es", hauchte Ginger, als Madeline den Reißverschluss hochzog.

„Es ist noch nicht fertig." Madeline griff nach dem mit Perlen besetzten Stoffgürtel. Er hatte den gleichen Farbton wie die elfenbeinfarbige Spitze, und die Perlen auf der Vorderseite waren per Hand aufgenäht worden. Sie band ihn fest und strich dann die Stoffenden glatt.

„Wenn es das hier wird, werden wir den Gürtel festnähen und ein Stück kürzen, damit er den ganzen Tag über richtig sitzt. Auch die Schleife wird festgenäht, denn du willst deine

Hochzeit definitiv nicht damit verbringen, sie ständig neu zu binden."

Ginger blinzelte ein paar Mal. „Warum weine ich?"

„Du sollst weinen, wenn du das richtige Kleid gefunden hast. Komm, zeigen wir es deinem Bruder."

Madeline schnappte sich Gingers Schuhe und folgte ihr in den vorderen Bereich des Ladens. Als er seine Schwester kommen sah, stand Jonny auf und stieß einen leisen Pfiff aus.

„Schwesterherz, du siehst umwerfend aus."

„Ist das Kleid nicht schön?", fragte Ginger und wischte sich die Tränen fort. „Ich liebe es."

Madeline half ihr auf das Podest und dann in ihre Schuhe. Lächelnd drehte Ginger sich hin und her und betrachtete sich von allen Seiten. Madeline zeigte ihr, wie das Kleid hochgenommen werden konnte.

„Wir werden noch ein paar Ösen und Knöpfe anbringen", erklärte sie, als sie die Schleppe anhob. „So wird es von hinten super aussehen und trotzdem die Silhouette von vorne beibehalten. Dann kannst du darin tanzen und siehst auf Fotos immer noch toll aus."

Sie ließ den Stoff wieder fallen, und im nächsten Moment warf Ginger sich ihr an den Hals.

„Danke." Sie strahlte. „Das ist perfekt. Ich liebe dieses Kleid und kann noch immer nicht glauben, wie sehr du mir hilfst."

Madeline erwiderte die Umarmung. „Sehr gern geschehen. Ich hatte eine Superzeit."

Über Gingers Kopf hinweg sah sie, dass Jonny sie beobachtete. Als ihre Blicke sich trafen, machte ihr Herz einen Satz, was nichts mit sexueller Anziehung zu tun hatte, sondern allein mit dem Mann selbst. Das Gefühl war tief und überwältigend.

Es lag nicht an seinem unglaublichen Charisma, und es ging auch nicht darum, Zeit mit einem tollen Mann zu verbringen. Es war Liebe. Sie hatte sich in ihn verliebt. Vielleicht schon am ersten Tag, möglicherweise aber auch erst im Laufe der Zeit. Wie auch immer es passiert war, nun war es so. Sie war total und bis über beide Ohren in Jonny Blaze verliebt. Was, zum Teufel, sollte sie deswegen nur unternehmen?

Nach der Anprobe machten Madeline und Jonny sich daran, die letzten Einzelheiten für die Hochzeit zu besprechen. Madeline gab ihr Bestes, sich trotz der schreienden Stimme in ihrem Kopf normal zu benehmen. Verliebt in Jonny Blaze? Was hatte sie sich nur dabei gedacht? Tja, eigentlich hatte sie gar nicht gedacht. Es war ihr Herz, das sich für einen Mann entschieden hatte, den sie niemals würde haben können. Nicht nur, weil er berühmt und reich und sie einfach nur ein ganz normales Kleinstadtmädchen war. Sondern auch, weil er diese Wahnsinnsangst davor hatte, sich zu binden. Er konnte nicht einmal seiner Schwester sagen, dass er sie liebte. Wie, um alles in der Welt, sollte er sich jemals gestatten, einen anderen Menschen nah an sich heranzulassen? Madeline wusste, dass sie dem Untergang geweiht war. Was ein paar Tage vor Weihnachten keine allzu fröhliche Erkenntnis war.

Auf dem Weg zum Lunch mit ihren Freundinnen lief sie durch die Stadt. In den Schaufenstern funkelten Lichter und Weihnachtsdekorationen. Die Leute grüßten einander. Madeline bemühte sich, zu lächeln und zu winken, während sie sich die ganze Zeit sagte, dass sie sich zusammenreißen musste, bevor sie im Jo's ankam. Ansonsten würden alle sofort erraten, dass etwas nicht stimmte.

Als sie das Restaurant erreichte, hielt sie inne, um ein paar tiefe Atemzüge zu nehmen. Ich kann das, sagte sie sich, ich werde mich einfach ganz normal benehmen. Entschlossen öffnete sie die Tür und trat ein.

Sie war die Letzte und sah, dass Shelby ihr einen Platz freigehalten hatte. Bailey war da, genau wie Taryn und Felicia. Isabel war vor den Festtagen ein paar Tage mit Ford weggefahren. Grinsend bedeutete ihr Dellina, zu ihnen zu kommen.

„Wie läuft's so?", fragte Dellina, als Madeline sich dem Tisch näherte. „Hast du eine neue Karriere als Hochzeitsplanerin gefunden, oder bist du schon so weit, dir die Haare auszuraufen?"

Bevor Madeline etwas erwidern konnte, wandte Dellina sich wieder dem Tisch zu. „Ihr wisst doch alle, dass Madeline die Hochzeit von Jonny Blazes Schwester organisiert, oder? Ich habe übrigens von meinen Händlern gehört, dass du einen fabelhaften Job machst. Alle lieben die Entscheidungen, die du getroffen hast." Sie unterbrach sich. „Oh Gott. Ich rede zu viel, oder? Ich hatte heute Morgen schon vier Latte. Das ist das Koffein. Ich werde jetzt schweigen."

Alle lachten. Auf dem Weg zu ihrem Platz umarmte Madeline ihre Freundin. „Ich will deinen Job nicht", sagte sie. „Aber so eine kleine Hochzeit zu planen hat Spaß gebracht."

Patience, die Besitzerin des Brew-haha und offensichtlich Dellinas Koffein-Dealerin, nickte. „Ich bin sicher, es war eine schöne Ablenkung, wo doch deine Familie über die Feiertage nicht herkommt." Sie hob die Hand. „Du bist erwachsen, dir geht es gut, und ich weiß, dass du fünfzehn

Einladungen zu Weihnachten bekommen hast, aber das ist nicht das Gleiche.“

Ihre Worte sind lieb gemeint, dachte Madeline. Immerhin kannten sie und Patience sich schon ihr ganzes Leben. Patience war ein paar Jahre älter, sodass sie nicht in die gleiche Klasse gegangen waren, aber sie waren in dieser familienorientierten Stadt aufgewachsen und davon geprägt worden.

„Es ist schön, zu tun zu haben“, gab Madeline zu.

„Und Zeit mit Jonny Blaze zu verbringen“, warf Bailey ein. „Bist du in ihn verknallt? Ist das nicht lustig? Ich war so heftig in Kenny verknallt.“

„Das haben wir gewusst“, erklärte Taryn. „Wir alle haben es gewusst und waren davon ganz bezaubert. Jetzt seid ihr zusammen und glücklich verliebt. Was nett ist, aber deine Schwärmerei war interessanter.“ Sie sah Madeline an und zog eine Augenbraue hoch. „Wie läuft's mit deiner Promischwärmerei?“

„Da bin ich drüber hinweg“, antwortete Madeline, weil es der Wahrheit entsprach. „Er ist für mich einfach nur noch ein ganz normaler Mann.“

„Ist das gut oder schlecht?“, wollte Shelby wissen.

„Hauptsächlich gut. Es ist schön, mit ihm reden zu können, ohne von seinem Starstatus abgelenkt zu werden. Ich kann jetzt sogar in ganzen Sätzen sprechen.“

Alle lachten, und Madeline spürte, wie sie sich entspannte. Niemand wusste, dass sich etwas verändert hatte. Solange sie an ihre Freunde und die Feiertage dachte – an alles außer an Jonny –, würde es ihr gut gehen.

„Die Spielzeuge waren der Hit“, erklärte Taryn. „Sie waren so besonders und toll gemacht. Ich hoffe, dass er für nächstes

Jahr wieder welche schnitzt. Ich werde mal mit ihm darüber sprechen."

„Er ist eine nette Bereicherung für die Stadt", warf Bailey ein. „Er ist freundlich und engagiert sich. Ich hatte gedacht, er würde mehr für sich bleiben, aber das tut er nicht. Er bringt sich ein. Das ist schön." Sie wandte sich an Madeline. „Was macht seine Hand? Ich habe gehört, was passiert ist, und weiß, dass Eddie und Gladys sich schrecklich fühlen."

„Sie ist beinahe verheilt."

„Er hat den Hund aufgenommen", sagte Larissa. „Einen Mann, der einen Hund adoptiert, muss man einfach lieben."

Die Unterhaltung wandte sich anderen Menschen zu, die ein Haustier zu sich genommen hatten, und ging dann dazu über, welche Pläne sie alle für die Feiertage hatten. Madeline erzählte von der in Ohnmacht fallenden Ziege und dem Hängebauchschwein, die für die Krippenszene ausgewählt worden waren, und welche speziellen Vorkehrungen getroffen wurden, für den Fall, dass die Ziege zu verängstigt war, um an dem Spektakel teilzunehmen.

Sie gaben ihre Bestellungen auf, und als ihr Salat kam, hatte Madeline sich endlich weit genug entspannt, um die Gesellschaft ihrer Freundinnen genießen zu können. Doch auf dem Rückweg zum Laden kehrte ihre Anspannung zurück.

Sie war in Jonny verliebt. Was sollte sie nur mit dieser Information anstellen? Er würde ihre Gefühle nicht erwidern. Das konnte er nicht, wie er ihr tausend Mal versichert hatte.

Sie hätte ihr Herz besser schützen und auf ihre Mutter hören sollen. Jetzt saß sie in der Falle und wusste nicht, was sie tun konnte, um das zu ändern. Aber sie würde etwas unternehmen müssen. Sonst würde ihr etwas zehnmal Schlimmeres als das Ted-Debakel bevorstehen. Und das konnte niemand wollen.

Jonny verbrachte den Tag mit seiner Schwester. Als Ginger schließlich wieder nach San Francisco aufbrach, fuhr er nach Hause, um Raven zu holen. Zusammen schlenderten sie durch die Stadt, bis das Paper Moon schloss. Irgendwann gegen fünf Uhr am Nachmittag fing es an zu schneien. Eine weiße Weihnacht, dachte er. Die Kinder würden sich freuen. Und es wäre eine schöne Kulisse für Gingers Hochzeit.

Er ging am Park vorbei und dann zu Madelines Laden hinauf. Unterwegs hielt er kurz an, um ihr Buttertoffees zu kaufen und schnell bei Jenel's Gems hineinzuschauen und sich ein paar Schmuckstücke anzusehen. Denn er wollte Madeline etwas zu Weihnachten schenken. Etwas Persönliches mit Bedeutung.

Als er den Juwelier – immer noch ohne das richtige Geschenk – verließ, überprüfte er schnell, ob Ravens Mantel richtig saß und sie vor der Kälte schützte. Die Hündin wartete geduldig ab und leckte danach kurz seine Finger. Er massierte ihr die Ohren.

„Komm, besuchen wir Madeline", sagte er zu ihr.

Sie gingen zum Paper Moon und traten ein. Madeline befand sich noch in einem Gespräch mit einer Braut, die sich gerade die Tränen abwischte.

„Es ist perfekt", sagte sie. „Ich liebe alles daran. Danke, dass du so geduldig warst."

„Ich habe gern geholfen. Du wirst eine wunderschöne Braut sein."

Zwei Kleider an einem Tag, dachte er. Das würde Madeline freuen. Denn wie er schon vorher gedacht hatte, sie beide sorgten mit ihrer Arbeit für Magie. Nur überdauerte ihre ein ganzes Leben und war erfüllt mit unvergesslichen Erinnerungen.

Sie war so süß zu seiner Schwester gewesen. Ginger hatte überhaupt nicht aufhören können, darüber zu sprechen, wie gut Madeline sich um alles gekümmert hatte. Und er selbst war dankbar gewesen, dass sie ihn, als das von ihm bestellte Kleid eintraf, nicht einfach einen Idioten genannt hatte. Sie hatte sich die Mühe gemacht, das Kleid zu bügeln und es seiner Schwester anzuziehen, damit *er* sehen konnte, dass er ein Idiot war.

Sie war süß und lustig, und es war so leicht, mit ihr zusammen zu sein. Sie verstand seinen Humor und brachte ihn zum Lachen. Sie passten gut zusammen, nein, sie *gehörten* zusammen.

Der letzte Gedanke überraschte ihn. Doch ein paar Sekunden später erkannte er, dass er die Wahrheit schon eine ganze Weile leugnete.

Madeline war die Richtige. Sie war ihm wichtig. Nein, er liebte sie.

Instinktiv trat er einen Schritt zurück. Nein. Auf keinen Fall. Er konnte nicht. Sie zu lieben bedeutete ... Okay, er wusste nicht, was es bedeutete, aber es war schlecht. Denn jemanden zu lieben war gefährlich. Er könnte sie verlieren. Dieses Argument funktionierte normalerweise bei ihm, aber dieses Mal nicht. Nicht bei Madeline. Zum ersten Mal war das Risiko die Belohnung wert. Er liebte sie.

Ungeduldig wartete er darauf, dass die Kundin den Laden

verließ. Als sie es schließlich tat, ging er zu Madeline, um ihr die gute Neuigkeit mitzuteilen.

Doch bevor er einen Weg fand, ihr seine Gefühle zu gestehen, ergriff sie das Wort: „Ich kann das nicht. Ich kann nicht mit dir zusammen sein. Das wird niemals funktionieren, und du bist nicht das, was ich will. Ich habe schon mit Dellina gesprochen. Sie wird sich um die letzten Einzelheiten der Hochzeit kümmern. Ich habe ihr deine Telefonnummer gegeben. Es tut mir leid, das kommt sehr abrupt, aber ich dachte, es wäre besser, es dir gleich zu sagen. Ich hoffe …“ Sie drehte sich weg und dann noch einmal zu ihm um. „Adieu.“

Er konnte es nicht glauben. Hatte er sich verhört? Nichts von dem, was sie sagte, ergab einen Sinn. Er versuchte immer noch, es zu verstehen, als sie ihn auch schon zur Ladentür hinausschob und hinter ihm abschloss.

Einfach so.

Er wusste nicht, warum. Hatte sie erkannt, dass er keine gute Wahl war? Hatte er sie davon überzeugt, dass mit ihm zusammen zu sein zu schwer wäre? Oder hatte das Leben einfach nur einen besonders kranken Sinn für Humor? Es war nicht zu fassen! Nun, da er es endlich geschafft hatte, sich zu verlieben, wurde er zwei Tage vor Weihnachten von seiner Auserwählten zurückgewiesen.

16. Kapitel

Zwei Stunden später merkte Jonny, wie schwer es ohne Madeline sein würde. Er vermisste sie. Sein Haus war leer und kalt. Was nicht an der Temperatur lag – er hatte es immer warm, damit Raven nicht fror –, aber es fühlte sich trotzdem kalt an.

Unschlüssig wanderte er von Raum zu Raum, weil er nicht wusste, was er mit sich anfangen sollte. Er hatte keine Ahnung, was passiert war. Hatte sie erraten, dass er den Aufwand nicht wert war? Hatte sie Angst? Nie hatte sie sich dem Hype um ihn ergeben. Hatte sie den Mann hinter der Maske gesehen und ihn für nicht ausreichend befunden? Oder lag ihr einfach nichts an ihm? War ihre gemeinsame Zeit für sie zwar angenehm, aber nichts Besonderes gewesen?

Ginger gegenüber hatte er nichts gesagt. Er wusste, dass seine Schwester sich darauf freute, Madeline bei ihrer Hochzeit dabeizuhaben. Ihm würde schon eine Erklärung einfallen – vielleicht wenn er verstand, was da passiert war.

Hatte er sie verloren, weil er der war, der er war, oder weil er eben nicht der war, den sie wollte?

Er setzte sich aufs Sofa im Wohnzimmer und starrte den Baum an, den sie zusammen geschmückt hatten. Was war nur so fürchterlich schiefgelaufen, und wie konnte er das wieder geraderücken? Denn ohne Madeline zu sein, war keine Option. Die einzige Frage war: Wie könnte er sie davon überzeugen, zurückzukommen, wenn er gar nicht wusste, warum er sie überhaupt verloren hatte?

Bis Viertel nach acht am Abend wusste Madeline, dass sie die richtige Entscheidung getroffen hatte. Jonny zu lieben war verrückt. Es gab tausend Gründe, warum es nie funktionieren würde. Weil er … Nun ja …

Er reist viel, rief sie sich ins Gedächtnis. Teilweise war er mehrere Wochen am Stück weg. Das wäre schwer. Und er war berühmt. Jeder wusste, dass berühmte Menschen sich niemals fest banden.

„Das ist doch lächerlich“, murmelte sie. Es musste einen besseren Grund geben, warum sie mit ihm Schluss gemacht hatte. Denn wenn es nicht an ihm lag, dann lag es an ihr.

Doch das ergab keinen Sinn. Sie wollte ja eine Beziehung haben und verliebt sein.

Mein ganzes Leben lang hab ich's …

… vermasselt, dachte sie panisch. Sie hatte sich geirrt. Hatte falsche Entscheidungen getroffen und mühsam ihren Weg zurückfinden müssen. Sie hatte mehrere Anläufe benötigt, um den richtigen Beruf zu finden, und eine Reihe gescheiterter Beziehungen hinter sich. Und auch wenn sie schließlich ihren Traumjob gefunden hatte, den Traummann hatte sie immer noch nicht.

Aber Jonny war perfekt. Okay, nicht perfekt, aber der Richtige für sie. Er war alles, wonach sie gesucht hatte, und sie hatte … sie hatte …

Sie hatte totale Panik bekommen und war ausgeflippt. Als sie erkannte, dass sie ihn liebte, hatte sie angenommen, dass er diese Gefühle nicht erwiderte, und lieber Schluss gemacht, bevor er ihr das Herz brechen konnte. Denn was sonst sollte einem normalen Mädchen aus Fool's Gold schon passieren?

Sie hatte ihm keine Chance gegeben. War nicht mutig genug gewesen, ihre Gefühle mit ihm zu teilen. Ihm zu sagen, dass sie ihn liebte. Vielleicht würde er erwidern: „Sorry. Trotzdem danke", aber vielleicht auch nicht. Und selbst wenn, war sie es sich selbst nicht schuldig, es mit eigenen Ohren zu hören, anstatt einfach davon auszugehen? Bedeutete, erwachsen zu sein, nicht auch, sich erwachsen zu verhalten?

Besser spät als nie, dachte sie und fragte sich, was sie nun tun sollte. Sie hatte ihn fallen lassen, ohne ihm einen Grund zu nennen. Ohne ihm ihre Gefühle zu gestehen. Das war kein Verhalten, auf das man stolz sein konnte. Also wie brachte sie das wieder in Ordnung?

Sie stand auf und schaute sich in ihrem kleinen Haus um, als fände sie dort die Antwort. Dann nahm sie ihr Handy, erkannte aber sofort, dass ein Anruf oder eine SMS nicht reichen würde. Sie musste sich dem Mann stellen. Musste ihm die Wahrheit sagen und dann schauen, was passierte.

Sie stieg in ihren Wagen und fuhr zur Ranch hinaus. Es schneite, und sie hatte Probleme, die Straße zu erkennen, aber sie hielt nicht an. Das konnte sie nicht. Zu oft hatte sie bereits aufgegeben. Sie hatte aus Angst heraus gehandelt, und das würde sie nicht noch einmal tun.

Sie bog auf den Highway und fuhr langsam weiter. Einmal brach das Heck aus, aber sie lenkte den Wagen in Richtung Straßenrand, wie ihr Dad es ihr beigebracht hatte, und fing ihn wieder ein. Ihre Hände schmerzten, weil sie das Lenkrad so fest umklammerte, und trotz der auf voller Leistung blasenden Lüftung zitterte sie in der Kälte.

Die Fahrt, für die sie normalerweise nur fünfundzwanzig Minuten benötigte, dauerte über eine Stunde, und als sie schließlich vor Jonnys Haus vorfuhr, zitterte sie vor Erschöpfung. Tränen brannten in ihren Augen. Die Angst wuchs an, bis sie Probleme hatte, Luft zu holen. Was, wenn er sie nicht liebte? Was, wenn er ihr nicht vergeben könnte? Was, wenn …

Ihre Wagentür wurde von außen geöffnet. Madeline hob den Blick und sah Jonny an.

„Madeline? Was ist los? Ich habe einen Wagen kommen hören. Hier herrscht quasi ein Schneesturm. Bei diesem Wetter solltest du nicht fahren. Geht es dir gut?"

Erleichtert warf sie sich ihm in die Arme. Und da sie noch angeschnallt war, klappte das nicht sonderlich gut. Sie musste den Gurt lösen und sich noch einmal auf ihn stürzen.

„Es tut mir leid", sagte sie. „Es tut mir so leid. Ich habe mich geirrt. Nein, ich hatte Angst und habe mich geirrt. Ich habe dir keine Chance gegeben. Ich habe dir nie die Wahrheit gesagt. Ich liebe dich, und das jagt mir fürchterliche Angst ein. Was, wenn du mich nicht liebst? Was, wenn du anfängst, mit Julia Roberts auszugehen? Oder mit Jennifer Lawrence? Oder einem anderen perfekten Filmstar? Was, wenn …"

Er legte einen Finger an ihre Lippen, um sie zum Schweigen zu bringen. „Pst", murmelte er. „Gehen wir erst mal rein."

Sie schob seinen Finger weg. „Nein. Du musst das verstehen. Ich liebe dich und will mit dir zusammen sein. Ich hatte solche Angst, dass ich um mich geschlagen habe und weggelaufen bin. Technisch gesehen habe ich dich weggeschoben, aber du weißt, was ich meine. Es tut mir leid."

Einen langen Augenblick schaute er ihr in die Augen. „Ich hatte auch Angst", gab er zu. „Angst davor, wieder jemanden zu verlieren. Also habe ich mich hinter meinem Beruf versteckt, weil das einfacher war, als die Wahrheit zu gestehen. Ginger hat es mir immer wieder gesagt, aber ich habe nicht zugehört."

Er lächelte sie an. „Ich liebe dich, Madeline. Eine ganze Weile habe ich das versucht zu ignorieren, aber das will ich nicht mehr. Ich wusste nicht, wie ich dich davon überzeugen soll, uns eine Chance zu geben, aber ich habe daran gearbeitet."

„Wirklich? Du wirst nicht Julia Roberts heiraten?"

„Sie ist bereits verheiratet und außerdem vielleicht ein bisschen zu alt für mich."

„Oh, stimmt. Und Jennifer Lawrence?"

„Ich werde *dich* heiraten, wenn du mich willst."

„Wie bitte?"

Lag es an ihr, oder fing der Schnee auf einmal an zu tanzen? Okay, es lag nur an ihr.

Er zog sie zur Seite, beugte sich in ihren Wagen und schaltete den Motor aus. Nachdem er den Schlüssel abgezogen und ihre Handtasche an sich genommen hatte, richtete er sich auf und legte einen Arm um ihre Schultern.

„Gehen wir rein", sagte er. „Du zitterst, und ich bin mir sicher, dass Raven sich schon Sorgen macht."

„Du hast mir einen Antrag gemacht." Wie konnte er sich über so etwas Unwichtiges wie Kälte Gedanken machen, wenn er sie gerade um ihre Hand gebeten hatte?

„Das habe ich, und ich hätte darauf gern eine Antwort. Aber du bist hier und du liebst mich, also kann alles andere warten."

Sie gingen ins Haus. Raven begrüßte sie beide und kehrte

dann auf ihr kariertes Hundekissen zurück. Jonny legte Madelines Schlüssel und Handtasche auf das Tischchen im Eingangsbereich, bevor er sie an sich zog und küsste.

„Danke, dass du zu mir gekommen bist", brachte er zwischen zwei Küssen hervor. „Ich hätte sonst morgen früh mit dir geredet. Allerdings hätte ich nicht gewusst, was ich sagen soll."

„Zum Beispiel, dass ich eine Idiotin bin."

„Vermutlich hätte ich lieber anders angefangen."

Sie lächelte ihn an und schlang ihre Arme um seinen Hals. „Ich liebe dich und werde dich nie wieder loslassen."

„Ich dich auch nicht. Ich liebe dich, Madeline."

„Obwohl ich so gewöhnlich bin?"

„Weil du so außergewöhnlich bist."

Das waren Worte, bei denen einem Mädchen die Knie weich wurden. Warum sollte sie da versuchen, anders zu sein?

Sie küsste ihn. „Ja, Jonny Blaze. Ich werde dich heiraten." Sie grinste. „Weißt du, in meinem Büro hängt ein wunderschönes Kleid. Vielleicht sollte ich es anprobieren."

„Das ist nicht dein Stil."

„Bist du dir da sicher?"

„Ja. Aber wofür auch immer du dich entscheidest, du wirst wunderschön aussehen, und ich werde der glücklichste Mann auf der Welt sein."

Er legte einen Arm um sie und führte sie ins Wohnzimmer, wo sie sich nah am Weihnachtsbaum auf das Sofa setzten und einander festhielten. Sie legte ihren Kopf an seine Schulter.

„Wir sollten es den Leuten erst nach Gingers Hochzeit sagen", schlug sie vor. „Das mit uns, meine ich. An dem Tag sollte es nur um sie und Oliver gehen. Ich will nicht davon ablenken."

Statt zu antworten, küsste Jonny sie. Er nahm sie in den Arm und drückte sie rücklings aufs Sofa. Als er sich auf sie legte, wusste sie, dass die Funken, die sie empfand, so viel mehr waren. Es waren Blitzschläge – genau so, wie man es ihr versprochen hatte.

EPILOG

Jonny lächelte seine Schwester an. „Du bist wunderschön."

„Danke. Ich bin nervös. Damit hätte ich nicht gerechnet, aber ich bin es trotzdem."

Sie standen in dem Alkoven in der umgebauten Scheune. Die Gäste hatten ihre Plätze eingenommen, und leise Musik drang zu ihnen herüber. Oliver stand mit seinem Bruder und Bürgermeisterin Marsha, die die Trauung durchführen würde, vorn. Die Frau hat viele Fähigkeiten, dachte Jonny.

„Bist du dir sicher, was den Mann angeht?", fragte er.

Ginger entspannte sich. „Das bin ich. Er ist der Richtige. Ich liebe ihn." Sie umarmte Jonny. „Danke für meine wundervolle Hochzeit. Sie ist perfekt."

Er betrachtete die funkelnden Lichter und die Blumen, die in Reihen aufgestellten Stühle, den langen Mittelgang, der mit Rosenblättern bestreut war. Am anderen Ende der Scheune warteten die gedeckten Tische mit den leuchtenden Kerzen.

Er wusste, dass Madeline dafür gesorgt hatte, dass alles bereit war. Dass Ana Raquel und ihr Ehemann das Essen angerichtet und die Bars aufgefüllt hatten. Draußen glitzerten die Eisskulpturen im klaren Licht. Flutlichter erleuchteten den Weg zum Haus.

„Ich freue mich, dass du glücklich bist", sagte er zu seiner Schwester. „Und glaub mir, ich hatte viel Spaß bei der Planung deiner Hochzeit."

Sie lachte leise. „Das hast du ausgezeichnet gemacht. Es ist viel weniger übertrieben, als ich erwartet hatte. Kein Feuerwerk."

Er dachte an die Show, die für neun Uhr geplant war. „Mit der Aussage willst du vielleicht lieber noch warten."

Sie riss die Augen auf. „Wirklich?"

„Es dauert aber nur ungefähr fünf Minuten."

Ginger umarmte ihn. „Ehrlich, ich weiß nicht, ob ich lachen oder dich hauen soll."

„Ich bin fürs Lachen." Er berührte ihr Kinn, sodass ihre Blicke sich trafen. „Ich liebe dich, Ginger. Und ich möchte, dass du glücklich bist."

„Das bin ich. Ich liebe dich auch." Sie presste die Lippen aufeinander. „Du hast dich verändert. Ich hätte nie gedacht, dass ich diese Worte einmal von dir hören würde." Sie erstrahlte. „Oh wow. Liegt das an Madeline? Ich hatte so das Gefühl, als würde es da eine Verbindung zwischen euch geben."

„Gut geraten."

Erneut umarmte Ginger ihn. „Ich freue mich so für dich. Sie ist toll. Ich mag sie sehr."

Die Musik wechselte zum Hochzeitsmarsch, und die Gäste erhoben sich.

„Das ist dein Stichwort", sagte Jonny. „Bist du bereit?"

„Das bin ich."

Sie hakte sich bei ihm unter, und gemeinsam gingen sie den Gang hinunter. Er nickte den Menschen zu, die er kannte, und fand dann die Person, die ihm am wichtigsten war.

Madeline stand neben dem Stuhl, den sie für ihn reserviert hatte. Tränen schimmerten in ihren Augen, aber er wusste, dass es Freudentränen waren. Er hatte ähnliche Tränen gesehen, als er ihr den Verlobungsring geschenkt hatte, den er für sie ausgewählt hatte. Der Ring, der für diesen Abend in der Schublade ihres Nachttisches lag.

Später, wenn das glückliche Paar von seiner Hochzeitsreise zurück sein würde, würden sie zu viert essen gehen, und dann würden er und Madeline ihre Verlobung verkünden.

Sie schmiedeten bereits Pläne für die Hochzeit. Nicht zu groß, hatte Madeline ihm gesagt. Oder übertrieben. Als er Ginger einen Kuss auf die Wange gab und zusah, wie Oliver sie an sich zog, fragte er sich, ob er nicht wirklich die Wiener Sängerknaben einfliegen lassen könnte. Nur für ein paar Lieder …

– ENDE –

Deutsche Erstveröffentlichung

Susan Mallery

Vertrauen ist gut, küssen ist besser

Das Leben ist kein Liebeslied. Der Meinung ist Destiny, und als Tochter zweier Countrystars muss sie es schließlich wissen. Sie sucht alles außer Drama und Herzschmerz. Aber die erhoffte Ruhe, die sie erwartet hat, findet sie nicht in Fool's Gold. Denn um ein Bergrettungsteam aufzubauen, muss sie eng mit dem Ex-Profi-Skifahrer und Adrenalinjunkie Kipling Gilmore zusammenarbeiten. Schon bald wird es zwischen ihr und Kipling so heiß, dass der Schnee schmilzt ...

ISBN: 978-3-95649-637-0

9,99 € (D)

Deutsche Erstveröffentlichung

Susan Mallery

Drei Küsse für Aschenbrödel

ISBN: 978-3-95649-075-0
9,99 € (D)

Weihnachtszeit in Fool's Gold: Eine weiße Decke liegt über der Welt, köstliche Düfte erfüllen die Luft, und melodisch ertönt „Stille Nacht“ … Einfach grässlich, findet Evie Stryker! Nur ihrer Familie zuliebe ist sie in die Stadt gekommen, um sich von einer Verletzung zu erholen, die ihre Karriere als Tänzerin zerstören kann. Um sich nicht mit ihrer nervigen Verwandtschaft beschäftigen zu müssen, stimmt Evie zu, die Tänzer für das Weihnachtsfestival zu trainieren. Dass Proben dafür unerlässlich sind, muss Dante Jefferson, dessen Büro direkt unter dem Tanzstudio liegt, eben akzeptieren! Der Anwalt würde das Getrampel über seinem Kopf am liebsten gerichtlich verbieten lassen. Wenn es nach Evie ginge, könnte er sie auch gleich noch zwingen, einen Mindestabstand zu ihm einzuhalten. Denn jedes Mal wenn sie in seiner Nähe ist, schimmern die Weihnachtslichter ein kleines bisschen heller …